El Convivio

Por

Dante Alighieri

TRATADO PRIMERO

I

Como dice el filósofo al principio de la primera filosofía, todos los hombres, por naturaleza, desean saber. La razón de lo cual puede ser el que toda cosa impulsada por providencia de su propio natural, inclínase a su perfección; de aquí que, pues la ciencia es la última perfección de nuestra alma, y en ella reside nuestra última felicidad, todos, por naturaleza, a desearla estamos sujetos. En verdad, muchos están privados de esta nobilísima perfección, por diversas causas, que dentro del hombre y fuera de él le apartan del hábito de la ciencia.

Dentro del hombre puede haber dos defectos o impedimentos: uno, por parte del cuerpo; el otro, por parte del alma. Por parte del cuerpo lo hay cuando las partes están indebidamente dispuestas, así que nada puede percibir, como son los sordos, mudos y sus semejantes. Por arte del alma lo hay cuando la malicia vence en ella, de modo que da en seguir viciosos deleites, en los cuales tanto engaño recibe, que por ellos tiene por vil toda otra cosa.

Fuera del hombre, pueden ser asimismo comprendidas dos causas, una de las cuales es inductora de necesidad, la otra de pereza. La primera son las atenciones familiares y civiles, que necesariamente sujetan al mayor número de los hombres, de modo que no pueden permanecer en ocio de especulación. La otra es el defecto del lugar donde la persona ha nacido y se ha criado, pues a veces estará, no solamente privada de todo estudio, sino lejos de gente estudiosa.

Las dos primeras de estas causas, esto es, la primera por la parte de dentro y la primera por la parte de fuera, no son vituperables, sino merecedoras de excusa y perdón; las otras dos, y aun la una más que la otra, merecen ser reprobadas y abominadas. Manifiestamente, pues, puede ver quien bien considere que pocos son aquellos a quienes les es dado lograr el hábito por todos deseado, y casi innumerables los que, privados de este alimento, viven hambrientos siempre. ¡Oh, bienaventurados aquéllos pocos que se sientan a la mesa donde el pan de los ángeles se come, y míseros aquéllos que con las

bestias tienen pasto común! Mas como el hombre es, por naturaleza, amigo del hombre, y todo amigo se duele de que le falte algo a quien él ama, los que en tan alta mesa se alimentan no dejan de tener misericordia de aquéllos a quienes ven andar comiendo hierba y bellotas en un pasto animal. Y, pues la misericordia es madre de beneficio, siempre aquéllos que saben, ofrecen liberalmente de sus buenas riquezas a los verdaderamente pobres, y son como fuente viva de cuya agua se refrigera la sed natural susodicha. Así yo, que no me siento a la mesa bienaventurada, pero huyendo del pasto del vulgo, a los pies de los que en ella se sientan recojo lo que dejan caer, y conozco la mísera vida de los que tras de mí he dejado por la dulzura que pruebo en lo que poco a poco recojo, movido de misericordia, no olvidándolo, he reservado para los míseros alguna cosa, que ya he mostrado varias veces a sus ojos, haciéndoles con ello más deseosos. Por lo cual, queriendo prepararlos, es mi intención hacer un general convivio de cuanto les he mostrado y del pan que es menester a tales manjares, sin el cual no podrían comerlos en este convivio: de ese pan adecuado al manjar que es mi intención que les sea suministrado.

Y por eso no quiero que nadie se siente en él que tenga sus órganos mal dispuestos, tanto los dientes cuanto la lengua y el paladar, ni ningún asentador de vicios, porque su estómago está lleno de humores venenosos y contrarios, de suerte que no resistiría mi manjar. Mas venga todo aquél que por descuido familiar o civil haya quedado con hambre humana, y siéntese a una mesa con los demás igualmente privados; y pónganse a sus pies cuantos lo hayan estado por pereza, pues que no son dignos de asiento más elevado, y aquéllos y éstos tomen mi manjar con el pan, que yo se lo haré gustar y digerir. Los manjares de este convite serán ordenados de catorce maneras, es decir, en catorce canciones, tanto de amor como de virtudes materiales, los cuales sin este pan tenían sombra de alguna oscuridad, de modo que a muchos les era más manifiesta su belleza que su bondad; pero este pan, es decir, la presente exposición, será la luz que haga visible todo color de su sentido. Y si en la obra presente, que se llama Convivio, y quiero que tal sea, se habla más virilmente que en la Vida Nueva, no es mi intención, sin embargo, derogar aquélla en parte alguna, sino antes bien beneficiaría con ésta, mostrando cuán de razón es que sea aquélla férvida y apasionada y ésta templada y viril. Pues conviene decir y hacer en una edad de diferente manera que en otra; que ciertas costumbres son idóneas y laudables en una edad e inconvenientes y reprobables en otra, tal como más abajo, en el cuarto Tratado de este libro, se mostrará por vía de razón. Hablé en aquélla a la entrada de mi juventud, y en ésta ya la juventud pasada. Y como quiera que mi verdadera intención era otra que la que muestran por fuera las canciones susodichas, en mi intención mostrar aquéllas por explicación alegórica, después de expuesta la historia literal; de modo que una y otra razón darán sabor a los que están invitados a esta cena; a todos los cuales ruego que si el convite no fuese tan espléndido como conviene a su fama, imputen todo defecto, no a mi voluntad, sino a mis facultades; porque mi deseo es que mi liberalidad se cumpla.

Al principio de todo banquete bien dispuesto suelen los sirvientes tomar el pan preparado y purgarlo de toda mácula; como yo, en el presente escrito, ocupo el lugar de aquéllos, de dos máculas intento limpiar primeramente esta exposición, que hace las veces del pan en mi convite. Es la una, que no parece lícito que nadie hable de sí mismo; la otra es que no parece razonable hablar argumentando demasiado a fondo. De esta forma el cuchillo de mi juicio purga lo lícito e irracional.

No permiten los retóricos que nadie hable de sí mismo sin necesidad. Y de esto se aparta el hombre, porque no se puede hablar de nadie sin que el que habla no alabe o vitupere a aquellos de quienes habla; razones éstas ambas que hablan por sí en boca de cada cual. Así, para disipar una duda que surge en este punto, digo que peor está vituperar que alabar, pues que no se han de hacer ni una ni otra cosa. La razón de lo cual es que toda cosa vituperable por sí misma es más fea que la que lo es por accidente.

Despreciarse a sí propio es vituperable per se, porque el hombre debe contar al amigo su defecto secretamente, y nadie es más amigo del hombre que él mismo; de aquí que en la cámara de sus pensamientos, y no públicamente, debía reprenderse y llorar sus defectos. Con todo, por no poder y no saber conducirse bien, no es vituperado el hombre las más de las veces; mas por no querer lo es siempre, porque por nuestro querer y no querer se juzgan la malicia y la bondad. Y por eso quien a sí mismo se vitupera, demuestra que conoce su defecto y demuestra que no es bueno. Por lo cual se ha de abandonar el hablar de sí mismo con vituperio.

Se ha de huir de alabarse a sí mismo, como mal por accidente, en cuanto no se puede alabar sin que tal alabanza no sea más bien vituperio: es alabanza en la apariencia de las palabras y vituperio en su entraña. Porque las palabras están hechas para mostrar lo que no se sabe. De aquí que quien a sí mismo se alaba, demuestra que no cree ser tenido por bueno, pues que no le ocurre tal sin conciencia maliciada, la cual descubre alabándose a sí mismo y descubriéndola se vitupera.

Y aún más: han de huirse la propia alabanza y el propio vituperio igualmente, por la razón de que presta falso testimonio, porque no hay hombre que sea verdadero y justo medidor de sí mismo: tanto engaña la propia caridad.

De donde se deduce que cada cual tiene en su juicio las medidas del falso mercader, que vende con una y compra con otra; y cada cual examina su mal obrar con amplia medida, y con pequeña examina el bien; de modo que el número, la cantidad y el peso del bien le parecen mayores que si fuese apreciado con justa medida, y los del mal más pequeño. Porque hablando de sí mismo con alabanza, o al contrario, o dice falsedad respecto a la cosa de que habla, o dice falsedad respecto a su opinión; que lo uno y lo otro son falsedad.

Así pues, dado que el consentir es confesar, comete villanía quien alaba o vitupera a alguien en su casa, porque el que así es estimado no puede consentirlo ni negarlo sin caer en culpa de alabarse o menospreciarse Salvo la manera de la debida corrección, que no puede existir sin reproche de la falta que se propone corregir, y salvo el modo de honrar y glorificar debidamente, el cual no se puede pasar sin hacer mención de las obras virtuosas o de las dignidades virtuosamente conquistadas.

En verdad, volviendo al principal propósito, digo, como se ha indicado más arriba, que en ocasiones necesarias está permitido hablar de sí mismo. Y entre esas ocasiones necesarias, dos son más manifiestas: es la una cuando, sin hablar de sí mismo, no se puede uno defender de grande infamia y peligro, y entonces se permite, por la razón de que tomar de dos senderos el menos malo es como tomar uno bueno. Y esta necesidad movió a Boecio a hablar de sí mismo, a fin de que, bajo pretexto de consolación, disculpase la perpetua infamia de su destierro, demostrando cuán injusto era, ya que no se alzaba otro exculpador. Es la otra cuando, por hablar de sí mismo, se sigue gran utilidad a los demás por vía de doctrina; y esta razón movió a Agustín a hablar de sí mismo en las Confesiones, pues por el proceso de su vida, que fue de malo en bueno, de bueno en mejor y de mejor en óptimo, dio en ella ejemplo y doctrina, la cual no se podía aprender por testimonio más verdadero.

Por lo cual, si una y otra razón me excusan, el pan de mi levadura está purgado de su primera mácula. Muéveme temor de infamia, y muéveme el deseo de enseñar una doctrina que otro en verdad no puede ofrecer. Temo haber seguido la infamia de tanta pasión como creerá haberme dominado quien lea las susodichas canciones; la cual infamia cesa con este hablar yo de mí mismo por entero; el cual demuestra que, no la pasión, sino la virtud, ha sido la causa por que me moví. Es mi intención también mostrar el verdadero sentido de aquéllas, que nadie puede ver si yo no lo cuento, porque está oculto bajo figura de alegoría; y esto no solamente proporcionará deleite al oído, sino sutil adiestramiento para hablar así y entender los escritos ajenos.

III

Es merecedora de grande represión aquella cosa que, dispuesta para quitar algún defecto, a él induce precisamente; como quien fuese enviado a apaciguar una riña, y antes de apaciguarla comenzase otra. Así pues, dado que mi pan está purgado por una parte, es preciso que lo purgue por otra, para evitar tal reproche; que mi escrito, al cual puede llamársele casi Comentario, está dispuesto para quitar los defectos de las canciones susodichas, y tal vez sea un poco duro en algún pasaje. Dureza que es aquí consciente, y no por ignorancia, sino para evitar un defecto mayor. ¡Pluguiera, ay, al Dispensador del universo que la causa de mi excusa no hubiese existido nunca! Que así nadie me hubiera faltado ni yo sufrido pena injustamente; pena, digo, de destierro y pobreza. Pues que plugo a los ciudadanos de la muy hermosa y famosísima Florencia, hija de Roma, arrojarme fuera de su dulcísimo seno -en el cual nací y me crié hasta el logro de mi vida, y en el cual, y en buena paz con aquéllos, deseo de todo corazón reposar el cansado ánimo y acabar el tiempo que me haya sido concedido- por casi todos los lugares a los cuales se extiende esta lengua, he andado mendigando, mostrando contra mi voluntad la llaga de la suerte, que suele ser imputada al llagado injustamente muchas veces. En verdad, yo he sido barco sin vela ni gobierno, llevado a diferentes puertos, hoces y playas por el viento seco que exhala la dolorosa pobreza y como vil he aparecido a los ojos de muchos, que tal vez por la fama me habían imaginado de otra forma; en opinión de los cuales, no solamente envilecí mi persona, más disminuyó de precio toda obra mía, bien de las ya hechas, ya de la que estuviese por hacer. La razón por que tal acaece -no sólo en mí, sino en todos- pláceme apuntar aquí brevemente; primero, porque la estimación sobrepuja a la verdad, y luego porque la presencia empequeñece la verdad.

La buena fama, engendrada principalmente por la buena obra en la mente del amigo, es dada a luz por ésta primeramente; que la mente del enemigo, aunque reciba la simiente, no concibe. La mente que primero la da a luz, tanto para adornar más su regalo cuanto por caridad del amigo que lo recibe, no se atiene a los términos de la verdad, sino que los exagera. Y cuando los exagera para adornar lo que dice, habla contra conciencia; cuando es engaño de caridad lo que los exagera, no habla contra ella. La segunda mente que esto recibe, no solamente se conforma con la exageración de la primera, sino que en su referencia, efecto de aquélla, procura adornarla, y haciéndolo así engañada por su propia caridad, la exagera aún más de lo que a ella le llega, y con igual concordia y discordia de conciencia que la primera. Esto hacen la tercera receptora y la cuarta, dilatándose hasta el infinito. Y así, volviendo las causas susodichas en las contrarias, puede verse como la causa de la infamia se agranda del mismo modo. Por lo cual dice Virgilio en el cuarto libro de la Eneida: «Que la Fama vive de su movimiento, y andando, aumenta.

Claramente, pues, puede ver quien quiera que la imagen engendrada tan sólo por la fama, siempre es mayor que la cosa imaginada en su verdadero ser.

IV

Mostrada ya la razón de por qué la fama dilata el bien y el mal más de su verdadera cantidad, resta mostrar en este capítulo las razones que hacen ver por qué la presencia los restringe por el contrario; y una vez mostradas, vendremos luego al propósito principal, es decir, a la excusa susodicha. Digo, pues, que por tres causas la presencia hace a la persona de menos valor del que tiene. Una de las cuales es la puericia, no digo de edad, sino de ánimo; la segunda es la envidia: y éstas están en el que juzga; la tercera es la humana impureza, y ésta está en el que es juzgado.

La primera puede razonarse brevemente de este modo: la mayor parte de los hombres viven guiados de los sentidos y no conforme a razón, a guisa de párvulos; y estos tales no conocen las cosas sino simplemente por fuera; y no ven su bondad, a cual está ordenada a determinado fin, porque tienen cerrados los ojos de la razón, los cuales sí la ven. De aquí que luego ven cuanto pueden y juzgan según lo que han visto. Y como se forma una opinión de oídas, acerca de la fama de los otros, y la presencia está en desacuerdo con el juicio imperfecto que, no conforme a razón sino conforme al sentido juzga solamente, casi reputan mentira lo que primero han oído, y desprecian a la persona apreciada primero. De aquí que, según éstos que son como casi todos, la presencia restringe una y otra cualidad. Estos tales, tan pronto están deseosos como hartos; tan pronto alegres como tristes, con breves deleites y pesares; tan pronto amigos como enemigos: que todo lo hacen como párvulos, sin uso de razón.

La segunda se ve por estas razones: que toda comparación es para los viciosos motivo de envidia, y la envidia motivo de mal juicio, ya que no deja argumentar a la razón en favor de la cosa envidiada; así que la potencia juzgadora es entonces como el juez que oye solamente a una de las partes. De aquí que cuando estos tales ven a la persona famosa, al punto están ya envidiosos, porque ven que les iguala en prendas y dominio, y temen por la excelencia de aquélla ser menospreciados. Y éstos no solamente juzgan mal en su apasionamiento, pero difamando hacen juzgar mal a los demás. Por lo cual, la presencia disminuye lo bueno y lo malo de cada uno de los presentes; y digo lo malo, porque muchos, complaciéndose en las malas obras, tienen envidia a los que obran mal.

Es la tercera la humana impureza que se descubre por el propio a quien se juzga, y nunca cuando no hay con él trato ni conversación. Para evidenciar tal se ha de saber que el hombre está manchado por muchas partes; y que, como dice Agustín, «nada hay sin mancha». El hombre está manchado, ya por alguna pasión a la cual no puede a veces resistir, ya por algún miembro deforme, ya por algún golpe de la fortuna, ya por la infamia de sus padres o de algún pariente. Cosas que la fama no lleva consigo, mas sí la presencia, y por su conversación las descubre: estas máculas arrojan alguna sombra sobre la claridad de la bondad, de suerte que la hacen parecer menos clara y de menos valor. Y por eso es por lo que todo profeta es menos honrado en su patria; por eso es por lo que el hombre bueno debe conceder a pocos su presencia, y su familiaridad a menos aún, a fin de que su nombre sea reverenciado y no despreciado. Y esta tercera causa tanto puede estar en el mal cuanto en el bien, volviendo tales razones en sus contrarias. De aquí se ve por modo manifiesto que por la impureza, sin la cual no hay nadie, la presencia disminuye lo malo y lo bueno de cada uno más de lo que la verdad requiere.

De aquí pues que como se ha dicho más arriba, yo me he hecho presente a casi todos los itálicos, por lo cual, no sólo a aquéllos hasta quienes había corrido mi fama, mas también a los demás, tal vez les parezco más vil de lo que soy en verdad, por lo que tal vez mis cosas han parecido más livianas al presentarme yo, es preciso que en la obra presente, con más elevado estilo, dé muestra de cierta gravedad, que autoridad parezca; y baste esta excusa a la dificultad de mi Comentario.

V

Toda vez que está ya purgado este pan de las máculas accidentales, queda por excusar en él un elemento, esto es, el que sea vulgar y no latino; que por semejanza se puede decir de avena y no de trigo. Y de ello lo excusan brevemente tres motivos que me movieron a preferir éste al otro. Procede el uno del temor de desorden inconveniente; el otro, de prontitud de liberalidad; el tercero, del natural amor al habla propia. Y estas causas y sus razones, para satisfacción de lo que se pudiese reprochar por la razón ya notada, es mi intención argumentar en esta forma.

La cosa que más adorna y encomia las obras humanas, y que las lleva más derechamente a buen fin, es el hábito de aquellas disposiciones que están ordenadas a ese fin, del mismo modo que la serenidad de ánimo y fortaleza de cuerpo están ordenadas a fin caballeresco. Y así, quien está dispuesto al servicio ajeno, debe tener aquellas disposiciones ordenadas a tal fin, cuales son sujeción, conocimiento y obediencia, sin las cuales nadie está preparado para servir bien. Porque si no tiene cuantas condiciones se requieren, procede siempre en su servicio con trabajo y lentitud, y rara vez lo cumple. Y si no es obediente no sirve sino a su antojo y según su voluntad; lo cual es más servicio de amigo que de siervo. Por lo tanto, este Comentario es conveniente para evitar tal desorden, pues que es hacer las veces de siervo a las canciones infrascritas el estar sujeto a ellas en todos sus órdenes; y debe conocer las necesidades de su señor y serle obediente. Las cuales disposiciones hubiéranle faltado todas si hubiese sido latino y vulgar, ya que las canciones son vulgares.

Porque, primeramente, si hubiese sido latino, no era súbdito, sino soberano, tanto por nobleza como por virtud y belleza. Por nobleza, porque el latín es perpetuo e incorruptible, y el vulgar es inestable y corruptible. Por lo cual vemos que las escrituras antiguas de las comedias y tragedias latinas no se pueden trasmutar, lo mismo que tenemos hoy; lo cual no sucede en el vulgar, que se transforma por placentero artificio. De aquí que veamos en las ciudades de Italia, si lo consideramos bien, de cincuenta años a la fecha, cómo se han apagado, nacido y variado muchos vocablos; con que, si el poco tiempo así transforma, mucho más transforma mayor tiempo. Así que yo digo que si los que se partieron de esta vida hace mil años tornasen a sus ciudades, creeríanlas ocupadas por gente extranjera, dado lo que su lengua se desemeja de la de ellos. De esto se hablará en otra parte más cumplidamente, en un libro que es mi intención hacer, Deo concedente del Habla vulgar.

Además, el latín no sería súbdito, sino soberano, por virtud. Toda cosa es por naturaleza virtuosa en cuanto hace aquello a que está ordenada; y cuanto mejor lo hace, tanto más virtuosa es. Por lo cual decimos hombre virtuoso a aquél que vive en vida contemplativa o activa, a las cuales está naturalmente ordenado; decimos a un caballo virtuoso, porque corre mucho y fuerte, cosa a la cual está ordenado; decimos virtuosa a una espada que corta bien las cosas duras, a lo cual está ordenada. Así, el lenguaje que está ordenado para expresar el pensamiento humano es virtuoso cuando tal hace, y aquel que lo hace mejor, más virtuoso es. De aquí que, pues el latín expresa muchas cosas concebidas en la mente, que no puede hacer el vulgar -como saben los que poseen uno y otro lenguaje- es más su virtud que la del vulgar.

Además, no sería súbdito, sino soberano, por belleza. El hombre dice que es bella toda cosa cuyas partes se corresponden debidamente, porque de su armonía resulta complacencia. De aquí que el hombre parezca bello cuando sus miembros se corresponden debidamente; y decimos bello al canto, cuando sus voces, según las reglas del arte, son correspondientes entre sí. Con que es más bello aquel discurso en el que se corresponden más adecuadamente; y se corresponden más adecuadamente en latín que en vulgar, porque el vulgar obedece al uso y el latín al arte, por lo cual repútasele por más bello, más virtuoso y más noble. De aquí se concluye el propósito principal, es decir, que el comentario latino no hubiera sido súbdito de las canciones, sino soberano.

VI

Demostrado ya cómo el presente Comentario no hubiese sido súbdito de las canciones vulgares de haber sido latino, queda por demostrar cómo no hubiese sido conocedor ni obediente de aquéllas; y luego se verá en conclusión cómo para que cesasen inconvenientes desórdenes, fue menester hablar vulgarmente. Digo, pues, que el latín no hubiera sido siervo conocedor de su señor por esta razón:

Requiérese el conocimiento del siervo principalmente para conocer dos cosas por modo perfecto. Es la una el natural del señor, ya que hay señores de tan asnal naturaleza, que mandan lo contrario de lo que quieren; y otros que sin decir nada quieren ser servidos y comprendidos; y otros que no quieren que el siervo se mueva para hacer sus menesteres, si no se lo mandan. No es mi intención mostrar ahora la razón de estas variaciones -porque multiplicaría harto la digresión -sino en tanto hablo en general, que estos tales son como bestias a los cuales hace poco provecho la razón. De aquí que si el siervo no conoce el natural de su señor, es manifiesto que no le puede servir perfectamente. La otra cosa es que conviénele al siervo conocer a los amigos de su señor; que de otro modo no los podría honrar ni servir y así no serviría perfectamente a su señor, como quiera que son los amigos como parte de un todo, porque su todo es un querer y un no querer.

Y aún más: el Comentario latino no habría tenido el mismo conocimiento de estas cosas que el vulgar. Que el latín no conoce al vulgar y sus amigos, se prueba de esta suerte: el que conoce una cosa en general no la conoce perfectamente; así como quien ve de lejos un animal no lo conoce perfectamente, porque no sabe si es perro, lobo o carnero. El latín conoce al vulgar en general, pero no en particular; que si lo conociese en particular, conocería todos los vulgares, porque no hay razón de que conozca uno más que otro. Y así todo hombre que tuviese el hábito del latín, tendría el hábito de conocer todos los vulgares. Mas no es así: que un habituado al latín no distingue, si es de Italia, el vulgar alemán, el vulgar itálico o el provenzal. Por donde se manifiesta que el latín no conoce el vulgar. Y aún más, no conoce a sus amigos; porque es imposible conocer a los amigos no conociendo al principal; de aquí que si el latín no conoce el vulgar, como se ha probado más arriba, le es imposible conocer a sus amigos; y el latín no tiene conversación en lengua alguna con tantos como tiene el vulgar de aquella de quien todos son amigos, y, por consiguiente, no puede conocer a los amigos del vulgar. Y no hay contradicción al decir que el latín conversa también con algunos amigos del vulgar; porque, sin embargo, no es familiar de todos, y así no conoce a los amigos perfectamente; porque se requiere conocimiento perfecto y no defectivo.

VII

Probado que el Comentario latino no hubiera sido siervo conocedor, diré cómo no hubiera sido obediente. Obediente es aquel que tiene la buena disposición que se llama obediencia. La verdadera obediencia ha menester tres cosas, sin las cuales no puede existir: ser dulce, y no amarga; bien mandada por entero, y no espontánea, y con medida, y no desmesurada. Las cuales tres cosas érale imposible tener al Comentario latino; y por eso era imposible que fuese obediente. Que al latino le hubiese sido imposible ser obediente, se manifiesta por esta razón:

Toda cosa que de orden perverso procede, es laboriosa, y, por consiguiente, amarga, y no dulce; así como dormir por el día y velar por la noche, y andar hacia atrás y no hacia adelante. Mandar el súbdito al soberano procede de orden perverso; que el orden derecho es que el soberano mande al súbdito: así que es amargo y no dulce. Mas como es imposible obedecer dulcemente al amargo mandato, es imposible que cuando el súbdito manda sea dulce la obediencia del soberano. Por lo tanto, si el latín es soberano del vulgar, como más arriba se ha demostrado con varias razones, y las canciones, que hacen las veces de comandantes, son vulgares, es imposible que su razón sea dulce.

Además, la obediencia es bien mandada por entero, y de ningún modo espontánea, cuando aquello que por obediencia hace no lo hubiera hecho sin mandato, por propia voluntad, ni en todo ni en parte. Y así, si a mí me fuese mandado llevar puestos dos tabardos, y sin que me lo mandaran me pusiera uno, digo que mi obediencia no es enteramente bien mandada, sino espontánea en parte. Tal hubiera sido la del Comentario latino; y, por consiguiente, no hubiera sido obediencia enteramente bien mandada. Que tal hubiera sido, dedúcese de que el latino, sin el mandato de su señor, hubiera explicado muchas partes de su sentido -y explica quien bien considera los escritos latinos- lo cual hace el vulgar en parte alguna.

Hay además obediencia con mesura, y no desmesurada, cuando va al término del mandato, y no más allá; así como la naturaleza particular, obedece a la universal, cuando hácele al hombre treinta y dos dientes, y no más ni menos, y cuando le hace cinco dedos en la mano, y no más ni menos; y el hombre es obediente a la justicia cuando manda al pecador. Y esto tampoco lo hubiera hecho el latino; mas hubiera faltado, no sólo por defecto o sólo por exceso, sino por ambos; y así, su obediencia no hubiese sido mesurada, sino desmesurada, y, por consiguiente, no hubiera sido obediente. Que no hubiese sido el latino cumplidor del mandato de su señor, y que se hubiera excedido, puede demostrarse brevemente. Este señor, es decir, estas canciones a las cuales este Comentario está ordenado como siervo, mandan y quieren ser explicadas a todos aquellos a los cuales puede llegar su intelecto para que cuando hablen sean entendidas. Y nadie duda que si mandasen con la voz, no sería éste su mandato. Y el latino no las habría expuesto sino a los letrados; que los demás no las hubieran entendido así. De aquí que, pues son muchos más los no letrados que quieren entender aquéllas que los letrados, se sigue que no tendría eficacia su mandato como el vulgar, entendido de letrados y no letrados. A más de que el latino las hubiera expuesto a gente de otra lengua, como alemanes, ingleses y otros, y aquí hubiérase excedido ya de su mandato.

Porque contra su voluntad, hablando ampliamente, sería argumentado su sentido allí donde no pudieran llegar con su belleza. Mas sepan todos que ninguna cosa armonizada por musaico enlace se puede traducir de su habla a otra, sin romper toda su dulzura y armonía. Y ésta es la razón por la cual Homero no se tradujo del griego al latín, como los demás escritos que de ellos tenemos; y ésta es la razón por la cual los versos del Salterio no tienen dulzura de música ni de armonía; porque fueron traducidos del hebreo al griego y del griego al latín, y en la primera traducción vino a menos toda aquella dulzura. Así, pues, conclúyese de aquí lo que se prometió en el principio del capítulo anterior deste último.

VIII

Una vez demostrado con razones suficientes, cuan convenía porque cesasen inconvenientes desórdenes para esclarecer y demostrar las dichas canciones, comentario vulgar y no latino, es mi intención demostrar cómo también fue pronta liberalidad lo que hizo elegir entre éste y abandonar el otro. Puédese, pues, notar la pronta liberalidad en tres cosas, las cuales obedecen al vulgar y no hubieran obedecido al latino. Es la primera, dar a muchos; la segunda es dar cosas útiles; es la tercera, sin ser pedida la dádiva, darla.

Porque dar en provecho de uno es un bien; mas dar en provecho de muchos es un bien pronto, en cuanto toma semejanza de los beneficios de Dios, que es el bienhechor universal por excelencia. Y, además, es imposible dar a muchos sin dar a uno, puesto que uno va incluido entre muchos; mas muy bien se puede dar a uno sin dar a muchos. Por eso quien beneficia a muchos hace uno y otro bien; quien beneficia a uno, hace sólo un bien; de aquí que veamos a los hacedores de las leyes fijar sus ojos principalmente en los bienes comunes al componer aquéllas.

Además, dar cosas inútiles al que la recibe es, con todo, un bien, en cuanto el que da muéstrale al menos ser su amigo; pero no es un bien perfecto, y así, no es pronto; como cuando un caballero diese a un médico un escudo, y cuando el médico diese a un caballero escritos los Aforismos de Hipócrates o los de Galeno; porque dicen los sabios que el rostro de la dádiva debe ser semejante del que la recibe; es decir, que le convenga y le sea útil; por eso se llama liberalidad pronta del que así discierne al dar.

Mas dado que los razonamientos morales suelen dar deseo de ver su origen, es mi intención mostrar brevemente en este capítulo cuatro razones, por las cuales, necesariamente, para que haya pronta liberalidad en la dádiva, ha de ser útil para quien la reciba.

Primeramente, porque la virtud debe ser alegre y no triste en ninguna de sus obras. De aquí que si la dádiva no es alegre, ya en el dar, ya en el recibir, no hay en ella virtud perfecta ni pronta. Esta alegría no puede dar sino utilidad, que queda en el dador con dar y va al que la recibe por recibir. El dador, pues, debe proveer de suerte que quede de su parte la utilidad de la honestidad que está sobre toda otra utilidad; y hacer de suerte que vaya al que la recibe la utilidad del uso de la cosa donada; y así uno y otro estarán contentos, y, por consiguiente, habrá más pronta liberalidad.

Segundo, porque la virtud debe llevar las cosas cada vez a mejor. Así como sería obra vituperable hacer un azadón de una hermosa espada o hacer una hermosa alcuza de una hermosa cítara, del mismo modo es vituperable quitar una cosa de un lugar donde sea útil y llevarla adonde sea menos útil. De aquí que para que sea laudable el mudar las cosas, conviene siempre que sea a mejor, por lo que debe ser sobremanera laudable; y esto no puede hacerlo la dádiva, si al transmutarse no se hace más cara; ni puede hacerse más cara, si no le es más útil su uso al que la recibe que al que la da. Por lo cual se infiere que la dádiva ha de ser útil para quien la reciba, a fin de que haya en ella pronta liberalidad.

Tercero, porque la obra de la virtud por sí misma debe adquirir amigos, dado que nuestra vida necesita de ellos y que es el fin de la virtud que nuestra vida sea alegre. De aquí que, para que la dádiva haga amigo al que la recibe, ha de ser útil, puesto que la utilidad sella la memoria con la imagen de la dádiva; la cual es alimento de la amistad, tanto más fuerte cuanto mejor es; de aquí que suele decir Martín: «No se apartará de mi mente el regalo que me hizo Juan». Por lo cual, para que en la dádiva esté su virtud, que es la liberalidad, y que ésta sea pronta, ha de serle útil a quien la reciba.

Últimamente, porque la virtud debe obrar libremente y no por la fuerza. Hay acto libre cuando una persona va con su gusto a cualquier parte, la cual muestra con dirigir la vista hacia ella; hay acto forzado, cuando va a disgusto, lo cual muestra con no mirar adonde va. Así, pues, mira la dádiva hacia esa parte cuando considera la necesidad del que la recibe. Y como no puedo considerarla si no es útil, es menester, para que la virtud proceda con acto libre, que esté libre la dádiva en el lugar adonde va con el que la recibe, y, por consiguiente, ha de haber en la dádiva utilidad para el que la recibe, a fin de que haya allí pronta liberalidad.

La tercera cosa en que puede notarse la pronta liberalidad, es en dar sin petición; porque lo pedido es por una parte no virtud, sino mercadería; porque el que recibe compra todo aquello que el dador no vende; por lo cual dice

Séneca que nada se compra tan caro como aquello en que se gastan ruegos. De aquí que para que en la dádiva haya pronta liberalidad, y que se pueda notar en ella, es menester que esté limpia de toda mercadería; y así, la dádiva no ha de ser pedida. En cuanto a por qué es tan caro lo que se pide, no es mi intención hablar de ello aquí, ya que suficientemente se explicará en el último tratado de este libro.

IX

De las tres condiciones susodichas, que han de concurrir a fin de que haya pronta liberalidad en el beneficio, estaba apartado el Comentario latino, y el vulgar está de acuerdo con ellas, como se ve manifiestamente de este modo: el latino no hubiera servido para muchos; porque si traemos a la memoria lo que más arriba se ha dicho, los letrados extraños a la lengua itálica no hubieran podido obtener este servicio. Y los de esta lengua, si consideramos bien quiénes son, encontraremos que de mil, uno hubiera sido razonablemente servido, porque no lo habrían recibido; tan predispuestos están a la avaricia, que los aparta de toda nobleza de ánimo, la cual desea principalmente este alimento. Y en su vituperio digo que no se deben llamar letrados, porque no adquieren la letra para su uso, sino en cuanto por ella ganan dineros o dignidades; así como no se debe llamar citarista a quien tiene la cítara en casa para prestarla mediante un precio y no para usarla tocando. Volviendo, pues, al motivo principal, digo que puede verse manifiestamente cómo el latín hubiera beneficiado a pocos; más que el vulgar, servirá, en verdad, a muchos. Pues la bondad de ánimo que espera este servicio reside en aquellos que por torpe abandono del mundo han dejado la literatura a quienes la han convertido de dama en meretriz; y estos nobles son príncipes, barones y caballeros, y otra mucha gente noble, no solamente hombres, sino mujeres, que son muchos y muchas en esta lengua, vulgares y no letrados.

Además, el latín no hubiera sido el donante de útil dádiva, que será el vulgar; porque no hay cosa alguna útil, sino en cuanto se usa, ni está su bondad en potencia, lo cual no es existir perfectamente, como el oro, la margarita y los demás tesoros que están enterrados, porque los que están a mano del avaro están en más bajo lugar, que no hay tierra allí donde está escondido el tesoro. La verdadera dádiva de este Comentario es el sentido de las canciones a las cuales se hace, porque intenta principalmente inducir a los hombres a la ciencia y a la virtud, como se verá por el proceso de su tratado. No pueden tener el hábito de este sentido, sino aquellos en quienes está sembrada la verdadera nobleza del modo que se dirá en el cuarto Tratado; y éstos son casi todos vulgares, como lo son los nobles más arriba nombrados en este capítulo. Y no hay contradicción porque algún letrado sea de aquéllos, que, como dice mi maestro Aristóteles en el primer libro de la Ética: «Una golondrina no hace verano». Es, pues, manifiesto que el vulgar dará cosa útil. Y el latín no la hubiera dado.

Aún más: dará el vulgar dádiva no pedida, que no hubiera dado el latín, porque se dará a sí propio por Comentario, que nunca fue pedido por nadie, y esto no puede decirse del latín, que ha sido ya pedido por Comentario y por glosas a muchos escritos, como en sus principios puede verse claramente en muchos. Y así manifiesto es que pronta liberalidad me inclinó al vulgar antes que al latín.

X

Grande tiene que ser la excusa, cuando en convivio tan noble, por sus manjares y tan honroso por sus convidados, se sirve pan de avena y no de trigo; y tiene que ser una razón evidente la que le haga apartarse al hombre de aquello que por tanto tiempo han conservado los demás, como es el comentar en latín. Y así, la razón ha de ser manifiesta, pues es incierto el fin de las cosas nuevas, ya que nunca se ha tenido experiencia de ellas; de aquí que las cosas, usadas y conversadas, son comparadas en el proceso y en el fin. Por eso se movió la razón a ordenar que el hombre tuviese diligente cuidado al entrar en el nuevo camino, diciendo: «Que al estatuir las cosas nuevas, debe ser una razón evidente la que haga apartarse de lo que se ha usado por mucho tiempo». No se maraville nadie, pues, si es larga la digresión de mi excusa; antes bien, aguante como necesaria su extensión pacientemente. Prosiguiendo lo cual digo que -pues que está manifiesto cómo para que cesasen inconvenientes desórdenes, y por prontitud de liberalidad me incliné al Comentario vulgar y dejé el latino- quiere el orden de la excusa completa que demuestre yo cómo me movió a ello el natural amor del habla propia; que es la tercera y última razón que a ello me movió. Digo que el natural amor mueve principalmente al amador a tres cosas: es la una, magnificar al amado; la otra, ser celoso de él; la tercera, defenderlo, como puede verse que continuamente sucede. Y estas tres cosas me hicieron adoptarlo, es decir, a nuestro vulgar, al cual natural y accidentalmente amo y he amado.

Movióme a ello primeramente el magnificarlo. Y que con ello lo magnífico puede verse por esta razón: dado que por muchas condiciones de grandeza se pueden magnificar las cosas, es decir, hacerlas grandes, nada engrandece tanto como la grandeza de la propia bondad, la cual es madre y conservadora de las demás grandezas. De aquí que ninguna mayor grandeza puede tener el hombre que la de la obra virtuosa, que es su propia bondad, por la cual las grandezas de las verdaderas dignidades y de los verdaderos honores, del verdadero poderío, de las verdaderas riquezas, de los verdaderos amigos, de la fama clara y verdadera, son adquiridas y conservadas. Y yo doy esta grandeza a este amigo, en cuanto la bondad que tenía en potencia y oculta yo la reduzco en acto, y mostrándose en su obra propia, que es manifestar el sentido concebido.

Moviéronme a ello, en segundo lugar, los celos. Los celos del amigo hacen al hombre solícito y providente. De aquí que, pensando que por el deseo de entender estas canciones, algún iletrado tal vez hiciera traducir el Comentario latino al vulgar, y temiendo que el vulgar fuese empleado por alguien que le hiciera parecer feo, como hizo el que tradujo el latín de la Etica, me decidí a emplearlo yo, fiándome de mí más que de otro cualquiera.

Movióme a ello, además, el defenderlo de muchos acusadores, los cuales menosprécianle a él y encomian los otros, principalmente al de lengua de Oc, diciendo que es más bello y mejor aquél que éste, apartándose con ello de la verdad. Que por este Comentario se verá la gran bondad del vulgar de Sí, pues que -como se expresan con él casi como con el latín conveniente, adecuada y suficientemente altísimos y novísimos conceptos- su virtud no se puede manifestar bien en las cosas rimadas, por los adornos accidentales que en ellas están permitidos, es decir, la rima, el ritmo y el número regulado, del mismo modo que la belleza de una dama, cuando los adornos del tocado y de los vestidos hacen que se la admire más que a ella misma. De aquí que quien quiera juzgar bien a una dama la mire sólo cuando su natural belleza está sin compañía de ningún adorno accidental; así como estará este Comentario, en el cual se verá la ligereza de sus sílabas, la propiedad de sus condiciones y las suaves oraciones que de él se hacen; las cuales, quien bien considere, verá estar llenas de dulcísima y amabilísima belleza. Mas ya que es sobremanera virtuoso mostrar en la intención el defecto y la malicia del acusador, diré, para confusión de los que acusan al habla itálica, qué es lo que a hacer tal les mueve; y de ello haré ahora capítulo especial, por que más se denote su infamia.

Para perpetua infamia y demérito de los hombres malvados de Italia, que encomia el vulgar ajeno y el propio desprecian, digo que su actitud proviene de cinco abominables causas. La primera es ceguedad de discreción; la segunda, excusa maliciosa; la tercera, ansia de vanagloria; la cuarta, argumento de envidia; la quinta y última, vileza de ánimo, es decir, pusilanimidad. Y cada una de estas maldades tiene tan gran secuela, que pocos son los que están libres de ellas.

De la primera se puede argumentar así: de igual manera que la parte sensitiva del alma tiene sus ojos, con los cuales aprende la diferencia de las cosas, en cuanto están por fuera coloreadas, así la parte racional tiene su vista, con la cual aprende la diferencia de las cosas, en cuanto están ordenadas a un fin; y ésta es la discreción. Y así como el que está ciego de los ojos sensibles anda siempre discerniendo el mal y el bien según los demás, así el que está ciego de la luz de la discreción anda siempre en su juicio según la opinión, derecho o torcido. De aquí que si el que guía es ciego, como ahora, es fatal que tanto él como el ciego que en él se apoya vayan a mal fin. Por eso está escrito que «el ciego servirá de guía al ciego, y ambos caerán en la fosa». Esta opinión ha estado mucho tiempo contra nuestro vulgar, por las razones que más abajo se dirán. Según ello, los ciegos arriba mencionados, que son casi infinitos, con la mano en el hombro de estos falsarios, han caído en la fosa de la falsa opinión, de la cual no saben salir. Del hábito de esta luz discrecional carecen principalmente las gentes del pueblo, porque, ocupadas desde el principio de su vida en algún oficio, a él enderezan su ánimo, por la fuerza de la necesidad, de tal suerte que no entienden de otra cosa. Y como el hábito de la virtud, tanto moral como intelectual, no se puede tener súbitamente, sino que conviene que por el uso se adquiera, y ellos ponen su costumbre en algún arte y no se curan de discernir las demás cosas, les es imposible tener discreción. Porque acaece que muchas veces gritan: «Viva su muerte y muera su vida», sólo con que uno a decir tal comience. Y es este peligrosísimo defecto en su ceguedad. Por lo cual Boecio considera vana la gloria popular, porque lo ve sin discreción. Éstos habían de llamarse borregos, y no hombres; porque si una oveja se arrojase de una altura de mil pasos, todas las demás iríanse tras ella; y si una oveja, por cualquier causa, salta al atravesar un camino, saltan todas las demás, aun no viendo nada que saltar, y yo vi tiempo ha tirarse muchas a un pozo, porque una saltó dentro de él, tal vez creyendo saltar una pared, no obstante el pastor, llorando y gritando, poníase delante con brazos y pecho.

La segunda conjura contra nuestro vulgar se hace por una excusa maliciosa. Son muchos los que quieren mejor ser tenidos por maestros que serlo; y para evitar lo contrario, es decir, el no ser tenidos, echan siempre la culpa a la materia del arte preparado o al instrumento; así como el mal herrero maldice del hierro que se le ofrece, el mal citarista maldice la cítara, creyendo echar la culpa del mal cuchillo o del tocar mal, al hierro y a la cítara y quitársela a él. Así son algunos, y no pocos, que quieren que los hombres les tengan por escritores; y por excusarse del no escribir o del escribir mal, acusan y culpan a la materia, es decir, al vulgar propio, y encomian el ajeno, el fabricar el cual no es su cometido. Y quien quiera ver cómo se ha de culpar al hierro, mire qué obras hacen los buenos artífices y conocerá la malicia de éstos que, maldiciendo, de él, creen excusarse. Contra estos tales exclama Tulio al principio de un libro suyo que se llama libro Del fin de los bienes, porque en su tiempo maldecían del latín romano y encomiaban la gramática griega, por parecidas causas a las que, según éstos, hacen vil el lenguaje itálico y precioso el de Provenza.

La tercera conjura contra nuestro vulgar se hace por deseo de vanagloria. Son muchos los que por exponer cosas escritas en lengua ajena y encomiarla, creen ser más admirados que sacándolas de la suya. Y sin duda que merece alabanza el aprender bien una lengua extraña; pero es vituperable el encomiarla más de lo justo por vanagloriarse de tal adquisición.

La cuarta se hace por un argumento de envidia. Como se ha dicho más arriba, siempre hay envidia donde hay alguna paridad. Entre los hombres de una misma lengua hay la paridad del vulgar; y porque el uno no sabe usarlo como el otro, nace la envidia. El envidioso argumenta luego, no censurando al que escribe por no saber escribir, mas vituperando aquello que es materia de su obra, para quitar -despreciando la obra por aquel lado- al que la escribe honra y fama, como el que condenase el hierro de una espada, no por condenar el hierro, sino toda la obra del maestro.

La quinta y última conjura procede de vileza de ánimo. El magnánimo siempre se magnifica en su corazón; y así el pusilánime, por el contrario, siempre se tiene en menos de lo que es. Y, como magnificar y empequeñecer siempre hacen referencia a alguna cosa, por comparación con la cual el magnánimo se engrandece y el pusilánime se empequeñece, sucede que el magnánimo siempre hace a los demás más pequeños de lo que son y el pusilánime siempre mayores. Y como con la medida que el hombre se mide a sí mismo mide sus cosas, que son como parte de sí mismo, sucede que al magnánimo sus cosas le parecen siempre mejores de lo que son y las ajenas menos buenas; el pusilánime cree que sus cosas valen poco y las ajenas mucho. De aquí que, muchos por esta cobardía desprecian su vulgar propio y aprecian el otro; y todos estos tales son los abominables malvados de Italia, que tienen por vil a este precioso vulgar, el cual, si en algo es vil, no sino en cuanto suena en la boca meretriz de estos adúlteros, conducidos por los cuales van los ciegos de quienes hice mención en la primera causa.

XII

Si manifiestamente por las ventanas de una casa saliesen llamas de fuego y alguien preguntase si allí dentro había fuego, y otro le respondiese que sí, no sabría discernir cuál de los dos merecía mayor desprecio. Y no de otro modo sería la pregunta y la respuesta de quien me preguntase si le tengo amor al habla propia, y yo le respondiera que sí, según las razones arriba propuestas. Mas con todo hay que mostrar que le tengo, no sólo amor, sino amor perfectísimo, y para condenar aún más a sus adversarios. Lo cual, mostrando a quien lo entienda, diré cómo de aquélla me hice amigo y cómo se confirmó la amistad.

Digo que -como puede verse que escribe Tulio en el tratado de la Amistad, de acuerdo con la opinión del filósofo, expuesta en el octavo y en el noveno de la Etica- la proximidad y la bondad son causas generadoras de amor; el beneficio, el deseo y la costumbre son causas acrescitivas de amor, y todas estas causas han contribuido a engendrar y confortar el amor que tengo a mi vulgar, como lo demostraré brevemente.

Tanto más próxima está la cosa cuanto de todas las cosas de su género está más unida a otra; por lo cual, de todos los hombres el hijo es el más próximo al padre, y de todas las artes, la medicina en la más próxima al médico, y la música al músico, porque están más unidas a ellos que las demás; de todas las tierras es más próxima aquella en donde está el hombre mismo, porque está más unida a él. Y así el vulgar propio está más próximo en cuanto está más unido, pues que sólo él está en la memoria antes que ningún otro; y que no está solamente unido per se, sino por accidente, en cuanto está unido con las personas más próximas, tal como los parientes y conciudadanos, y con la propia gente. Y éste es el vulgar propio, el cual no sólo está próximo, sino sobremanera próximo a todos. Por lo cual, si la proximidad es simiente de amistad, como se ha dicho arriba, está manifiesto que ha sido una de las causas del amor que yo tengo por mi habla, que está más próxima a mí que las demás. La susodicha causa, es decir, la de estar más unido aquello que está antes que nada en la memoria, originó la costumbre de la gente, que hace que sólo hereden los primogénitos, como más cercanos, y como más cercanos más amados.

Además, la bondad me hizo amigo de ella, y así debe saberse que toda bondad propia de alguna cosa es de desear en ella; tal como en la virilidad al estar bien barbado y en la feminidad estar bien limpia la barba en toda la cara;

tal como en el podenco el buen olfato y en el galgo la ligereza. Y cuanto más propia es más digna de ser amada; por lo cual, dado que toda virtud es en el hombre digna de ser amada, lo es más la más humana; y tal es la justicia, la cual está solamente en la parte racional o intelectual, es decir, en la voluntad.

Es ésta tan digna de ser amada que, como dice el filósofo en el quinto de la Etica, sus enemigos la aman, como lo son ladrones y robadores; y por eso vemos que su contraria, es decir, la injusticia, es manifiestamente odiada: tales la traición, la ingratitud, la falsedad, el hurto, la rapiña, el engaño y sus similares. Los cuales son pecados tan inhumanos, que, para excusarse de su infamia, permítesele al hombre, por antigua usanza, que hable de sí mismo, como se ha dicho más arriba, y pueda decir que es fiel y lea. De esta virtud hablaré más adelante plenamente en el decimocuarto tratado; y dejando esto, vuelvo a mi propósito. Está, pues, probada la bondad de la cosa que más se encomia y ama en ella, y es de ver tal cual es. Y nosotros vemos que en toda cosa de lenguaje lo más amado y encomiado es el manifestar bien el concepto; con que está es su primera bondad. Y dado que la hay en nuestro vulgar, como se ha manifestado más arriba en otro capítulo, manifiesto está que ha sido una de las causas del amor que le tengo; pues que, como se ha dicho, la bondad es causa generadora de amor.

XIII

Dicho cómo en el habla propia están las dos cosas por las cuales me hice su amigo, es decir, proximidad a mí y bondad propia, diré cómo por beneficio y concordia de deseo y por benevolencia de antigua costumbre, la amistad se ha confirmado y hecho grande.

Digo primero que yo he recibido de ella grandísimos beneficios. Y por eso debe saberse que entre todos los beneficios es mayor aquel que es más precioso a quien lo recibe; y no hay cosa ninguna tan preciosa como aquella por la cual todas las demás se quieren; y todas las demás cosas se quieren por la perfección del que quiere. Por lo cual, dado que el hombre tiene dos perfecciones, una primera y una segunda -la primera le hace ser, la segunda le hace ser bueno-, si el habla propia hame sido causa de una y otra, he recibido de ella grandísimo beneficio. Y en cuanto a que lo haya sido de mi ser, si por mí no existiese, puede demostrarse brevemente.

¿No hay en toda cosa varias causas eficientes, aunque unas lo sean más que las otras, y de aquí que el fuego y el martillo sean causas eficientes del cuchillo, aunque principalmente lo sea el herrero? Este vulgar mío fue copartícipe con mis genitores, que en él hablaban, así como el fuego es el que prepara el hierro al herrero, que hace el cuchillo; por lo cual manifiesto está que ha concurrido a mi generación, y ha sido así causa en cierto modo de mi existencia. Además, este vulgar mío fue mi introductor en el camino de la ciencia, que es la última perfección en cuanto con él entré en el latín y con él me fue enseñado; el cual latín me fue luego camino para andar más adelante; y así está claro y por mí reconocido, que ha sido para mí un grandísimo bienhechor.

También ha sido mi compañero de deseo, y esto lo puedo demostrar así. Toda cosa desea naturalmente su conservación; de aquí que si el vulgar pudiese por sí desear, la desearía, y desearla sería el conseguir más estabilidad; y más estabilidad no podría tener sino ligándose con número y rimas. Y tal ha sido mi deseo, lo cual es tan manifiesto, que no ha menester testimonio. Por lo cual un mismo deseo ha sido el suyo y el mío; y por esta concordia la amistad se ha confirmado y acrecido.

También hemos tenido la benevolencia de la costumbre; que desde el principio de mi vida he tenido con él benevolencia y conversación, y lo he usado deliberando, interpretando y disputando. Por lo cual, si la amistad se acrece por la costumbre, como sensiblemente se demuestra, está manifiesto que en mí se ha acrecido sobremanera, ya que con el vulgar he empleado todo mi tiempo. Y así se ve que a tal amistad han concurrido todas las causas engendradoras y acrecedoras de amistad; de donde se infiere que no solamente amor, sino amor perfectísimo, es lo que yo debo tener y tengo.

Así, volviendo los ojos atrás y recogiendo las razones antedichas, puedese ver cómo el pan con que se deben comer los infrascritos manjares de las canciones está suficientemente purgado de máculas y del ser de avena; por lo cual, tiempo es ya de tratar de suministrar los manjares. Será el pan orzado, del cual se saciarán miles, y a mí me sobrarán las espuertas llenas. Será luz nueva, nuevo sol que surgirá donde el usual se ponga, y dará luz a aquellos que están en tinieblas y oscuridad, porque el sol usual no les alumbra.

****

TRATADO SEGUNDO

Canción primera

Los que entendiendo movéis el tercer cielo, oíd el lenguaje de mi corazón,

que yo no se expresar, tan nuevo me parece.

El cielo que creó vuestra valía,

vos las que sois gentiles criaturas,

me trajo a aqueste estado en que me encuentro: de aquí, pues, que el hablar de la vida que llevo, parezca dirigirse dignamente a vos;

por ello os ruego que me lo entendáis.

Os diré la novedad del corazón, de cómo llora en él el alma triste

y cómo habla un espíritu contra ella,

que los rayos le traen de vuestra estrella. Solía ser vida del corazón doliente

un suave pensamiento que se iba

muchas veces a los pies de Vuestro Señor.

Donde una dama, veía estar en gloria, de quien hablábame tan dulcemente, que mi alma decía: «Yo allí ir quiero».

Ahora aparece quien a huir le obliga y se adueña de mí con fuerza tal,

que el temblor de mi corazón se muestra fuera. Éste me hace mirar a una dama,

y dice: «Quien ver quiere la salud, haga por ver los ojos de esta dama»,

si es que no teme angustias de suspiros.

Halla un contrario tal que lo destruye

el pensamiento humilde que hablarme suele de un ángela en el cielo coronada.

El alma llora, tanto aún le duele,

y dice: «¡Triste de mí, y cuán me huye el compasivo que me ha consolado!» De mis ojos dice esta afanosa.

¡Mal hora fue en la que los vio tal dama! ¿Por qué no me creían a mí de ella? Decía yo: «Sin duda en los sus ojos debe estar el que mata a mis iguales,

y no me valió darme entera cuenta

que no mirasen tal, pues que fui muerta».

«No fuiste muerta, pero estás perdida, alma nuestra que tanto te lamentas», dice un gentil espíritu de amor;

porque esa hermosa dama que tú sientes, tu propia vida ha trastrocado tanto,

que tienes miedo de ella, tan cobarde te has vuelto. Mírala cuán piadosa y cuán humilde, cuán es sabia y cortés en su grandeza:

piensa, por tanto, en llamarla dama; pues que, si no te engañas, has de ver de tan altos milagros el adorno,

que dirás: «Amor, señor verdadero,

he aquí tu esclava, haz cuanto te plazca».

Canción creo yo que serán pocos

los que entender bien sepan tu lenguaje, tan obscura y trabajosamente lo dices;

de aquí que si por caso te acaeciera que te hallases delante de personas

que no creas que la hayan entendido, ruégote entonces que te consueles diciéndoles dilecta canción mía:

Considerad siquier cuán soy hermosa.

I

Ya que, hablando a manera de proemio, me ministro, mi pan está suficientemente preparado en el Tratado precedente, el tiempo pide y clama por que mi nave salga de puerto. Por lo cual, dirigido el timón de la razón al rumbo de mi deseo, lánzome al piélago con la esperanza de hallar camino suave y laudable puerto de salvación al fin de mi cena. Pero, a fin de que sea más provechoso mi alimento, antes de que llegue el primer manjar, quiero mostrar cómo se debe comer.

Digo que, tal como en el primer capítulo se ha referido, ha de ser esta exposición literal y alegórica. Y para dar a entender tal, es menester saber que los escritos puédense entender y se deben exponer principalmente en cuatro sentidos. Llámase el uno literal, y es éste aquél que no va más allá de la letra propia de la narración adecuada a la cosa de que se trata; de lo que es ciertamente ejemplo apropiado la tercera canción, que trata de la nobleza. Llámase el otro alegórico, y éste es aquel que se esconde bajo el manto de estas fábulas, y es una verdad escondida bajo bella mentira. Como cuando dice Ovidio que Orfeo con la cítara amansaba las fieras y conmovía árboles y piedras; lo cual quiere decir que el hombre sabio, con el instrumento de su voz, amansa y humilla los corazones crueles y conmueve a su voluntad a los que no tienen vida de ciencia y de arte; y los que no tienen vida racional, son casi como piedras. Y en el penúltimo Tratado se mostrará por qué los sabios hallaron este escondite. Los teólogos toman en verdad este sentido de otro modo que los poetas; mas como quiera que mi intención es seguir aquí la manera de los poetas, tomaré el sentido alegórico según es usado por los poetas.

El tercer sentido se llama moral; y éste es el que los lectores deben intentar descubrir en los escritos, para utilidad suya y de sus descendientes; como puede observarse en el Evangelio, cuando Cristo, subiendo al monte para transfigurarse, de los doce apóstoles llevóse tres consigo; en lo cual puede entenderse moralmente que en las cosas muy secretas debemos tener poca compañía.

Llámase el cuarto sentido anagógico, es decir, superior al sentido, y es éste cuando espiritualmente se expone un escrito, el cual, más que en el sentido literal por las cosas significadas, significa cosas sublimes de la gloria eterna; como puede verse en aquel canto del Profeta que dice que con la salida de

Egipto del pueblo de Israel hízose la Judea santa y libre. Pues aunque sea verdad cuanto según en la letra se manifiesta, no lo es menos lo que espiritualmente se entiende; esto es, que al salir el alma del pecado, se hace santa y libre en su potestad.

Y al demostrar esto, siempre debe ir delante lo literal, como aquél en cuyo sentido están incluidos los demás, y sin el cual sería imposible e irracional entender los demás y principalmente el alegórico. Es imposible, porque en toda cosa que tiene interior y exterior es imposible llegar adentro si antes afuera no se llega. Por lo cual, comoquiera que en los escritos el sentido literal es siempre lo de fuera, es imposible llegar a los demás sin antes ir al literal.

Además, es imposible, porque en todas las cosas naturales y artificiales es imposible proceder a la forma sin estar antes dispuesto el sujeto sobre el cual la forma ha de constituirse. Como es imposible que aparezca la forma del oro, si la materia, es decir su sujeto, no está primero digesta y preparada; ni que aparezca la forma del arca, si la materia, es decir, la madera, no está primero dispuesta y preparada. Por lo cual, dado que el sentido literal es siempre sujeto y materia de los demás, principalmente del alegórico, es imposible lograr venir primero a conocimiento de los demás que al suyo. Además es imposible, porque en todas las cosas naturales y artificiales es imposible proceder, si primero no se ha hecho el fundamento, como en la casa y en el estudio. Por lo cual, dado que el demostrar es edificación de ciencia y la demostración literal fundamento de las demás, principalmente de la alegórica, es imposible llegar a las demás antes que a aquélla.

Además, puesto que fuese posible, seria irracional, es decir, fuera de todo orden, y, por lo tanto, se procedería con mucho trabajo y mucho error. De aquí que, como dice el filósofo en el primero de la Física, la naturaleza quiere que en nuestro conocimiento se proceda ordenadamente, esto es, procediendo de lo que conocemos mejor a lo que no conocemos tan bien. Digo que quiere la naturaleza, en cuanto esta vía de conocimiento es naturalmente innata en nosotros. Y, por tanto, si los demás sentidos se entienden menos que el literal -como, en efecto, se ve manifiestamente- sería irracional proceder a demostrarlos, si antes no estuviese demostrado el literal. Por estas razones, pues, sobre cada canción argumentaré primero el sentido literal y después argumentaré su alegoría, esto es, la escondida verdad; y a veces tocaré incidentalmente a los demás sentidos, según las conveniencias de lugar y de tiempo.

II

Comenzando, pues, digo que ya la estrella de Venus por dos veces había girado en ese su círculo que la hace mostrarse vespertina y matutina, según los dos diversos tiempos, después del tránsito de aquella bienaventurada Beatriz que vive en el cielo con los ángeles y en la tierra con mi alma, cuando aquella dama gentil, de quien hice mención al fin de la Vida Nueva, aparecióse a mis ojos por vez primera, acompañada de Amor, y tomó puesto en mi mente. Y, como dicho está por mí en el librito alegado, acaeció que, más por su gentileza que por elección mía, consentí en ser suyo; porque compadecida con tanta misericordia de mi vida viuda se mostraba, que los espíritus de mis ojos hiciéronse grandes amigos suyos. Y una vez amigos, tal hicieron dentro de mí, que mi beneplácito mostróse contento con desposarse con aquella imagen.

Mas, como amor no nace súbitamente ni se hace grande y perfecto, sino que necesita algún tiempo y alimento de pensamientos, principalmente allí donde hay pensamientos contrarios que lo impiden, fue menester, antes que este nuevo amor fuese perfecto, mucha batalla entre el pensamiento que le alimentaba y aquel que le era contrario, el cual tenía aún la fortaleza de mi mente por la gloriosa Beatriz. Porque el uno recibía socorro continuamente por la parte de delante, y el otro por detrás, por parte de la memoria. Y el socorro de delante aumentaba todos los días -lo que no podía el otro- de tal suerte, que impedía volver el rostro atrás. Por lo que me pareció tan admirable y asimismo tan duro de sufrir, que resistirle no pude; y casi gritando -por disculparme de la novedad, en la cual parecíame hallarme falto de fortaleza- dirigí la voz hacia aquella parte de donde procedía la victoria del nuevo pensamiento, que era victoriosísimo, como virtud celestial, y comencé a decir:

Los que entendiendo movéis el tercer cielo.

Para bien emprender la comprensión de tal canción es menester conocer primero sus partes, y así será fácil su comprensión a la vista. A fin de que no sea menester repetir estas palabras en la exposición de las demás, digo que es mi intención guardar el orden que se adoptará en este Tratado para todos.

Así, pues, digo que la canción propuesta contiene tres partes principales. La primera es el primer verso de ella, en la que se induce a oír lo que decir

intento a ciertas inteligencias, o, siguiendo el modo más usado, digamos ángeles, los cuales están en la revolución del cielo de Venus, como motores de

él. Son la segunda los tres versos que siguen tras el primero, en la cual se manifiesta lo que dentro se sentía espiritualmente entre diversos pensamientos.

La tercera es el quinto y último verso, en la cual suele el hombre hablar a la obra misma, como para confortarla. Y todas estas tres partes se han de demostrar por orden, como se ha dicho más arriba.

III

Para ver más latinamente el sentido literal, que es el ahora propuesto, de la primera parte arriba dividida, ha de saberse quiénes y cuántos son los llamados a oírme, y cuál es el tercer cielo que digo que ellos mueven. Y primero hablaré del cielo; luego hablaré de aquellos a quienes hablo. Y aunque de estas cosas a la verdad poco puede saberse, en aquello que ve la humana razón se deleita más que con lo mucho y lo cierto de las cosas de las cuales se juzga conforme al sentido, según la opinión del filósofo, en De los animales.

Digo, pues, que del número y situación de los cielos se ha opinado por muchos diversamente, aunque la verdad se encuentre por último. Aristóteles creyó, siguiendo únicamente la antigua rudeza de los astrólogos, que había también ocho cielos, el último de los cuales, y que todo contenía, era aquel donde están fijas las estrellas, es decir, la octava esfera; y que más allá de él no había otro alguno. También creyó que el cielo del sol estaba inmediato al cielo de la luna, es decir, el segundo respecto a nosotros, y puede ver quien quiera esta errónea opinión en el segundo libro de Cielo y Mundo, que está en el segundo de los libros naturales. A la verdad, se excusa de ello en el duodécimo de la Metafísica, donde demuestra haber seguido incluso la opinión ajena allí donde le ha sido menester hablar de Astrología.

Tolomeo luego, advirtiendo que la octava esfera se movía con varios movimientos, al ver apartarse su círculo del círculo derecho que se mueve de Oriente a Occidente, obligado por los principios de la Filosofía, que necesariamente pide un primer móvil simplicísimo, supuso que había otro cielo a más del estrellado, el cual hacía aquella revolución de Oriente a Occidente. La cual digo que se cumple casi en veinticuatro horas, es decir, en veintitrés horas y catorce partes de las quince de otra, señalando burdamente.

Así que, según él y según lo que se tiene en Astrología y en Filosofía -pues que fueron vistos tales movimientos-, nueve son los cielos movibles; la situación de los cuales es manifiesta y determinada, según lo que por arte perspectiva, aritmética y geométrica se ha visto sensible y racionalmente, y por otras experiencias sensibles; como en el eclipse del sol se demuestra sensiblemente que la luna está bajo el sol; y como por testimonio de Aristóteles, que vio con los ojos -según lo que dice en el segundo de Cielo y Mundo- a la luna, estando media entrar por bajo de Marte, por la parte oscura, y estar Marte tan celado, que reapareció por la parte de luz de la luna que estaba hacia Occidente.

IV

Y éste es el orden de la situación; el primero de los enumerados es aquel donde está la luna; el segundo es aquel donde está Mercurio; el tercero es aquel donde está Venus; el cuarto es aquel donde está el sol; el quinto es aquel donde está Marte; el sexto es aquel donde está Júpiter; el séptimo, aquel donde está Saturno; el octavo es el de las estrellas fijas; el noveno es aquel que no es sensible sino por el movimiento que arriba se ha dicho, al cual muchos llaman cielo cristalino, esto es, diáfano o transparente. En verdad, a más de todos éstos, los católicos ponen al cielo empíreo, que quiere decir tanto como cielo de llama o luminoso; y suponen que es inmóvil por tener en sí en cuanto a cada parte lo que su materia quiere. Y éste es causa del velocísimo movimiento del primero movible; pues por el ferventísimo deseo que cada una de las partes del noveno cielo, inmediato a aquél, tiene de estar unida con cada una de las partes del divinísimo y quieto décimo cielo, se dirige a él con tanto deseo, que su velocidad es casi incomprensible. Y quieto y pacífico es el lugar de aquella suma deidad, que es única en verse por completo. Es éste el lugar de los espíritus bienaventurados, según lo quiere la Santa Iglesia, que no puede decir mentira; y aún más Aristóteles parece opinar así, a quien bien lo entienda, en el primero de Cielo y Mundo. Éste es el soberano edificio del mundo, en el cual todo el mundo se incluye y fuera del cual nada existe; y no está en lugar alguno, sino que sólo fue formado en la primera Mente, a la cual llaman los griegos Protonoe. Esto es aquella magnificencia de que habló el salmista, cuando dice a Dios: «Levantóse tu magnificencia sobre los cielos». Y así, recogiendo cuanto se ha dicho, parece ser que hay diez cielos, de los cuales el de Venus es el tercero; del cual se hace mención en aquella parte que es mi intención explicar.

Y ha de saberse que cada cielo debajo del cristalino tiene dos firmes polos en cuanto a sí propio; y el noveno los tiene firmes, fijos e inmutables en todos los respectos; y cada cual, así el noveno como los demás, tiene un círculo, que se puede llamar ecuador de su propio cielo; el cual, en cualquier parte de su revolución, está igualmente remoto del uno y del otro polo, como puede ver sensiblemente quien dé vueltas a una manzana o a otra cosa redonda. Y este círculo, tiene más rapidez en su movimiento que cualquier otra parte de su cielo en cada cielo, como puede ver quien bien considere. Y cada parte, cuanto más cerca está de él, tanto más rápidamente se mueve; cuanto más remota está y más cerca del polo, más tarde es; porque su revolución es menor, y necesariamente ha de ser al mismo tiempo que la mayor. Digo, además, que cuanto más cercano está el cielo al círculo del ecuador, tanto más noble es en comparación con sus polos; porque tiene más movimiento, más actualidad, más vida y más forma, y le toca más de aquello que está sobre él, y, por consiguiente, es más virtuoso. De aquí que las estrellas del cielo estrellado están más llenas de virtud entre sí cuanto más cerca están de este círculo.

Y sobre este círculo en el cielo de Venus, del cual se trata al presente, hay una esferilla que por sí misma gira en ese cielo; el cielo de la cual llaman los astrólogos epiciclo. Y así como la gran esfera gira con dos polos, así también gira esta pequeña; y así es más noble cuanto más cerca está de aquél; y sobre el arco o cúmulo de este círculo está fija la reluciente estrella de Venus. Y aunque se ha dicho que hay diez cielos, según la estricta verdad, este número no los comprende todos; que éste de que se ha hecho mención, es decir, el epiciclo, en el cual está fija la estrella, es un cielo per se o esfera; y no tiene una misma esencia con el que lo sustenta, aunque sea más connatural con él que con los demás, y con eso llámasele un cielo y denomínanse el uno y el otro por la estrella. No es cosa de tratar al presente cómo son los demás cielos y las demás estrellas; basta lo que se ha dicho de la verdad del tercer cielo, del cual entiendo al presente y del cual cumplidamente se ha explicado lo que al presente es menester.

V

Una vez mostrado en el capítulo precedente cuál es este tercer cielo y cómo está dispuesto en sí mismo, queda por demostrar quiénes son los que le mueven. Debe, pues, saberse primeramente que los motores de aquél son sustancias privadas de materia, es decir, inteligencias, a las cuales la gente vulgar llama ángeles. Y de estas criaturas, así como de los cielos, han opinado muchos diversamente, aunque la verdad se haya encontrado. Hubo ciertos filósofos, de los cuales parece ser Aristóteles en su Metafísica -aunque en el primero de Cielo y Mundo incidentalmente parezca opinar de otro modo-, que creyeron que éstas eran solamente tantas cuantas circunvoluciones hubiese en el cielo, y no más; diciendo que las demás estarían eternamente en vano, sin empleo; lo cual era imposible, dado que su existencia es su ejercicio. Hubo otros, como Platón, hombre excelentísimo, que supusieron, no sólo tantas inteligencias cuántos son los movimientos del cielo, sino, además, cuántas son las especies de las cosas; y así, una especie todos los hombres, y otra todo el oro, y otra todas las riquezas, y así de todo; y quisieron que así como las inteligencias de los cielos son engendradoras de aquéllos, cada cual del suyo, así éstas fueron engendradoras de las demás cosas y ejemplos cada una de su especie, y llámales Platón ideas, que vale tanto como decir formas y naturalezas universales. Los gentiles las llamaban dioses y diosas, aunque no las entendían filosóficamente como Platón; y adoraban sus imágenes y les hacían grandísimos templos, como a Juno, a la cual llamaron diosa del poder; como a Vulcano, al cual llamaron dios del fuego; como a Palas o Minerva, a la cual llamaron diosa de la sabiduría, y a Ceres, a la cual llamaron diosa de la cosecha. Las cuales opiniones así formadas manifiestan el testimonio de los poetas que pintan en diversos lugares el hábito de los gentiles en sus sacrificios y en su fe; y también se manifiestan en muchos nombres antiguos que les han quedado por nombre y sobrenombre a los lugares y edificios antiguos, como puede comprobar quien quiera. Y aunque estas opiniones nos han sido dadas por la razón humana y por experiencia nada liviana, no vieron todavía la verdad, ya fuese por defecto de la razón, ya por defecto de doctrina; que aún por la razón puede verse en cuánto mayor número están las criaturas susodichas que los efectos que los hombres pueden entender. Y la razón es ésta: nadie duda, filósofo ni gentil, judío ni cristiano, ni de secta alguna, que no estén llenas de toda bienaventuranza, ya todas, ya la mayor parte, y que aquellas bienaventuradas no estén en perfectísimo estado. Por lo cual, como quiera que aquella que es aquí la humana naturaleza, no sólo tiene una bienaventuranza, sino dos, como lo son la de la vida civil y la de la vida contemplativa, sería irracional que viésemos que aquéllas tenían bienaventuranza de la vida activa, es decir, civil, en el gobierno del mundo, y que no tenían la de la contemplativa, que es más excelente y más divina. Y dado caso que aquella que tiene la bienaventuranza del gobernar no pueda tener la otra, porque su intelecto es uno y perpetuo, es menester que haya otras fuera de este ministerio, que vivan especulando solamente. Y como esta vida es más divina, y cuanto más divina es la cosa más semejante es a Dios, manifiesto está que esta vida es más amada por Dios; y si es más amada, más amplia le ha sido su bienaventuranza, y si más amplia le ha sido concedida, más vivientes le ha dado que a la otra; por lo que se deduce que es mucho mayor el número de aquellas criaturas de lo que los efectos demuestran. Y no está en contra de lo que parece decir Aristóteles en el décimo de la Ética, de que a las sustancias separadas les sea también necesaria la vida especulativa. Asimismo, a la especulación de algunas sigue la circunvolución del cielo, que es gobierno del mando, el cual es como una civilidad comprendida en la especulación de los motores. La otra razón es que ningún efecto es mayor que la causa; porque la causa no puede dar lo que no tiene; de donde, como quiera que el divino intelecto es causa de todo y principalmente del intelecto humano, el humano no sobrepuja a aquél; antes bien, es desproporcionadamente sobrepujado; conque si nosotros, por la razón susodicha y por otras muchas, entendemos que Dios ha podido hacer innumerables criaturas espirituales, manifiesto es que ha hecho tal mayor número. Otras muchas razones pueden verse; mas basten al presente. Y no se maraville nadie si éstas y otras razones que podamos tener de esto no se demuestran del todo, pues debemos, sin embargo, admirar del mismo modo su excelencia, que excede los ojos de la mente humana, como dice el filósofo en el segundo de la Metafísica, y afirma su existencia; ya que no teniendo ninguna idea de ellas, por la cual comience nuestro conocimiento, resplandece con todo en nuestro intelecto alguna luz de su vivísima esencia, en cuanto vemos las susodichas razones y otras muchas; del mismo modo que quien teniendo los ojos cerrados, afirma que el aire está iluminado por un poco de resplandor, o del mismo modo que el rayo que pasa por las pupilas del murciélago; que no de otra manera están cerrados nuestros ojos intelectuales, mientras el alma está atada y encarcelada por los órganos de nuestro cuerpo.

VI

Dicho está que, por defecto de doctrina, los antiguos no vieron la verdad de las criaturas espirituales, aunque el pueblo de Israel fuese en parte enseñado por sus profetas, en quienes Dios les había hablado por muchas maneras de hablar y por muchos modos, como dice el apóstol. Pero nosotros hemos sido enseñados en ellos por Él, que procede de Aquél; por Él que lo hizo; por Él que lo conserva; es decir, por el Emperador del Universo, que es Cristo, hijo del soberano Dios e hijo de María Virgen (mujer, en verdad, e hija de Joaquín y de

Ana), hombre verdadero, el cual fue muerto por nosotros porque nos trajo la vida; el cual fue luz que nos ilumina en las tinieblas, como dice Juan

Evangelista, y que nos dijo la verdad de-aquella cosa que nosotros no podíamos saber ni ver sin él verdaderamente. La primera cosa y el primer secreto que tal mostró fue una de las criaturas antes dichas: lo fue aquel su gran legado, que se llegó a María, joven doncella de trece años, de parte del Salvador celestial.

Este nuestro Salvador dijo con su boca que el Padre podía darle muchas legiones de ángeles. No negó esto cuando le fue dicho que el Padre había mandado a los ángeles que le ayudasen y sirviesen. Por lo cual nos es manifiesto que aquellas criaturas existen en grandísimo número; y por eso su esposa y secretaria la Santa Iglesia -de la cual dice Salomón: «¿Quién en ésta que sube del desierto, llena de las cosas que deleitan, apoyada en su amigo? -dice, cree y predica aquellas nobilísimas criaturas son casi innumerables; y las divide en tres jerarquías, que vale tanto como decir tres principados santos o divinos. Y cada jerarquía tiene tres órdenes; así que la Iglesia tiene y afirma nueve órdenes de criaturas espirituales. El primero es el de los ángeles; el segundo, el de los arcángeles; el tercero, el de los tronos; y estos tres órdenes forman la primera jerarquía; primera no en cuanto a nobleza, no en cuanto a creación -que más nobles son las otras y todas fueron creadas juntamente-, sino primera en cuanto a nuestra subida a su altura. Luego están las dominaciones, después las virtudes, luego los principados; y éstos forman la segunda jerarquía. Sobre éstos están las potestades y los querubines, y sobre todos están los serafines; y éstos forman la tercera jerarquía. Y es razón potísima de su especulación, tanto el número en que están las jerarquías como aquel en que están las órdenes. Pues dado que la Divina Majestad tiene tres personas, con una sola sustancia, puédese contemplarla triplemente. Porque se puede contemplar la potencia suma del Padre, la cual mira a la primera jerarquía, esto es, aquella que es primera por nobleza y que nosotros consideramos última. Y puédese contemplar, la suma Sabiduría del Hijo; y ésta mira a la segunda jerarquía. Y puédese contemplar la suma y ferventísima Caridad del Espíritu Santo; y ésta mira a la tercera jerarquía, la cual, más próxima a nosotros, ofrece los dones que recibe. Y dado que cada persona de la Divina Trinidad puede considerarse triplemente, hay en cada jerarquía tres órdenes que contemplan diversamente. Puédese considerar al Padre, sólo respecto a Él; y ésta es la contemplación que hacen los serafines, los cuales ven más de la primera causa que toda otra naturaleza angélica. Puédese considerar al Padre en cuanto tiene relación con el Hijo, es decir, cómo se separa de Él y cómo con Él se une; y esto es lo que contemplan los querubines. Puédese también considerar al Padre en cuanto de Él procede el

Espíritu Santo, y cómo se separa de Él, y cómo con Él se une; y ésta es la contemplación que hacen las potestades. Y de este modo se puede especular acerca del Hijo y del Espíritu Santo. Por lo cual son menester nueve maneras de espíritus contemplativos para mirar la luz que únicamente se ve por entero a sí misma. Mas no se ha de callar aquí una palabra. Y así digo que todos estos órdenes se perdieron apenas fueron creados, acaso en su décima parte, para restaurar la cual fue luego creada la humana naturaleza. Los números, los órdenes, las jerarquías, narran los cielos movibles, que son nueve; y el décimo anuncia la unidad y estabilidad de Dios. Y por eso dice el salmista: «Los cielos proclaman la gloria de Dios, y la obra de sus manos anuncia el firmamento».

Por lo cual es de razón creer que los motores del cielo de la luna sean del orden de los ángeles; y los de Mercurio sean los arcángeles; y los de Venus sean los tronos, los cuales, nacidos del amor del Espíritu Santo, hacen su obra connatural en él, es decir, el movimiento de aquel cielo lleno de amor. Del cual toma la forma de dicho cielo un virtuoso ardor, por el cual las almas de aquí abajo se encienden en amor, conforme a su disposición. Y como los antiguos advirtieron que aquel cielo era aquí abajo causa de amor, dijeron que Amor era hijo de Venus, como lo atestigua Virgilio en el primero de la Eneida, donde dícele Venus al Amor: «Hijo, virtud mía, hijo del Sumo Padre, que de los dardos de Tifeo no te curas». Y Ovidio, en el quinto de Metamorfoseos, cuando dice que Venus le dijo al Amor: «Hijo, armas mías, poder mío». Y existen estos tronos, que al gobierno de estos tronos están entregados, no en gran número, acerca del cual opinan diversamente filósofos y astrólogos, conforme a las diversas opiniones acerca de sus circunvoluciones, aunque todos están acordes en que son tantos cuantos movimientos hace; los cuales, según se encuentra epilogada en el Libro de la agregación de las estrellas, por la mejor demostración de los astrólogos son tres: uno, en cuanto la estrella se mueve por su epiciclo; otro, en cuanto el epiciclo se mueve con todo el cielo juntamente con el del sol; el tercero, en cuanto todo aquel cielo se mueve, siguiendo el movimiento de la estrellada esfera de Occidente a Oriente, en cien años un grado. De modo que para estos tres movimientos hay tres motores. Además se mueve todo este cielo y gira con el epiciclo, de Oriente a Occidente, una vez cada día natural. El cual movimiento Dios sólo sabe si lo produce el intelecto o la rapidez del primero movible; a mí paréceme presuntuoso juzgar tal. Estos motores producen únicamente entendiendo la circunvolución en el sujeto propio que mueve cada cual. La nobilísima forma del cielo, que tiene en sí el principio de esta naturaleza pasiva, gira tocada de la virtud motriz que a ello entiende; y digo tocada, no corporalmente, sino por tacto de virtud que a aquél se dirige. Y estos motores son aquellos a los cuales se pretende hablar y a los cuales hago mi demanda.

Conforme a lo que se dijo más arriba, en el tercer capítulo de este Tratado, para entender bien la primera parte de la canción propuesta, era menester hablar de aquellos cielos y de sus motores; y en los tres precedentes capítulos, de ellos se ha hablado. Digo, por lo tanto, a aquellos que demostré ser motores del cielo de Venus: los que entendiendo -es decir, con sólo el intelecto, como se ha dicho más arriba-, movéis el tercer cielo, oid el lenguaje; y no digo oíd, con el oído que tienen, que es entender con el intelecto. Digo oíd el lenguaje de mi corazón; esto es, que está dentro de mí, que aun no se ha mostrado de por de fuera. Ha de saberse que en toda esta canción, según uno y otro sentido, tómase el corazón por el secreto interior y no por ninguna parte especial del alma o del cuerpo.

Luego que les he llamado a oír lo que decir quiero, señalo dos razones por las cuales es menester que les hable: es la una la novedad de mi condición, la cual, por no ser experimentada de los demás hombres, no sería comprendida como de aquellos que entienden sus efectos en su obra. Y apunto esta razón cuando digo: «Que yo no sé expresar, tan nuevo me parece». La otra razón es: cuando el hombre recibe beneficio o injuria primeramente si puede buscar al que se lo hizo antes que a otros, a fin de que si es beneficio se muestre reconocido hacia el bienhechor; y si es injuria, induzca al que tal hizo a buena misericordia con dulces palabras. Y apunto esta razón cuando digo: el cielo que creó vuestra valía, vos las que sois gentiles criaturas, me trajo a aqueste estado en que me encuentro; es decir, vuestra obra, vuestra circunvolución, es la que a la presente condición me ha traído. Por lo cual concluyo y digo que el hablarles yo a ellas debe ser como se ha dicho; y tal digo en: de aquí, pues, que el hablar de la vida que llevo parece dirigirse dignamente a vos.

Y después de señaladas estas razones, ruégoles entendimiento, cuando digo: por eso os ruego que me lo entendáis. Mas como en toda suerte de discurso, el que lo dice debe atender principalmente a la persuasión, es decir, a la complacencia del auditorio, que es principio de todas las demás persuasiones, como los retóricos saben, y es la más poderosa persuasión para hacer atento al auditorio el prometer decir nuevas y grandes cosas; sigo yo al ruego hecho para que me escuchen con esta persuasión, es decir, complacencia, anunciándoles mi intención, la cual es decir cosas nuevas, esto es, la división que hay en mi alma, y grandes cosas, esto es, la valía de su otra estrella. Y digo esto en las últimas palabras de esta primera parte: os diré la novedad del corazón, de cómo llora en él el alma triste y cómo habla un espíritu contra ella, que los rayos le traen de nuestra estrella.

Para la plena comprensión de estas palabras, digo que éste no es sino un pensamiento frecuente para encomiar y embellecer esta nueva dama: y este alma no es sino otro pensamiento acompañado de consentimiento, que repugnando éste, encomia y embellece la memoria de la gloriosa Beatriz. Mas como aun el último sentido de la mente, es decir, el consentimiento, teníase por este pensamiento que la memoria ayudaba, llamóle a él alma y al otro espíritu; del mismo modo que solemos llamar la ciudad a los que la tienen y no a los que la combaten, aunque unos y otros sean ciudadanos.

Digo, además, que este espíritu viene por los rayos de la estrella; porque ha de saberse que los rayos de cada cielo son el camino por el cual desciende su virtud a estas cosas de aquí abajo. Y como los rayos no son otra cosa que una luz que viene por el aire desde el principio de la luz hasta la cosa iluminada, y no hay luz sino en la parte de la estrella, porque el otro cielo es diáfano -es decir, transparente-, no digo que venga este espíritu -es decir, este pensamiento- de todo su cielo, sino de su estrella. La cual es de tanta virtud, por la nobleza de sus motores, que en nuestras almas y en las demás cosas nuestras tienen grandísimo poder, no obstante estar a una distancia de nosotros, cuando esté más cerca, de ciento sesenta y siete veces la que hay al centro de la tierra, que es de tres mil doscientas cincuenta millas. Y ésta es la exposición literal de la primera parte de la canción.

VII

Puede ser suficientemente comprendida, por las palabras antedichas, el sentido literal de la primera parte; por lo cual hemos de proceder con la segunda, en la que se manifiesta lo que de la batalla sentía en mi interior. Y esta parte tiene dos divisiones, y en la primera, es decir, en el primer verso, narro las cualidades de esta diversidad, según la raíz que de ellas tenía dentro de mí. Y primeramente lo que decía la parte que perdía; lo cual está en el verso que hace el segundo de esta parte y tercero de la canción.

Así, pues, para evidencia del sentido de la primera división, ha de saberse que las cosas deben ser denominadas por la última nobleza de su forma, del mismo modo que el hombre por la razón y no por el sentido ni por lo que sea menos noble. De aquí que cuando se dice que vive el hombre, debe entenderse que el hombre usa de la razón, que es su vida especial. Y acto de su parte más noble. Y por eso quien se aparta de la razón y usa sólo la parte sensitiva, no vive como hombre sino que vive como bestia, cual dice el excelentísimo Boecio: «Vive el asno». Con verdad hablo, ya que el pensamiento es acto propio de la razón, que como las bestias no piensan, es que no lo tienen; y no digo sólo las bestias menores, más aún aquellas que tienen apariencia humana y espíritu de pécora o de otra bestia abominable. Digo, pues, que vida de mi corazón, es decir, de mi interior, solía ser un suave pensamiento -suave vale tanto cuanto embellecido, dulce, placentero, deleitoso-, y este pensamiento íbase muchas veces a los pies del Señor de éstos a quienes hablo, que no es sino Dios; es decir, que yo, pensando, contemplaba el reino de los bienaventurados. Y digo al punto la causa final, por la cual yo ascendía pensando, cuando digo: donde una dama veía estar en gloria, para dar a entender que yo estaba cierto, y lo estoy por su graciosa revelación, de que ella estaba en el cielo. Por lo cual yo, pensando tantas veces cuantas me era posible, íbame allí como arrebatado.

Luego a seguida digo el efecto de este pensamiento, para dar a entender su dulzura, la cual era tanta que me hacía desear la muerte para ir adonde ella estaba; y digo, esto en: de quien hablábame tan dulcemente, que mi alma decía: yo allí ir quiero. Y ésta es la raíz de una de las diferencias en mí. Y ha de saberse que aquí se dice pensamiento y no alma de aquel que subía a ver a la bienaventurada, porque era pensamiento especial para aquel acto. Entiéndese por alma, como se ha dicho en el capítulo precedente, al pensamiento general con consentimiento.

Luego, cuando digo: ahora aparece quien a huir le obliga, narro la raíz de la otra diferencia, diciendo que, del mismo modo que este pensamiento de arriba suele ser vida de mi vida, así aparece otro que hace cesar aquél. Digo huir, por mostrar cuán contrario es, ya que naturalmente un contrario ahuyenta al otro; y el que huye muestra huir por falta de virtud. Y digo que este pensamiento que de nuevo aparece tiene poder para tomarme y vencer mi alma, diciendo que se enseñorea tanto, que el corazón, es decir, mi interior, tiembla y mi exterior muestra nuevo semblante.

De seguida nuestro el poderío de este nuevo pensamiento por su efecto, diciendo que me hace mirar a una dama y me dice palabras lisonjeras; es decir, habla ante los ojos de mi afecto inteligible, por mejor inducirme, prometiéndome que la vista de sus ojos es su salud. Y por mejor hacérselo creer al alma inexperta, dice que no debe mirar los ojos de esta dama nadie que tema angustia de suspiros. Y es una bella manera retórica cuando parece por de fuera afearse la cosa y verdaderamente por dentro se embellece. No podía este nuevo pensamiento de amor inducir mejor a mi mente a consentir, que con hablar profundamente de la virtud de sus ojos.

VIII

Una vez mostrado cómo y por qué nace el amor y la diversidad que me combatía, es menester proceder a explicar el sentido de aquella parte en la cual contienden en mí diversos pensamientos. Digo que primeramente es menester hablar de la parte del alma, es decir, del antiguo pensamiento, y luego del otro, por la razón de que siempre aquello que se propone decir el que habla se debe reservar para después, porque lo último que se dice queda mejor en el ánimo del oyente. De aquí que, pues es mi intención más bien el decir y razonar lo que la obra de éstos a quienes hablo hace, que lo que deshace, fue de razón el hablar y razonar primeramente de la condición de la parte que se corrompía y luego de aquella otra que se engendraba.

En verdad, aquí nace una duda sin declarar la cual no se ha de pasar adelante. Podría decir alguien: dado que amor sea efecto de estas inteligencias -a quienes hablo-, y aquél de antes fuese amor del mismo modo que éste después, ¿por qué la virtud corrompe al uno y engendra al otro? -toda vez que antes debiera salvar a aquél, por la razón de que toda causa ama a su efecto, y, amándole, salva al otro-. A esta pregunta puede responderse brevemente que el efecto de éstos es amor, como se ha dicho; y como no lo pueden salvar sino en aquellos sujetos que están sometidos a su circunvolución, lo transmiten de aquella parte que está fuera de su potestad a la que cae dentro de ella; es decir, del alma partida de esta vida a lo que en ella está; del mismo modo que la humana naturaleza transmite en la forma humana su conservación, del padre al hijo, ya que no puede perpetuamente en el mismo padre conservar su efecto. Digo efecto, en cuanto el alma y el cuerpo unidos son efecto de aquella que perpetuamente dura, que se ha convertido en naturaleza sobrehumana; así se resuelve la cuestión.

Mas ya que se ha apuntado aquí algo acerca, de la inmortalidad del alma, haré una digresión hablando de ella, porque con esto daré cumplido fin al hablar de lo que en vida fue la bienaventurada Beatriz, de la cual no quiero hablar más en este libro. A modo de proposición, digo que, de todas las bestialidades, es la más estulta, vil y dañosa la que cree que no hay otra vida después de ésta; por lo cual, si revolvemos todos los escritos, tanto de los filósofos como de los demás sabios escritores, están todos concordes en que en nosotros hay algo de perpetuidad. Y esto parece opinar Aristóteles en el tratado del Alma; esto parece opinar todo estoico; esto parece opinar Tulio, especialmente en el libro De la vejez; esto parecen opinar todos los poetas que han hablado conforme a la fe de los gentiles; esto quiere toda ley, judíos, sarracenos, tártaros, y todos cuantos viven según una razón. Pues que si todos estuviesen engañados, se seguiría una imposibilidad que aun el comprenderla sólo sería horrible. Todos estamos ciertos de que la naturaleza humana es la más perfecta de todas las naturalezas de aquí abajo; y esto nadie lo niega, y Aristóteles lo afirma cuando dice en el duodécimo libro de los Animales que el hombre es, de todos los animales, el más perfecto. De aquí que, dado que muchos que viven sean enteramente mortales, como animales brutos, y estén mientras viven sin esperanza tal, es decir, de otra vida, si nuestra esperanza fuese vana, mayor sería nuestra falta que la de ningún otro animal, puesto que han sido ya muchos los que han dado esta vida por aquélla; y así se seguiría que el animal más perfecto, es decir, el hombre, fuese el imperfectísimo -lo cual es imposible-, y que aquella parte, es decir, la razón, que es su perfección mayor, fuese la causa de su mayor defecto; decir lo cual parece extravagante. Y seguiríase, ademas, que la naturaleza, contra sí misma, había puesto tal esperanza en la mente humana, pues que ya se ha dicho cómo muchos han corrido a la muerte del cuerpo para vivir en la otra vida; y esto es asimismo imposible.

Además vemos la continua experiencia de nuestra inmortalidad en las adivinaciones de nuestros sueños, los cuales no podrían existir si no hubiese en nosotros una parte inmortal, puesto que inmortal ha de ser el revelador, ya sea corpóreo o incorpóreo, si se piensa con sutileza. Y digo corpóreo o incorpóreo por las diversas opiniones que de ello encuentro, y aquel que esté movido o informado por informador inmediato debe ser proporcionado al informador; y del mortal al inmortal no hay proporción alguna.

Certifícalo, además, la veracísima doctrina de Cristo, la cual es vía, verdad y luz: vía, porque por ellos, sin impedimento, caminamos a la feliz inmortalidad; verdad, porque no padece error; luz, porque nos ilumina en las tinieblas de la ignorancia mundana. Esta doctrina digo que nos hace creyentes sobre todas las demás razones, porque nos la ha dado Aquel que ve y mide nuestra inmortalidad, la cual no podemos ver perfectamente mientras nuestra inmortalidad esté mezclada con nuestro ser mortal; mas lo vemos perfectamente; y por la razón lo vemos con sombra de oscuridad, a causa de la mezcla de lo mortal con lo inmortal. Y debe ser argumento poderosísimo esto de que en nosotros exista lo uno y lo otro; yo así lo creo, así lo afirmo y así estoy cierto de pasar a otra vida mejor después de ésta, allí donde vive aquella gloriosa dama de la que mi alma estuvo enamorada, cuando contendía como se dirá en el capítulo siguiente.

IX

Tornando a mi propósito, digo que en el verso que comienza: halla contrario tal que lo destruye, es mi intención manifestar lo que dentro de mí hablaba mi alma, es decir, el antiguo pensamiento contra el nuevo. Y primero manifiesto brevemente la causa de su lamentoso discurso, cuando digo: halla contrario tal que lo destruye el pensamiento humilde que hablarme suele de un ángela en el cielo coronada. Esto es aquel pensamiento especial del cual se ha dicho más arriba que solía ser vida del corazón doliente.

Luego cuando digo: el alma llora, tanto aún le duele, manifiesto que mi alma está aún de su parte y habla con tristeza; y digo que dice palabras de lamentación, como si se maravillase de la súbita transmutación, al decir: ¡Triste de mí y cuán me huye el compasivo que me ha consolado! Bien puede decir consolado, que en su gran pérdida, habíale dado mucha consolación este pensamiento que subía al cielo.

Luego después digo que se vuelve todo mi pensamiento, es decir, el alma, a la cual llamo esta afanosa, y habla contra los ojos; y esto se manifiesta en De mis ojos habla esta afanosa. Y digo que dice de ellos y contra ellos tres cosas: es la primera que maldice la hora en que esta dama los vio. Y ha de saberse en este punto que, aunque en un momento dado puedan presentarse muchas cosas a la vista, en verdad sólo se ve aquella que viene en línea recta al extremo de la pupila, y sólo ella se graba en la imaginación. Y esto sucede porque el nervio por el cual corre ni espíritu visual está dirigido a aquella parte; y por eso unos ojos parecen mirar a otros sin que mutuamente se vean; porque del mismo modo que el ojo que mira recibe la forma en la pupila por línea recta, así por la misma línea su forma va a aquel a que está mirando; y muchas veces, al apuntar en esta línea, dispara el arco de aquel a quien toda arma es ligera. Por eso cuando digo que tal dama los vio, es tanto como decir que se miraron sus ojos y los míos.

La segunda cosa que dice es que reprende su desobediencia cuando dice:

¿Y por qué no me creían a mí de ella?

Luego procede a la tercera cosa, y dice: que no debe reprenderse a sí mismo, sino a ellos por no obedecer; ya que dice que alguna vez había dicho de esta dama: en sus ojos tendría fuerza sobre mí, si tuviese libre el camino de venir; y dice esto en: Yo decía. En sus ojos, etc. Y ha de creerse, por lo tanto, que mi alma conocía estar dispuesta a recibir el acto de esta dama; y por eso lo tenía; que el acto del agente se advierte en el dispuesto paciente, como dice el filósofo en el segundo libro Del alma. Y por eso, si la cosa tuviese espíritu de temor, más temería ir al rayo del sol que no la piedra; porque su disposición recibe aquel concepto más fuerte.

Por último, manifiesta el alma en su discurso haber sido peligrosa su presunción, cuando dice: Y no me valió el darme entera cuenta que no mirasen tal, pues que fui muerta. Que no mirasen a aquel de quien primero había dicho: al que mató los míos; y así termina sus palabras, a las cuales responde el nuevo pensamiento, como se declarará en el siguiente capítulo.

X

Mostrado está el sentido de aquella parte en que habla el alma, es decir, el antiguo pensamiento que se corrompe. Ora debe mostrarse de seguida el sentido de la parte en que habla el nuevo pensamiento adverso. Y esta parte contiénese toda en el verso que comienza: No fuiste muerta. Para entender bien lo cual ha de dividirse en dos; pues en la primera parte, que comienza: No fuiste muerta, dice, por lo tanto -continuando hasta sus últimas palabras-: No es verdad que hayas muerto; mas la causa por que te parece estar muerta es un desmayo en que has caído vilmente por esta dama que se te ha aparecido. Y aquí es de notar, como dice Boecio en su Consolación, que «todo súbito cambio de cosas no sucede sin algún desfallecimiento de ánimo». Y esto quiere decir el reproche de este pensamiento, el cual se llama gentil espíritu de amor, para dar a entender que mi consentimiento se plegaba ante él; y así se puede entender esto principalmente, y conocer su victoria, cuando dice antes:

Alma nuestra, haciéndose familiar de aquélla.

Luego, como se ha dicho, ordena lo que ha de hacer esta alma reprendida para llegar a ella, y así le dice: Mira cuán piadosa y cuán humilde. Dos cosas son éstas que son remedio propio del temor de que parecía sobrecogido el

ánimo; las cuales grandemente unidas, hacen esperar bien de la persona, y principalmente la piedad, la cual, hace resplandecer con su luz toda otra bondad. Por lo cual Virgilio, hablando de Eneas, piadoso le llama en su mayor alabanza; mas piedad no es lo que cree el vulgo, esto es, dolerse del mal ajeno; antes bien, éste es especial efecto suyo, que se llama misericordia y es compasión. Mas la piedad no es compasiva, antes bien, es una noble disposición del ánimo, preparada para recibir amor, misericordia y otras caritativas pasiones.

Luego dice: Mira, además, cuán es sabia y cortés en su grandeza. Donde dice tres cosas, las cuales, según aquellas que pueden ser adquiridas por nosotros, hacen a la persona en muy gran manera amable. Dice sabia. Ahora bien, ¿qué hay más hermoso en una dama que es saber? Dice cortés. Ninguna cosa le cuadra mejor a una dama que la cortesía. Y no se engañan también con este vocablo los míseros vulgares que creen que la cortesía no es sino la generosidad; porque la generosidad es una cortesía especial, no general.

Cortesía y honestidad son una misma cosa, y como antiguamente las virtudes y buenas costumbres usábanse en las cortes -como hoy se usa lo contrario-, se sacó este vocablo de las cortes; y tanto fue decir cortesía, cuanto uso de corte. Vocablo que si hoy se dedujese de las cortes, principalmente de Italia, no sería otra cosa que decir torpeza. Dice en su grandeza. La grandeza temporal, a la cual se hace aquí referencia, está especialmente bien acompañada con las dos bondades antedichas; porque es como una luz que muestra lo bueno y lo demás de la persona claramente. ¡Y cuánto saber y cuánta virtuosa costumbre no se descubren por no tener esta luz! ¡Y cuánta materia y cuánto vicio se disciernen gracias a esta luz! Más les valiera a los míseros locos, estultos y viciosos, estar en baja condición, que ni en el mundo, ni después de esta vida serán tan infamados. En verdad, por esto dice Salomón en el Eclesiastés: «Y otra pésima enfermedad vi bajo el sol; a saber, riquezas conservadas para mal de su dueño». Luego a seguida le ordena, es decir, a mi alma, que de ora llame a esta su dama, prometiéndole que se alegraría grandemente de ello, cuando se dé entera cuenta de sus gracias; y dice esto en: Pues que si no te engañas, lo verás. No dice más hasta el fin de este verso. Y aquí termina el sentido literal de todo cuanto digo en esta canción, hablando a aquellas inteligencias celestiales.

Por último, según lo que más arriba dijo la letra de este Comentario cuando dividí las partes principales de esta canción, vuelvo el rostro de mi discurso a la canción misma, y a ella le hablo. Y a fin de que esta parte sea plenamente comprendida, digo que generalmente se llama en toda canción Tornada, porque los troveros que primero la usaron lo hicieron para que, una vez cantada la canción, se tornase a ella con cierta parte del canto. Pero yo rara vez lo hice con tal intención; y para que los demás se diesen cuenta, rara vez empleé el orden de la canción en cuanto es preciso al número y a la nota; mas lo hice sólo cuando era menester decir alguna cosa para ornamento de la canción fuera de su sentido, como se verá en ésta y en las demás. Y por eso digo ahora que la bondad y la belleza de cada razonamiento están partidas y divididas entre ellas, pues que la bondad está en el sentido, y la belleza en el ornamento de las palabras; y una y otra están con deleite, si bien la bondad sea la más deleitosa. Por donde, dado que la bondad de esta canción fuese difícil de ser entendida por las diferentes personas que en ella se lanzan a hablar, por lo que se requieren muchas distinciones, y fuese fácil ver la belleza, me pareció necesario a la canción que los demás pusiesen mas atención a la belleza que a la bondad. Y esto es lo que digo en esta parte.

Mas como sucede muchas veces que el amonestar parece presuntuoso en ciertas condiciones, suele el retórico hablar indirectamente a otro, dirigiendo sus palabras, no a aquel a quien se las dice, sino a otra persona. Y esta manera es la que aquí, en verdad, se emplea; porque las palabras van a la canción y la intención a los hombres. Digo, por lo tanto: Yo creo, canción, que raros serán, esto es, pocos, los que te entiendan bien. Y digo la causa, que es doble. Primero, porque hablas trabajosamente -digo trabajosamente por lo que ya se ha dicho-; y luego, porque hablas oscuro -oscuro digo, en cuanto a la novedad del sentido-. Luego después la amonesto y digo: Si por ventura sucede que vas allí donde estén personas que, según tu entender, te parezca dudar, no desfallezcas, mas diles: Pues que no veis mi bondad, parad mientes al menos en mi belleza. Con lo cual no quiero decir otra cosa, sino como se ha dicho más arriba. ¡Oh, hombres, que no podéis ver el sentido de esta canción!

No la rechacéis, sin embargo; mas parad mientes en su belleza, que es grande, tanto por construcción, la cual compete a los gramáticos, cuanto por el orden del discurso, que compete a los retóricos, y por el número de sus partes, que compete a los músicos. Las cuales cosas puede ver cuán bellas son quien bien las considere. Y éste es todo el sentido literal de la primera canción, que por primer manjar hase antes entendido.

Pues que ya se ha declarado suficientemente el sentido literal, hay que proceder a la exposición alegórica y verdadera. Y por eso, principiando una vez más desde el comienzo, digo que según perdí el primer deleite de mi alma, de que se ha hecho mención más arriba, con tristeza tanta me compungí, que ningún consuelo me bastaba. Con todo, después de algún tiempo, mi imaginación, que proponíase sanar, decidió -pues que ni mi consuelo ni el ajeno me servían- volver al modo que de consolarme había tenido algún desconsolado. Y púseme a leer el libro, desconocido para muchos, de Boecio, en el cual, maltrecho y desgraciado, habíase consolado él. Y oyendo además que Tulio había escrito otro libro, en el cual, hablando de la amistad, había apuntado palabras de la consolación de Lelio, hombre excelentísimo, en la muerte de Escipión su amigo, púseme a leerlo. Y aunque al principio me fuese duro penetrar su sentido, lo penetré al fin tanto cuanto podían el arte de la gramática que yo tenía y mi ingenio, por medio del cual ingenio veía muchas cosas, como casi soñando veía antaño; tal como en la Vida Nueva puede verse.

Y así como suele suceder que el hombre va buscando plata, y sin intención encuentra oro, que preséntale oculta ocasión, no tal vez sin divino mandato, yo, que buscaba consolarme, no solamente encontré remedio a mis lágrimas, sino palabras de entonces de ciencias y de libros, considerando las cuales, juzgaba justamente que la filosofía, señora de estos autores, de estas ciencias y de estos libros, era sublime cosa. Y me la imaginaba formada como una dama gentil; y no podía imaginármela en acto alguno que no fuese misericordioso; por lo cual, tan de grado la miraba el sentido de la verdad, que apenas podía apartarlo de ella. Y de este fantasear comencé a ir hacia donde ella se mostraba verdaderamente, es decir, en las escuelas de los religiosos y en las disputas de los filosofantes; así que en poco tiempo, treinta meses a lo sumo, comencé a sentir tanto su dulzura, que su amor ahuyentaba y destruía todo otro pensamiento. Por lo cual, elevándome del pensamiento del primer amor a la virtud de éste, como maravillándome, abrí la boca al hablar en la canción propuesta, mostrando mi condición bajo figura de otras cosas; porque de la dama de que yo me enamoraba, no era digna la rima de ningún lenguaje vulgar, ni estaban los oyentes tan bien dispuestos, que tan presto aprendieran las palabras no ficticias, y hubieran prestado tan poca fe al sentido verdadero como al ficticio, porque del verdadero creíase que estuviese por entero dispuesto a aquel amor como no se creía de éste. Comencé, por lo tanto, a decir:

Los que entendiendo movéis el tercer cielo.

Y como, según se ha dicho, esta dama fue la hija de Dios y reina de todo, la muy noble y hermosísima Filosofía, se ha de ver quiénes fueron estos motores y este tercer cielo. Y primero el tercer cielo, conforme al orden indicado. Y no es menester proceder aquí dividiendo y exponiendo a la letra; porque por medio de la pasada explicación, traducida la palabra ficticia, de lo que suena a lo que quiere decir, este sentido se ha declarado suficientemente.

XIII

Para ver lo que por tercer cielo se entiende, primeramente se ha de ver lo que quiero decir por este solo vocablo: cielo, y luego se verá cómo y por qué nos fue menester este tercer cielo. Digo que por cielo entiendo la ciencia, y por cielos las ciencias, por tres semejanzas que los cielos tienen con las ciencias, principalmente por el orden y número en que parecen convenir, como se verá tratando del vocablo tercer.

La primera semejanza es la revolución de uno y otro en torno a un inmóvil suyo. Porque todo ciclo movible da vueltas en torno a su centro, el cual no se mueve; ciencia se mueve en torno a su objeto, el cual no mueve aquélla, porque ninguna ciencia demuestra el propio objeto, sino que lo presupone.

La segunda semejanza es la iluminación de uno y otro. Porque todo cielo ilumina las cosas visibles; y así cada ciencia ilumina las inteligencias.

Y la tercera semejanza es el inducir la perfección en las cosas dispuestas. En la cual inducción, en cuanto a la primera perfección, esto es, de la generación sustancial, están concordes todos los filósofos en que su causa son los cielos, aunque lo expliquen diversamente: quiénes, por los motores, como

Platón, Avicena y Algacel; quiénes, por las estrellas -especialmente las almas humanas-, como Sócrates, y también Platón y Dionisio Académico; y quiénes por virtud celestial, que está en el calor natural del germen, como Aristóteles y las demás peripatéticos. Así, las ciencias son causa de la inducción de la segunda perfección en nosotros; por hábito de las cuales, podemos especular la verdad, que es nuestra última perfección, como dice el filósofo en el sexto libro de la Ética, cuando dice lo bueno y verdadero del intelecto. Por éstas y otras semejanzas, puédese llamar cielo a la ciencia.

Ahora hemos de ver por qué se dice tercer cielo. Para lo cual es menester considerar una comparación que hay en el orden de los cielos con el de las ciencias. Como se ha referido, pues, más arriba, los siete cielos más próximos a nosotros son los de los planetas; luego hay otros dos cielos sobre éstos movibles, y uno, sobre todos, quieto. A los siete primeros corresponden las siete ciencias del Trivio y del Cuatrivio, a saber: Gramática, Dialéctica, Retórica, Aritmética, Música, Geometría y Astrología. A la octava esfera, es decir, a la estrellada, corresponde la ciencia natural, que se llama Física, y la primera ciencia, que se llama Metafísica; a la novena esfera corresponde la ciencia moral; y al cielo quieto corresponde la ciencia divina, que se llama

Teología. Y hemos de ver brevemente la razón de que esto sea así.

Digo que el cielo de la Luna se asemeja a la Gramática, porque se puede comparar con ella. Porque si se mira bien a la luna, se ven dos cosas propias de ella que no se ven en las demás estrellas; es la una la sombra que hay en ella, la cual no es otra cosa sino raridad de su cuerpo, en la cual no pueden terminar los rayos del sol y repartirse como en las demás partes; es la otra la variación de su luminosidad, que ora luce por un lado, ora luce por, el otro, según el sol la ve. Y la Gramática tiene estas dos propiedades, porque, por su infinitud, los rayos de la razón en mucha parte no terminan en ella, especialmente en los vocablos; y luce, ora por aquí o por allá, en cuanto están en uso ciertos vocablos, ciertas declinaciones, ciertas construcciones que antes no lo estuvieron, y muchas lo estuvieron que todavía lo estarán; como dice

Horacio en el principio de la Poetría, cuando dice: «Renacerán muchos vocablos que habían decaído», etc.

El cielo de Mercurio se puede comparar a la Dialéctica por dos propiedades: porque Mercurio es la estrella más pequeña del cielo; porque la cantidad de su diámetro no es más que de doscientas treinta y dos millas, según expone Alfragano, que dice ser aquél una vigésimoctava parte del diámetro de la tierra, el cual tiene seis mil quinientas millas. La otra propiedad es que está más velada de los rayos del sol que ninguna otra estrella. Y estas dos propiedades existen en la Dialéctica; porque la Dialéctica tiene menos cuerpo que ninguna otra ciencia; por lo cual está perfectamente compilada y terminada en todo el texto que en el arte antigua y en la nueva se encuentra; y está más velada que ninguna otra ciencia, en cuanto procede con argumentos más sofísticos y probables que otra alguna.

El cielo de Venus se puede comparar a la Retórica por dos propiedades: una es la claridad de su aspecto, que es más suave a la vista que ninguna otra estrella; otra es su aparición, ora a la mañana, ora a la tarde. Y estas dos propiedades existen en la Retórica, porque la Retórica es la más suave de todas las ciencias, porque tal se propone principalmente. Aparece de mañana, cuando el retórico habla a la vista del oyente; aparece de noche, es decir, detrás, cuando el retórico habla por el remoto medio de la letra.

El cielo del Sol se puede comparar a la Aritmética por dos propiedades: una es que de su luz se informan todas las demás estrellas; la otra es que los ojos no pueden mirarla. Y estas dos propiedades existen en la Aritmética, porque de su luz se iluminan todas las ciencias, ya que sus objetos todos son considerados bajo algún número, y en la consideración de aquéllos, siempre con número se procede. Del mismo modo que en la ciencia natural es objeto el cuerpo movible, el cual cuerpo tiene en sí razón de continuidad, y ésta tiene en sí razón de número infinito. Y la condición más principal de la ciencia natural es considerar los principios de las cosas naturales, las cuales son tres, a saber: materia, privación y forma; en los cuales se ve este número, no sola mente en todos juntos, sino que además en cada uno hay número, si se considera con sutileza. Porque Pitágoras, según dice Aristóteles en el primer libro de la

Metafísica, suponía principios de las cosas naturales lo par y lo impar, considerando que todas las cosas son número. La otra propiedad del sol vese todavía en el número, del cual trata la Aritmética, porque el ojo del intelecto no le puede mirar; ya que el número, considerado en sí mismo, es infinito; y esto no lo podemos entender nosotros.

El cielo de Marte se puede comparar a la Música, por dos propiedades: es la una su más hermosa relación, porque, enumerando los cielos movibles, por cualquiera que se comience, ya sea el ínfimo o el sumo, el cielo de Marte es el quinto; está en medio de todos, a saber: de los primeros, los segundos, los terceros y los cuartos. La otra es que Marte seca y enciende las cosas; porque su color es semejante al del fuego, y por eso aparece de color de fuego, cuándo más, cuándo menos, según el espesor y raridad de los vapores que le siguen; los cuales se encienden muchas veces por sí mismos, tal como está determinado en el libro primero de la Meteora. Y por eso dice Albumassar que el encendimiento de tales vapores significa muertes de reyes y transmutación de reinos; porque son efectos del señorío de Marte. Y Séneca dice por eso que en la muerte de Augusto emperador vio en lo alto una bola de fuego. Y en

Florencia, al principio de su destrucción, fue vista en el aire, en figura de cruz, una gran cantidad de estos vapores secuaces de a estrella de Marte. Y estas dos propiedades existen en la música, la cual es toda ella relativa, como se ve en las palabras armonizadas y en los cantos, de los cuales resulta tanto más dulce armonía cuanto más bella es la relación; la cual en tal ciencia es más bella que ninguna, porque principalmente se la propone. Además, la música atrae a sí los espíritus humanos, que son casi principalmente vapores del corazón, de modo que casi cesan de obrar por completo; de tal modo está el alma entera cuando se la oye, y la virtud de todos ellos corre al espíritu sensible que recibe el sonido.

El cielo de Júpiter se puede comparar a la Geometría por dos propiedades: es la una que se mueve entre dos cielos que repugnan a su buena temperatura, como son el de Marte y el de Saturno. Por lo cual, Tolomeo dice en el libro alegado que Júpiter es estrella de complexión templada, en medio del frío de Saturno y del calor de Marte. La otra es que se muestra entre todas las estrellas, blanca, como plateada. Y estas cosas existen en la ciencia de la Geometría. La Geometría se mueve entre dos que la repugnan, como son el punto y el círculo -y digo círculo en sentido amplio, a toda cosa redonda, ya sea cuerpo, ya superficie-; porque, como dice Euclides, el punto es principio de aquélla, y, según dice, el círculo es su figura más perfecta, por lo cual tiene razón de fin. Así que entre punto y círculo, como entre principio y fin, se mueve la Geometría. Y estos dos repugnan a su certeza; porque el punto, por su indivisibilidad, es inconmensurable, y el círculo, por su arco, es imposible se le cuadre perfectamente, y, por lo tanto, es imposible medirle con precisión. Y además la Geometría es blanquísima, en cuanto no tiene mácula de error, y ciertísima por sí y por su sierva, que se llama perspectiva.

El cielo de Saturno tiene dos propiedades, por las cuales se puede comparar a la Astrología: una es la tardanza de su movimiento por los doce signos; que veintinueve años y más, según los escritos de los astrólogos, necesita de tiempo su círculo; la otra es que está más alto que todos los demás planetas. Y estas dos propiedades existen en la Astrología; porque para cumplir su círculo, es decir, en su aprendizaje, ha menester grandísimo espacio de tiempo, tanto para sus demostraciones, que son más que de ninguna otra de las ciencias susodichas, como para la experiencia que para discernir bien en ella se necesita. Además está más alta que todas las demás, porque, como dice Aristóteles en el principio Del alma, la ciencia es alta en nobleza, por la nobleza de su objeto y por su certeza. Ésta, más que ninguna de las susodichas, es noble y alta por su objeto alto y noble, como es el movimiento del cielo; es alta y noble por su certeza, la cual no tiene defecto, como procedente de perfectísimo y regular principio. Y si alguno la cree con defecto, no es de ella, sino, como dice Tolomeo, de nuestra negligencia, y a ésta se debe imputar.

XIV

Después de las comparaciones hechas de los siete primeros cielos, hay que proceder con los otros, que son tres, como varias veces se ha referido. Digo que el cielo estrellado se puede comparar a la Física por tres propiedades y a la Metafísica, por otras tres; porque muéstranos de sí dos cosas visibles, como son las muchas estrellas, y la Galaxia, es decir, ese blanco círculo que el vulgo llama Camino de Santiago; y muéstranos uno de los polos y el otro nos esconde; y muéstranos un solo movimiento de Oriente a Occidente que casi nos lo esconde. Por lo cual hemos de ver por orden, primero, la comparación de la Física, y luego, la de la Metafísica.

Digo que el cielo estrellado nos muestra muchas estrellas; porque, según han visto los sabios de Egipto, hasta la última estrella que descubrieron en el meridiano, suponen mil veintidós cuerpos de estas estrellas de que hablo. Y en esto tiene grandísima semejanza con la Física, si se consideran sutilmente estos tres números, a saber: dos, veinte y mil; porque por el dos se entiende el movimiento local, que es de necesidad de un punto a otro. Y por el veinte significa el movimiento de la alteración, pues dado que del diez para arriba no se va alternando sino ese diez con los otros nueve y consigo mismo, y la más hermosa alteración que recibe es la suya propia, y la primera que recibe es veinte, es de razón que este número signifique dicho movimiento. Y por el mil significa el movimiento de aumento, porque en el nombre, es decir, este mil, es el número mayor, y no se puede aumentar más sino multiplicando éste. Y sólo estos tres movimientos muestra la Física, como está probado en el quinto de su primer libro.

Y por la Galaxia tiene semejanza este cielo grande con la Metafísica. Porque se ha de saber que los filósofos han tenido diversas opiniones acerca de la Galaxia. Porque los pitagóricos dijeron que el sol erró alguna vez en su camino, y, pasando por otras partes inadecuadas a su hervor, quemó el lugar por donde pasara; y quedó aquella señal del incendio. Y creo que se inspiraron en la fábula de Faetonte, que refiere Ovidio en el principio del segundo de Metamorfoseos. Otros -como Anaxágoras y Demócrito- dijeron que aquello era luz del sol reflejada en aquella parte. Y estas opiniones afirmaron con razones demostrativas. Lo que de ello nos dijera Aristóteles no puede saberse con certeza, porque su sentido no es el mismo en una que en otra transcripción. Y creo que fuese error de los transcriptores; porque en la Nueva parece decir que ello es una acumulación en aquella parte, bajo las estrellas, de los vapores que siempre arrastran; y esto no parece ser cierto. En la Antigua dice que la

Galaxia no es sino una multitud de estrellas fijas en aquella parte, y tan pequeñas, que de aquí abajo no las podemos distinguir; mas de ellas procede esa albura a que llamamos Galaxia. Y puede ser que el cielo en esa parte sea más espeso, y de ahí que retenga y muestre luz tal; y esta opinión parecen tener con Aristóteles, Avicena y Tolomeo. Por donde, dado que la Galaxia sea un efecto de esas estrellas, las cuales nosotros no podemos ver, mas por su efecto entendemos tales cosas, y pues la Metafísica trata de las sustancias primeras, las cuales no podemos de la misma manera entender sino por sus efectos, manifiesto está que el cielo estrellado tiene gran semejanza con la Metafísica.

Además, por el polo que vemos, significa las cosas que no tienen materia, que no son sensibles, de las cuales trata la Metafísica; y por eso tiene dicho cielo grande semejanza con una y con otra ciencia. Además, por los dos movimientos, significa estas dos ciencias; porque por el movimiento en que se revuelve cada día y hace una nueva circunvolución de punto a punto, significa las cosas corruptibles, que cotidianamente cumplen su camino, y su materia se muda de forma en forma; y de éstas trata la Física. Y por el movimiento casi insensible que hace de Occidente a Oriente, de un grado en cien años, significa las cosas incorruptibles, las cuales tuvieron en Dios comienzo de creación y no tendrán fin; y de éstas trata la Metafísica. Y por eso digo que este movimiento significa aquéllas que ese circunvolución comenzó y que no tendría fin; porque fin de la circunvolución es volver a un mismo punto, al cual no volverá este cielo, conforme a este movimiento. Porque desde el comienzo del mundo ha girado poco más de la sexta parte; y nosotros estamos ya en la última edad del siglo, y esperamos, en verdad, la consumación del celestial movimiento. Y así, manifiesto es que el cielo estrellado, por muchas propiedades, se puede comparar a la Física y a la Metafísica.

El cielo cristalino contado antes como primero movible, tiene semejanza asaz manifiesta con la Filosofía moral; porque la Filosofía moral, según dice Tomás acerca del segundo de la Ética, nos prepara para las demás ciencias.

Pues como dice el filósofo en el quinto de la Ética, la justicia legal prepara las ciencias para aprender, y ordena, para que no sean abandonadas, que aquéllas sean aprendidas y enseñadas; así el dicho cielo ordena con su movimiento la cotidiana revolución de todos los demás; por la cual cada uno de todos ellos reciben aquí abajo la virtud de todas sus partes. Porque si la revolución de éste no ordenase tal, poco de su virtud o de su vista llegaría aquí abajo. De donde, suponiendo que fuese posible que este noveno cielo no se moviese, la tercera parte del cielo no se hubiera visto aún en ningún lugar de la tierra; y Saturno permanecería oculto catorce años y medio a todos los lugares de la tierra, y Júpiter se escondería seis años, y Marte casi un año, y el Sol ciento ochenta y dos días y catorce horas -digo días, por decir tanto tiempo cuanto miden esos días-, y Venus y Mercurio casi como el Sol se celarían y se mostrarían, y la Luna durante catorce días y medio permanecería oculta a todas las gentes. No habría aquí abajo, en verdad, generación ni vida de animales ni de plantas; no habría noche, ni día, semana, mes ni año; mas todo el universo estaría desordenado, y el movimiento de los demás sería vano. Y no de otro modo, al cesar la Filosofía moral, las demás ciencias estarían ocultas algún tiempo, y no habría generación, ni vida feliz, y en vano estarían escritas y halladas de antiguo. Por lo cual manifiesto está que este cielo tiene semejanza con la Filosofía moral.

Además, el cielo empíreo, por su paz, aseméjase a la divina creencia que llena está de toda paz; la cual no padece litigio alguno de opiniones o argumentos sofísticos, por la excelentísima certeza de su objeto, que es Dios. Y de ésta dice Él a sus discípulos: «Mi paz os doy, mi paz os dejo», dándoles y dejándoles su doctrina, que e la ciencia de que yo hablo. De ésta dice Salomón: «Sesenta son las reinas y ochenta las amigas concubinas; y de las siervas adolescentes nos puede contar el número; una es mi paloma y mi perfecta». A todas las ciencias llama reinas, amantes y siervas; y a ésta llama paloma porque no hay en ella mácula de litigio; y a ésta llama perfecta, porque hace ver la verdad perfectamente, en la cual se aquieta nuestra alma. Y por eso, así razonada la comparación de los cielos con las ciencias, puede verse que por el tercer cielo entiendo la Retórica, la cual se asemeja al tercer cielo, como más arriba se muestra.

XV

Por las semejanzas dichas puede verse quienes son estos motores a quienes hablo, que son motores de aquél; como Boecio y Tulio, los cuales, con la suavidad de su discurso, me inclinaron, como se ha dicho antes, al amor, esto es, al estudio de esta dama gentilísima, la Filosofía, con los rayos de su estrella, la cual es la escritura de aquélla; por donde, en toda ciencia, la escritura se estrella llena de luz, la cual aquella ciencia demuestra. Y, una vez manifestado esto, puede verse el verdadero sentido del primer verso de la canción propuesta, por la exposición ficticia y literal. Y por esta misma exposición puede entenderse suficientemente el primer verso hasta aquella parte donde dice: Éste me hace mirar a una dama. Ahora bien; ha de saberse que esta dama es la Filosofía; la cual es en verdad dama llena de dulzura, adornada de honestidad, admirable de sabiduría, gloriosa de libertad, como en el tercer Tratado, donde se tratará de su nobleza, está manifiesto.

Y allí donde dice: Quien quiera ver la salud haga por ver los ojos de esta dama, los ojos de esta dama son sus demostraciones, las cuales, dirigidas a los ojos del intelecto, enamoran el alma libre en las condiciones. ¡Oh, dulcísimos e inefables semblantes y súbitos raptadores de la mente humana, que en las demostraciones, en los ojos de la Filosofía aparecéis, cuando ésta a sus amantes habla! En verdad, en nosotros está la salud por la cual quien os mira es bienaventurado y salvo de la muerte, de la ignorancia y de los vicios.

Donde se dice: Si es que no teme angustia de suspiros, aquí se ha de entender, si no teme labor de estudio y litigio de dudas, las cuales, desde el principio de las miradas de esta dama, surgen multiplicándose, y luego, continuando su luz, producen así como nubecillas matutinas al rostro del Sol, y permanece libre y lleno de certeza el intelecto familiar, como el aire de los rayos meridianos, purgado e ilustrado.

El tercer verso se entiende todavía por la exposición literal hasta donde dice: El alma llora. Aquí se ha de tener en cuenta alguna moralidad que se puede notar en estas palabras; que no debe el hombre olvidar por un amigo mayor los vicios recibidos del menor; mas si se ha de seguir sólo al uno y dejar al otro, se ha de seguir al mejor, abandonando al otro con alguna honesta lamentación; en la cual da ocasión de que le ame más aquel a quien sigue.

Luego, donde dice: De mis ojos, no quiere decir sino que fue dura la hora en que la primera demostración de esta dama entró en los ojos de mi intelecto, la cual fue causa muy inmediata de este enamoramiento. Y allí donde dice: Mis iguales, se entienden las almas libres de los míseros y viles deleites y de los hábitos vulgares, y dotadas de ingenio y de memoria, y dice luego: mata; y dice luego: soy muerta; lo cual parece contrario a lo dicho más arriba de la salud de esta dama. Mas ha de saberse que aquí habla una de las partes y allí habla la otra; las cuales litigan diversamente, según está manifiesto más arriba. Por donde no es de maravillar si allí dice sí y aquí dice no, si bien se considera quién desciende y quién sube.

Luego, en el cuarto verso, donde dice: Un gentil espíritu de amor, entiéndese un pensamiento que nace de mi estudio. Por lo cual ha de saberse que por amor en esta alegoría se entiende siempre ese estudio, el cual es aplicación del ánimo enamorado de la cosa a la cosa misma. Luego cuando dice: De tan altos milagros el adorno, anuncia que en ella se verá el ornamento de los milagros; y dice verdad: que los adornos de las maravillas es el ver la causa de aquéllas, las cuales demuestra, como en el principio de la Metafísica parece sentir el filósofo, diciendo que para ver estos adornos comenzaron los hombres a enamorarse de esta dama. Y de este vocablo, a saber, maravilla, se tratará plenamente en el siguiente Tratado. Todo lo demás que sigue luego de esta canción está suficientemente manifiesto por la argumentación. Y así, al fin de este segundo Tratado, digo y afirmo que la dama de quien me enamoré después del primer amor fue la bellísima y honestísima hija del Emperador del Universo, la cual Pitágoras puso por nombre Filosofía. Y aquí se termina el segundo Tratado, que, como primer manjar, se ha servido antes.

****

TRATADO TERCERO

Canción segunda

Amor, que en la mente me habla de mi dama con gran deseo, frecuentemente me trae de ella cosas

que el intelecto acerca de ellas desvaría.

Su hablar suena tan dulcemente,

que el alma que la escucha, y que tal oye dice: «¡Ay, triste de mí! ¡Que yo no puedo decir lo que oigo de mi dama!»

Cierto que he de dejar ya por el pronto,

si he de hablar de lo que decir la oigo,

lo que a entender no alcanza mi intelecto, y de lo que comprende

gran parte, que decirla no sabría.

Mas si mis rimas no tuvieran defecto,

en cuanto a la alabanza que hagan de ella,

cúlpese de ello al débil intelecto,

y al habla nuestra, que no tiene fuerza para copiar cuanto el amor le dicta.

No ve ese sol, que en torno al mundo gira, cosa tan gentil, sino en la hora

en que luce en la parte en donde mora la dama, de quien amor hablar me hace. Todo intelecto de allá arriba mírala,

y la gente que aquí se enamora

en sus pensamientos la encuentra aún, cuando amor deja sentir su paz.

Su ser tanto complace a Aquel que se lo dio, que infunde siempre en ella su virtud,

más allá del dominio de nuestro natural.

Su alma pura,

que de Él recibe esta salud,

lo manifiesta en cuanto conmigo lleva, que sus bellezas cosas vistas son.

Y los ojos de los que están donde ella luce, mensajeros envían al corazón lleno de deseos, que toman aire y se truecan en suspiros.

A ella desciende la virtud divina, cual sucede en el ángel que la ve;

y si hay una dama gentil que no lo crea, vaya con ella y contemple sus actos. Allí donde ella habla, desciende

un espíritu del cielo, portador de fe. Como el alto valor que ella posee,

está más allá de lo que a nosotros cumple.

Los actos suaves que ella muestra a los demás, van llamando al amor, en competencia,

en aquella voz que lo hace oír. De ella decir se puede:

Noble es cuanto en la dama se descubre, y hermoso cuanto a ella se asemeja;

y puédese decir que su semblante ayuda a consentir en lo que parece maravilla; por donde nuestra fe recibe apoyo.

Por eso fue así ordenada por siempre. Cosas se advierten en su continente que muestran placeres del paraíso; quiero decir en los ojos y en su dulce risa, en donde Amor tiene su lugar propio. Deslumbran nuestro intelecto,

como el rayo del sol a un rostro frágil; y, pues no las puedo mirar fijamente, heme de contentar con decir poco.

Su belleza llueve resplandores de fuego, animados de espíritu gentil,

creador de todo buen pensamiento;

y rompen como un trueno

los vicios innatos que a los demás hacen viles. Por eso la dama que vea su belleza

en entredicho, porque no parece humilde y quieta, mire a la que es ejemplo de humildad.

Éste que humilla a todo ser perverso,

fue por Aquél pensada que creó el Universo. Canción, parece que hablas al contrario

de cuanto dice una hermana que tienes;

pues que esta dama que tan humilde muestras,

ella la llama fiera y desdeñosa.

Sabes que el cielo siempre es luciente y claro, y cuán no se enturbia en sí jamás;

mas nuestros ojos asaz

llaman a la estrella tenebrosa;

así cuando ella la llama orgullosa no la considera conforme a verdad; mas según lo que ella creía. Porque el alma tenía,

y aún teme tanto, que paréceme fiero

todo cuanto veo allí donde ella me oiga. Excúsate así, si lo has menester,

y cuando puedas, a ella te presenta, y dile: «Mi señora, si os es grato,

yo por doquier tengo de hablar de vos».

I

Como en el Tratado precedente se refiere, mi segundo amor tuvo comienzo en el semblante misericordioso de una dama. El cual amor, luego, encontrando mi vida dispuesta para su ardimiento, a guisa de fuego, se encendió de pequeña en grande llama; de tal modo que no solamente velando, sino durmiendo, dábame su luz en la cabeza. Y no se podría decir ni entender cuán grande era el deseo que de verla me daba amor. Y no solamente estaba así tan deseoso de ella, sino de todas las personas que tuviesen con ella alguna proximidad, ya de familia, ya de algún parentesco. ¡Oh, cuántas noches hubo en que cerrados ya los ojos de las demás personas descansaban durmiendo, y los míos miraban fijamente en el habitáculo de mi amor! Y del mismo modo que el multiplicado incendio quiere mostrarse al exterior (porque estar oculto es imposible), me entraron ganas de hablar de amor, el cual no podía existir en modo alguno. Y aunque podía tener poco dominio de mi consejo, sin embargo, tanto por voluntad de amor o por mi solicitud me acerqué a él varias veces, que deliberé y vi que, hablando de amor, no había discurso más hermoso y de más provecho que aquel en que se encomiaba la persona a que se amaba.

Y para esta deliberación me serví de tres razones, una de las cuales fue el propio amor de sí mismo, el cual es principio de todos los demás; del mismo modo que ve cada cual que no hay modo más lícito ni cortés de hacerse honor a sí mismo que honrar al amigo.

Porque dado que no pueda haber amistad entre desiguales, donde quiera que se ve amistad se supone igualdad, y donde quiera que se entiende amistad, son comunes la alabanza y el vituperio. Y de esta razón, dos grandes enseñanzas se pueden deducir: es la una el no querer que ningún vicioso se muestre amigo, porque con ello se cobra opinión nada buena de aquel que se hace amigo; la otra es que nadie debe censurar a su amigo públicamente, porque a sí mismo se da con un dedo en el ojo, si bien se mira la razón antedicha.

La segunda razón fue el deseo de la duración de esta amistad. Por lo cual, se ha de saber que, como dice el filósofo en el noveno de la Ética, en la amistad de las personas de condición desigual ha de haber, para conservar aquélla, una proporción tal entre ellas, que casi reduzca la desigualdad, como entre el señor y el siervo. Porque aunque el siervo no puede devolver igual beneficio, al señor cuando es favorecido por éste, debe sin embargo devolvérselo cuanto mejor pueda con tanta solicitud y franqueza, que lo que es igual per se, se haga igual por la demostración de buena voluntad en que la amistad se manifiesta, afirma y conserva. Por lo cual yo, considerándome más pequeño que esta dama y viéndome favorecido por ella, me esfuerzo en encomiarla según mi facultad, la cual, si no es igual de por sí, al menos la pronta voluntad demuestra que si más pudiese más haría, y así se hace igual a la de esta dama gentil.

La tercera razón fue un argumento de previsión, porque, como dice Boecio: «No basta con mirar solamente aquello que está ante los ojos, es decir, el presente; y por eso nos es dada la previsión, que mira más allá de aquello a lo que puede suceder». Digo que pensé que muchos a mis espaldas acusaríanme quizás de liviandad de ánimo, oyendo que había trocado mi primer amor. Por lo cual, para disculparme de este reproche, no había ningún argumento mejor que decir cómo era la dama que me había cambiado. Porque por su excelencia manifiesta se puede considerar su virtud; y por la comprensión de su grandísima virtud se puede pensar que toda estabilidad de ánimo es mudable por ella; y así no me juzgarían liviano y nada estable. Me propuse, pues, alabar a esta dama, si no como ella mereciese, al menos en cuanto yo pudiese; y comencé a decir:

Amor, que en la mente me habla.

Esta canción tiene principalmente tres partes. La primera es todo el primer verso, en el cual se habla a manera de proemio. La segunda son los tres versos siguientes, en los cuales se trata de lo que se quiere decir, esto es, la alabanza de la gente; la primera de las cuales comienza: No ve ese sol que en torno al mundo gira. La tercera parte es el quinto y último verso, en el cual, dirigiendo mis palabras a la canción, la purgo de toda duda. Y de estas tres partes se ha de hablar por orden.

II

Empezando, pues, por la primera parte, que ordenada fue a modo de proemio de esta canción, digo que es menester dividirla en tres partes. Porque, primero, se apunta la inefable condición de este tema; segundo, se refiere mi insuficiencia. para tratarlo con perfección; y comienza esta segunda parte en:

Cierto que he de dejar ya por el pronto. Por último, me excuso con insuficiencia, de la cual no se debe atribuirme la culpa; y comienzo esto cuando digo: Mas si mis rimas tuvieran defecto.

Digo pues: Amor, que en la mente me habla, donde principalmente se ha de ver quién es el que así razona y qué lugar es ése en el que digo que habla. Amor, tomándolo en verdad y considerándolo sutilmente, no es sino unión espiritual del alma con la cosa amada, a la cual unión corre el alma por su propia naturaleza pronto o tarde, según esté libre o impedida. Y la razón de tal naturalidad puede ser ésta: toda forma substancial procede de su primera causa, la cual es Dios, conforme está escrito en el libro de las causas; y no reciben diversidad por aquélla, que es simplicísima, sino por las causas secundarias y la materia a que desciende, por lo cual escrito está en el mismo libro, tratando de la infusión de la bondad divina: «y hacen diversas las bondades y dones por el concurso de la cosa que recibe». Por lo cual, dado que todo efecto conserve algo de la naturaleza de su causa, como dice Alpetragio cuando afirma que lo que es causado por cuerpo circular tiene en algún modo esencia circular, toda forma tiene en alguna manera esencia de la naturaleza divina, no porque la naturaleza divina se haya dividido y comunicado a aquéllas, sino que participan de ella, casi del mismo modo que las demás estrellas participan de la naturaleza del sol. Y cuanto más noble es la forma, tanto más tiene de esta naturaleza. Por donde el alma humana, que es la forma más noble de cuantas se han engendrado bajo el cielo, participa más de la naturaleza divina que ninguna otra. Y como es naturalísimo en Dios el querer ser -porque, como se lee en el libro alegado, lo primero es el ser y antes de él no hay nada-, el alma humana quiere ser con todo su deseo. Como su ser depende de Dios, y por Aquél se conserva, naturalmente desea y quiere estar unida a Dios para fortificar su ser. Y como en las bondades de la naturaleza muéstrase la razón divina, acaece que naturalmente el alma humana se une por vía espiritual con aquéllas, tanto más presto y fuertemente, cuanto más perfectas se muestran. El cual aspecto depende de que el conocimiento del alma sea claro o dificultoso. Y esta unión es la que nosotros llamamos amor, por el cual se puede conocer cómo es por dentro el alma, viendo por fuera a quienes ama. Este amor, es decir, la unión de mi alma con la dama gentil, en la cual se me mostraba asaz de la luz divina, es el razonador que digo; pues que de Él nacían continuos pensamientos que contemplaban y examinaban el mérito de la dama que espiritualmente habíase hecho una misma cosa conmigo.

El lugar en que digo que el tal me habla es la mente; mas con decir que es la mente, no se entiende mejor que antes; y por eso hemos de ver lo que esa mente significa propiamente. Digo pues, que el filósofo, en el segundo del

Alma, dividiendo sus potencias, dice que el alma tiene principalmente tres potencias, a saber: vivir, sentir y razonar; y dice también mover; mas ésta puede considerarse una con el sentir, porque toda alma que siente con todos los sentidos o con sólo alguno, se mueve; de modo que el mover es una potencia unida al sentir. Y, según dice, es manifiesto que estas potencias están entre sí, de suerte que la una es fundamento de la otra. Y la que es fundamento puede ser dividida por sí; mas la otra que sobre ésta se funda no puede ser dividida por aquélla. Por donde, la potencia vegetativa, por la cual se vive, es fundamento sobre el cual se siente, es decir, se ve, se oye, se gusta, se huele y se toca; y esta potencia vegetativa puede ser alma por sí sola, como vemos en las plantas todas. La sensitiva no puede existir sin aquélla; no se encuentra cosa alguna que sienta, que no viva. Y esta potencia sensitiva es fundamento de la intelectiva, es decir, de la razón; y por eso en las cosas animadas mortales no se encuentra la potencia razonadora sin la sensitiva; mas la sensitiva se encuentra sin ésta, como vemos en las bestias, en los pájaros y en los peces y en todo animal bruto. Ese alma que comprende todas estas potencias es la más perfecta de todas. Y el alma humana, la cual posee la nobleza de la última potencia, es decir, la razón, participa de la divina naturaleza a guisa de inteligencia sempiterna; porque el alma está en aquella soberana potencia tan ennoblecida y desnuda de materia, que la divina luz irradia en ella como en un ángel; y por eso el hombre es llamado por los filósofos divino animal. En esta nobilísima parte del alma hay más virtudes, como dice el filósofo principalmente en el tercero del Alma, donde dice que hay en ella una virtud que se llama científica y una que se llama razonadora o consejera; y con ésta hay ciertas virtudes, como dice Aristóteles en el mismo lugar, como la virtud inventiva y la judicativa. Y todas estas nobilísimas virtudes y las demás que están en aquella excelente potencia, tienen un mismo nombre con este vocablo, del cual se quería saber qué era, a saber, mente. Por lo cual es manifiesto que por mente se entiende esta última y nobilísima parte del alma.

Que tal es su comprensión se ve porque solamente del hombre y de las divinas sustancias es predicado esta mente, como puede verse claramente en

Boecio, que primero se la atribuye a los hombres, cuando dice en la Filosofía «Tú y Dios, que a ti en la mente de los hombres te puso»; luego se la atribuye a Dios, cuando dícele a Dios: «Todas las cosas produces del ejemplo supremo, oh, Tú hermosísimo, que en la mente llevas el hermoso mundo». Y nunca fue atribuida a ningún animal bruto, y aun a muchos hombres, que parecen defectuosos en la parte más perfecta, no parece que se deba ni se pueda atribuírseles; y por eso tales son llamados en la Gramática dementes, es decir, sin mente. Por donde ya puede verse lo que es mente, que es aquel fin, y preciosísima parte del alma, que es deidad. Y éste es el lugar donde digo que amor me habla de mi dama.

III

Digo que este amor hace su obra en mi mente, no sin causa; lo cual es de razón que se diga para dar a entender qué amor es éste, por el lugar en que obra. Porque ha de saberse que cada cosa, como se ha dicho más arriba, por la razón mostrada, tiene su amor especial, como los cuerpos simples tienen amor naturalizado en sí a su lugar propio; y por eso la tierra siempre desciende al centro; el fuego a la circunferencia sobre el cielo de la luna, y por eso siempre sube a él.

Los cuerpos compuestos primero, como son los minerales, tienen amor al lugar donde está ordenada su generación, y en él crecen y de él toman vigor y potencia. Por lo cual vemos cómo la calamita recibe siempre virtud de su generación.

Las plantas, que son las primeras animadas, tienen aún cierto lugar más que a otro, manifiestamente según requiere su complexión; y por eso vemos a ciertas plantas desarrollarse casi siempre a orillas del agua, y a otras en las cimas de las montañas, y a otras al pie de los montes, las cuales, si se las muda, o mueren del todo o viven tristes, como cosas separadas de sus amigos.

Los animales brutos tienen amor más manifiesto aún, no solamente al lugar, sino que los vemos amarse unos a otros.

Los hombres tienen su propio amor a las cosas perfectas y honestas.

Y como el hombre -aunque su forma sea toda ella una sola sustancia-, por su nobleza participa de la naturaleza de todas estas cosas, puede tener todos estos amores, y todos los tiene.

Porque por la naturaleza del cuerpo simple que gobierna la persona, ama naturalmente el andar cuesta abajo; por eso, cuando mueve su cuerpo hacia arriba, se fatiga más.

Por la segunda naturaleza del cuerpo mixto ama el lugar a su generación y aun el tiempo; y por eso cada cual naturalmente es más fuerte de cuerpo en el lugar donde es engendrado y en el tiempo de su generación que en otro. Por lo cual se lee en las historias de Hércules, y en el Ovidio Mayor y en el Lucano y otros poetas, que combatiendo con el gigante llamado Anteo, cada vez que el gigante se cansaba y tumbábase a lo largo en tierra -ya por su voluntad, ya forzado por Hércules-, resurgían en él la fuerza y el vigor de la tierra en que había sido engendrado. Dándose cuenta de lo cual, Hércules le cogió al fin, y abrazándole y levantándole del suelo, tanto tiempo le tuvo sin dejarlo unirse a la tierra, que con facilidad lo venció y mató. Y esta batalla acaeció en África, según los testimonios escritos.

Por la naturaleza tercera, a saber, lo de las plantas, tiene el hombre amor a cierto alimento, no en cuanto es sensible, sino en cuanto es nutritivo, y este tal alimento hace perfectísima la obra de esta naturaleza; y el otro no, sino imperfecta. Y por eso vemos que ciertos alimentos hacen a los hombres robustos, membrudos y colorados muy vivamente, y también lo contrario.

Por la naturaleza cuarta, de los animales, es decir, sensitiva, tiene el hombre otro amor, por el cual ama según la apariencia sensible, como bestia, y este amor tiene en el hombre principalmente oficio de rector, por su suprema operación en el deleite, principalmente del gusto y del tacto.

Por la quinta y última naturaleza, a saber, la verdadera humana, y, por mejor decir, angélica, esto es, racional, tiene el hombre amor a la verdad y a la virtud; y de este amor nace la verdadera y perfecta amistad, originada de la honestidad, de la cual habla el filósofo en el octavo de la Ética, cuando trata de la amistad.

De donde, como quiera que esta naturaleza se llama mente, como más arriba se ha mostrado, dije que amor me hablaba en la mente, para dar a entender que este amor era el que nace en aquella nobilísima naturaleza, es decir, de la verdad y la virtud, para excluir de mí toda falsa opinión, por la cual se sospechase que mi amor fuese tal por deleite sensible. Digo luego con gran deseo para dar a entender su continuidad y su fervor. Y digo que me trae frecuentemente cosas que hacen desvariar al intelecto, y digo verdad; porque mis pensamientos, hablando de ella, muchas veces querían deducir de ella cosas que yo no podía entender, y desvariaba de tal modo, que exteriormente casi parecía alienado, como quien mira con la vista en línea recta, que primero ve las cosas próximas claramente; luego, siguiendo adelante, las ve menos claras; luego, más allá, duda; luego, siguiendo mucho más allá, perdida la vista, nada ve.

Y ésta es una de las inefabilidades de lo que he tomado por tema. Y, por consiguiente, refiero la otra cuando digo: Su hablar, etc. Y digo que mis pensamientos -que son hablar de amor- suenan tan dulcemente, que mi alma, es decir, mi afecto, desea ardientemente poder referirlo con la lengua. Y como no puedo decirlo, digo que el alma se lamenta de ello diciendo ¡Ay, triste de mí!, que yo no puedo.

Y ésta es la otra inefabilidad, a saber, que la lengua no es completamente secuaz de aquello que el intelecto ve. Y digo: El alma que la escucha y que tal siente; escuchar, en cuanto a las palabras, y sentir, en cuanto a la dulzura del sonido.

IV

Una vez expuestas las dos inefabilidades de esta materia, hemos de proceder a explicar las palabras que declaran mi insuficiencia. Digo, por lo tanto, que mi insuficiencia procede doblemente, como doblemente trasciende la alteza de ésta del modo que se ha dicho.

Porque yo he de dejar por pobreza de intelecto mucho de la verdad que hay en ella y que casi irradia en mi mente, la cual, como cuerpo diáfano, lo recibe y no lo agota. Y digo esto en la partícula que sigue: Cierto que he de dejar ya por el pronto.

Luego, cuando digo: Y de lo que comprende, digo que, no sólo para aquello que el intelecto no aguanta, más aún para aquello que entiendo, no soy suficiente, porque mi lengua no tiene tal facundia que pueda decir lo que mi pensamiento razona. Por lo cual se ha de ver que, a la verdad, poco es lo que diré; ello resulta, si bien se mira, en gran alabanza de la que se habla principalmente. Y esa oración puede decirse muy bien que procede de la fábrica del retórico, la cual atiende en cada parte al principal propósito.

Luego, cuando dice Mas si mis rimas tuviesen defecto, excuso mi culpa, de la cual no debo ser culpado, al ver los demás que mis palabras son inferiores a la dignidad de ésta. Y digo que si hay defecto en mis rimas, es decir, en mis palabras, que están ordenadas para tratar de ésta, de ello se ha de culpar a la debilidad del intelecto y a la cortedad de nuestro idioma, el cual vencido está por el pensamiento de modo que no puede seguirle por entero, principalmente allí donde el pensamiento nace de amor, porque aquí el alma se ingenia más profundamente que en parte alguna.

Pudiera decir alguien: tú te excusas, y al mismo tiempo te acusas, porque argumento de culpa es y no de purgación, el echar la culpa al intelecto y al lenguaje, que es mío; pues que si es bueno, debo ser alabado en cuanto lo sea; y si es defectuoso, debo ser vituperado. A esto se puede responder brevemente que no me acuso, sino que me disculpo verdaderamente. Y por eso ha de saberse, según la opinión del filósofo en el tercero de la Ética, que el hombre es merecedor de alabanza o de vituperio sólo en aquellas cosas que está en su poder hacer o no hacer; pero en aquellas para las cuales no tiene poder, no merece vituperio o alabanza; porque una y otro han de atribuirse a los demás, aunque las cosas formen parte del hombre mismo. Por lo cual nosotros no debemos vituperar al hombre porque sea feo de cuerpo de nacimiento, porque no estuvo en su poder el ser hermoso; mas hemos de vituperar la mala disposición de la materia de que está hecho, que fue principio del pecado de la naturaleza. Y así no debemos alabar al hombre porque sea hermoso de cuerpo de nacimiento, pues que no fue él quien tal hizo; pero debemos alabar al artífice, es decir, a la naturaleza humana, que tanta belleza produce en su materia, cuando no se lo impide ésta. Por eso dijo bien el sacerdote al emperador que se reía escarneciendo la fealdad de su cuerpo:

«Dios es Nuestro Señor; Él nos hizo, y no nosotros a Él»; y están estas palabras del profeta en un verso del Salterio, escritas ni más ni menos como en la respuesta del sacerdote. Y por eso vemos que los desgraciados mal nacidos ponen todo su esfuerzo en acicalar su persona, que debe ser en todo honesta, que no hay más que hacer, sino adornar la obra ajena y abandonar la propia.

Volviendo, pues, a lo propuesto, digo que nuestro intelecto, por defecto de la virtud, de la cual deduce lo que ve -que es la virtud orgánica-, es decir, la fantasía, no puede ascender a ciertas cosas, porque la fantasía no le puede ayudar, pues que no tiene con qué; como son las sustancias mezcladas de materia; de las cuales, si podemos tener alguna de aquellas consideraciones, no las podemos entender ni comprender perfectamente. Y por ello no se ha de culpar al hombre, pues que no fue quien tal defecto hizo; antes bien, lo hizo la Naturaleza universal, es decir, Dios, que quiso privarnos en esta vida de esa luz; y sería presuntuoso razonar el por qué Él hiciera tal. De modo que si mi consideración me transportaba adonde el intelecto, faltábale fantasía;,si yo no podía entender, no soy culpable. Además se ha puesto límite a nuestro ingenio para todas sus obras, no por nosotros, sino por la Naturaleza universal; y por eso se ha de saber que son más amplios los términos del ingenio para pensar que para hablar, y más amplios para hablar que para señalar. Por lo tanto, si nuestro pensamiento, y no sólo el que no llega a perfecto intelecto, sino también aquel que termina en perfecto intelecto, es vencedor del lenguaje, no ha de culpársenos, pues que no somos autores de ello. Es por eso manifiesto que me disculpo en verdad cuando digo: cúlpese de ello al débil intelecto y al habla nuestra, que no tiene fuerza para copiar cuanto et amor le dicta. Por lo que se debe ver asaz claramente la buena voluntad, a la cual se debe respeto en los méritos humanos. Y así, entiéndase ora ya la primera parte principal de esta canción, que tenemos entre manos.

V

Una vez que, explicada la primera parte, se ha declarado su sentido, menester es seguir con la segunda. De la cual, a fin de ver mejor, se han de hacer tres partes, conforme a los tres versos que comprende. Porque en la primera parte encomio a esta dama por entero y en general, así en cuanto al alma cual en cuanto al cuerpo; en la segunda desciendo a la alabanza especial del alma, y en la tercera, a la alabanza especial del cuerpo. La primera parte comienza: No ve ese sol que en torno al mundo gira; la segunda comienza:

Desciende en ella la virtud divina; la tercera comienza: Cosas se advierten en su continente; y tales partes se han de razonar según este orden.

Digo pues: No ve ese sol que en torno al mundo gira; donde se ha de saber, para tener perfecta inteligencia de ello, cómo gira el sol en torno al mundo.

Primeramente digo que por el mundo yo no entiendo aquí todo el cuerpo del Universo, sino realmente la parte del mar y de la tierra, que, siguiendo la voz vulgar, así se acostumbra llamar. Por lo cual hay quien dice: «Ése ha visto todo el mundo», por decir la parte del mar y de la tierra.

Este mundo quisieron decir Pitágoras y sus secuaces que era una de las estrellas, y que otra de igual conformación le estaba opuesta; y llamábala Antictona. Y decía que estaban ambas en una esfera que daba vueltas de

Oriente a Occidente, y. por esta revolución giraba el sol en torno a nosotros y ora se veía y ora no. Y decía que en medio de éstas estaba el fuego, suponiéndole cuerpo más noble que el agua y que la tierra, y suponiéndole nobilísimo centro entre los lugares de los cuatro cuerpos simples. Y por eso decía que el fuego, cuando aparecía subir, en realidad, descendía al centro.

Platón fue luego de otra opinión, y escribió en un libro suyo, que se llama

Timeo, que la tierra y el mar eran el centro de todo, más que su redondo conjunto giraba en torno a su centro, siguiendo el primer movimiento del cielo; sino que tarda mucho, por su densa materia y por la grandísima distancia de aquél.

Estas opiniones son reputadas falsas en el segundo de Cielo y Mundo por aquel glorioso filósofo, al cual la naturaleza abrió más sus secretos, y por quien se ha demostrado que este mundo, es decir, la tierra, permanece fija y estable sempiternamente. Y las razones que Aristóteles dice para deshacer éstas y afirmar la verdad no es mi intención referir aquí; porque bástale a la gente a quien hablo el saber por su grande autoridad que la tierra está fija y no gira, y que con el mar es centro del cielo.

Este cielo gira en torno a ese centro continuamente, como vemos; en el cual giro ha de haber necesariamente dos firmes polos, y un círculo igualmente distante de aquéllos, que gire principalmente. De estos dos polos, el uno es manifiesto a casi toda la tierra descubierta, a saber, el septentrional; el otro está casi oculto a casi toda la tierra, a saber, el meridional. El círculo que en medio de éstos se entiende es aquella parte del cielo bajo la cual gira el sol cuando va con Aries y con Libra.

Por lo cual se ha de saber que si una piedra pudiese caer de este polo nuestro, caería más allá del mar Océano, precisamente sobre la superficie del mar, donde si estuviese un hombre, la estrella estaría siempre sobre su cabeza; y calculo que de Roma a este lugar, yendo derecho a través de los montes, habrá una distancia de casi dos mil setecientas millas, poco más o menos. Imaginemos, pues, para ver mejor, que en este lugar que dije hubiera una ciudad y que tenga por nombre María.

Digo, además, que si del otro polo, a saber, el meridional, cayese una piedra, caería sobre la superficie del mar Océano, que en esta bola está precisamente opuesto a María; y creo que de Roma, adonde caería esta segunda piedra, yendo derecho por el Mediodía, habrá una distancia de siete mil quinientas millas, poco más o menos. Y aquí imaginemos otra ciudad que tenga por nombre Lucía, a una distancia de cualquier parte que se tire la cuerda de diez mil doscientas millas; y entre una y otra, medio círculo de esta bola; de modo que los ciudadanos de María apoyen los pies contra los pies de los de Lucía.

Imaginémonos, además, un círculo sobre esta bola que esté en cualquiera de sus partes tan lejos de María cuanto de Lucía. Creo que este círculo -a lo que yo entiendo, por las opiniones de los astrólogos y por la de Alberto de la Magna en el libro De la naturaleza de los lugares y De las propiedades de los elementos, y aun por el testimonio de Lucano en su libro noveno -dividía esta tierra descubierta del mar Océano, allá en el Mediodía, casi por los límites del primer clima, donde están, entre otras gentes, los garamantas, que están casi siempre desnudos, a los cuales llegóse Catón con el pueblo de Roma huyendo del dominio de César.

Señalados estos tres lugares sobre esta bola, puede verse fácilmente cómo el sol gira en torno suyo. Digo, pues, que el cielo del sol da vueltas de Oriente a Occidente, no derechamente contra el movimiento diurno, es decir, del día y de la noche, sino torcidamente contrario. De modo que su medio círculo, que está por igual entre sus polos, en el cual está el cuerpo del sol, siega en dos partes opuestas el círculo de los dos primeros polos, a saber, en el principio del Aries y en el principio de la Libra; y de él parten dos arcos, uno hacia el Septentrión y otra hacia el Mediodía. Los puntos de los cuales arcos se alejan por igual del primer círculo por todas partes veintitrés grados, y uno de los puntos más; y uno de los puntos es el principio de Cáncer, y el otro es el principio de Capricornio. Por eso acaece que María ve en el principio del Aries, cuando el sol está bajo el medio círculo de los primeros polos, que el propio sol gira alrededor del mundo en torno a la tierra o al mar, como una muela, de la cual no aparece sino medio cuerpo; y que lo ve venir ascendiendo a guisa de tornillo de una tuerca, de tal modo que da noventa y una vueltas o poco más. Una vez dadas estas vueltas, su ascensión a María es casi tanta cuanta asciende en nosotros a la media tercia; que es igual del día y de la noche. Y si un hombre estuviese de pie en María y dirigiese siempre su vista al sol, le vería ir hacia la mano derecha. Luego por el mismo camino parece descender otras noventa y nueve vueltas o poco más, tanto que gira en torno a la tierra, o más bien al mar, no mostrándose del todo; y luego se esconde y comienza a verlo Lucía. Al cual ve subir y bajar en torno de sí con tantas vueltas cuantas ve María. Y si un hombre estuviese de pie en Lucía, siempre que volviese la cara hacia el sol, veríale caminar hacia su mano izquierda. Por lo cual puede verse que estos lugares tiene un día del año de seis meses y una noche de otro tanto tiempo; y cuando el uno tiene el día, el otro tiene la noche.

Es menester, además, que el círculo donde están los garamantas, como se ha dicho, sobre esta bola, vea girar el sol sobre sí mismo, no a modo de muela, sino de rueda, de la cual no puede ver en parte alguna sino media, cuando está bajo el Aries. Y luego lo ve apartarse de él e ir hacia María noventa y un días y algo más y tornar a él por otro tanto; y luego, cuando ha vuelto, va bajo la Libra, y también se aparta, y va hacia Lucía noventa y un días y algo más, y en otros tantos vuelve. Y este lugar, que rodea toda la bola, siempre tiene iguales el día y la noche, ya vaya el sol hacia una u otra parte, y dos veces al año tiene el estío de un grandísimo calor y dos pequeños inviernos. Es menester, además, que los dos espacios que están en medio de las dos ciudades imaginadas, y el círculo del medio, vean el sol invariablemente, según están remotos o próximos a estos lugares; como ora, por lo que se ha dicho, puede ver quien tenga noble ingenio, al cual está bien dejar un poco de trabajo. Por la cual puede verse ahora que por la divina providencia el mundo está de tal suerte ordenado que, vuelta la esfera del sol y tornada a un punto, esta bola en que estamos, en cada parte de sí recibe tanto tiempo de luz cuanto de tinieblas. ¡Oh, inefable Sabiduría que tal ordenaste, cuán pobre es nuestra mente para comprenderte!

Y vosotros, para cuya utilidad y deleite escribo, ¡en cuánta ceguedad vivís no elevando los ojos arriba a estas cosas, teniéndolos fijos en el fango de nuestra estulticia!

VI

En el precedente capítulo se ha mostrado de qué modo gira el sol; de suerte que ora se puede proceder a declarar el sentido de la parte a la cual se refiere. Digo, pues, que en esta primera parte empiezo a encomiar a esta dama por comparación con las demás cosas. Y digo que el sol, girando en torno al mundo, no ve cosa tan gentil como ella; por lo cual se sigue que la tal es, según las palabras, la más gentil de cuantas cosas ilumina el sol. Y digo: sino en la hora, etc. Por lo cual se ha de saber que entienden los astrólogos de dos maneras: es la una que del día y la noche hacen veinticuatro horas, es decir, doce del día y doce de la noche, sea el día grande o pequeño. Y estas horas hacen pequeñas o grandes en el día y en la noche, según que el día y la noche crecen o menguan. Y estas horas usa la Iglesia cuando dice: Prima, tercia, sexta y nona; y así llámanse horas temporales. La otra manera es que, haciendo del día y la noche veinticuatro horas, a veces tiene el día quince horas y la noche nueve, y a veces tiene la noche diez y seis y el día ocho, según crecen o menguan el día y la noche; y llámanse horas iguales. Y en el Equinoccio siempre éstas y las que se llaman temporales son una misma cosa, porque, siendo iguales el día y la noche, preciso es que así suceda.

Luego cuando digo: Todo intelecto de allá arriba mírala, la encomio sin referencia a cosa alguna. Y digo que las inteligencias del cielo la miran y que la gente noble de aquí abajo piensa en ella cuando tiene más de lo que les deleita. Y aquí se ha de saber que todo intelecto de allá arriba, conforme está escrito en el libro de las causas, conoce lo que está sobre él y lo que está bajo él; conoce, pues, a Dios como su causa; conoce, por lo tanto, lo que está debajo de él como su efecto. Y como quiera que Dios es Causa universal por excelencia de todas las cosas, conociéndole a Él conoce todas las cosas según el modo de la inteligencia. Por lo cual todas las inteligencias conocen la forma humana, en cuanto está regulada por la intención en la divina Mente. Principalmente la conocen las inteligencias motrices; porque son causas especialísima de aquélla y de toda forma general; y conocen a la más perfecta, en cuanto puede ser, como su regla y ejemplo. Y si esa humana forma, ejemplarizada e individualizada, no es perfecta, no es por culpa de dicho ejemplo, sino de la materia, que es individual. Por eso cuando digo: Todo intelecto de allá arriba mírala, no quiero decir sino que está hecha a manera del ejemplo intencional de la humana esencia que hay en la Mente divina, y por esa virtud, que existe principalmente en las mentes angélicas, que fabrican con el cielo estas cosas de aquí abajo.

Y a esta afirmación aludo cuando digo: Y la gente que aquí se enamora, etc.

Donde se ha de saber que toda cosa desea principalmente su perfección y en ella se aquietan todos sus deseos y por ella toda cosa es deseada. Y éste es ese deseo que siempre hace parecer truncado todo deleite; porque ningún deleite hay tan grande en esta vida que pueda quitar a nuestra alma la sed y que no quede siempre en el pensamiento el deseo que se ha dicho. Y como quiera que ésta es verdaderamente esa perfección, digo que la gente que aquí abajo recibe mayor deleite, cuando más paz tiene permanece quieta en sus pensamientos. Por eso digo que es tan perfecta cuanto puede serlo la humana esencia.

Luego, cuando digo: Su ser tanto complace a Aquel que se lo dio, muestro que esta dama no sólo es perfectísima en la humana generación, sino más que perfectísima, en cuanto recibe de la divina bondad más del débito humano. Por lo cual es de razón creer que del mismo modo que todo maestro ama más su mejor obra que las otras, así Dios ama más a la óptima persona humana que a todas las demás. Y como quiera que su generosidad no se constriñe por necesidad a término alguno, no cuida su amor del débito de aquél que recibe, sino que excede aquél en donación y en beneficio de virtud y de gracia. Por lo cual digo que ese Dios que da el ser a ésta, por caridad de su perfección, infunde en ella su bondad más allá de los términos que a nuestra naturaleza corresponden.

Luego, cuando digo: Su alma pura, pruebo lo que se ha dicho con testimonio sensible. Donde se ha de saber que, como dice el filósofo en el segundo del Alma, el alma es acto del cuerpo; y si es su acto, es su causa; y como quiera, según está escrito en el alegado libro de las causas, que toda causa infunde en su efecto, la bondad que de su propia causa recibe, infunde y entrega a su cuerpo parte de la bondad de su causa, que es Dios. Por lo cual, dado que en ésta se ven, en cuanto hace a la parte del cuerpo, cosas tan maravillosas que a todo el que mira hacen entrar en deseo de ver aquéllas, manifiesto es que su forma, es decir, su alma, que lo guía como causa propia, reciba milagrosamente la graciosa bondad de Dios. Y así pruebo con esta apariencia, que a más del débito de nuestra naturaleza -la cual es en ella perfectísima, como se ha dicho más arriba-, esta dama es favorecida por Dios y ennoblecida. Y éste es todo el sentido literal de la parte primera de la segunda parte principal.

VII

Encomiada esta dama en general, tanto en lo que hace al alma como en lo que hace al cuerpo, procedo a encomiarla en cuanto al alma especialmente. Y primero la encomio en cuanto su bien es grande en sí, luego la encomio en cuanto su bien es grande para los demás y útil al mundo. Y comienza esta segunda parte cuando digo: De ella decir se puede, etc.

Conque digo primeramente: A ella desciende la virtud divina. Donde se ha de saber que la divina bondad a todas las cosas desciende, y de otro modo no podrían existir; mas aunque esta bondad procede de simplicísimo principio, se recibe diversamente, ya más, ya menos, por parte de las cosas que la reciben. Por lo cual está escrito en el libro de las causas: «La primera bondad envía sus bondades sobre las cosas con una conmoción». En verdad, cada cosa recibe esta conmoción según el modo de su virtud y de su ser. Y ejemplo sensible de ello tenemos en el sol. Nosotros vemos cuán diversamente reciben los cuerpos la luz del sol, la cual es una y de una misma fuente derivada, como dice Alberto en el libro que hizo acerca del Intelecto, que ciertos cuerpos, por tener mezclada mucha claridad de diáfano, apenas el sol los ve se hacen tan luminosos, que multiplicándose en ellos la luz, despiden gran resplandor, como son el oro y algunas piedras. Hay algunos que, por ser diáfanos completamente, no solamente reciben la luz, sino que no la impiden, antes bien, la colorean con su color en las demás cosas. Y hay otros tan vencedores en la fuerza del diáfano, que irradian de tal suerte, que vencen la armonía del ojo y no dejan ver sin trabajo de la vista, como son los espejos. Otros hay sin diafanidad, hasta tal punto, que sólo un poco de luz reciben, como la tierra.

Así la bondad de Dios es recibida de un modo por las substancias separadas, es decir, los ángeles, que no tienen grosera materia y son casi diáfanos por la pureza de su forma, y de otro modo por el alma humana, que aunque por una parte sea de materia libre, por otra está impedida -como hombre que está todo él metido en agua excepto la cabeza, del cual no se puede decir ni que esté del todo en el agua ni del todo fuera de ella-, y de otro modo, por los animales, cuya alma está toda hecha de materia, tanto cuanto está ennoblecida; y de otro modo, par los minerales, y por la tierra, de modo diferente que por los demás elementos; porque es materialísima, y por eso lo más remota y desproporcionada a la simplicísima y nobilísima Virtud primera, que solamente es intelectual, a saber, Dios.

Y aunque se hayan supuesto aquí grados generales, puédense, sin embargo, suponer grados singulares; es decir, que aquélla recibe de las almas humanas de diferente manera la una que la otra. Y como quiera que en el orden intelectual del universo se sube y desciende por grados casi continuos, desde la forma mas ínfima a la más alta, y de la más alta a la ínfima - como vemos en el orden sensible-, y entre la naturaleza angélica, que es cosa intelectual, y el alma humana, no hay grado alguno, sino que se suceden de una a otra en el orden de los grados, y entre el alma humana y el alma más perfecta de los animales brutos, no hay ningún intermediario, y nosotros vemos muchos hombres tan viles y de tan baja condición, que casi no parecen más que bestias, y así hay que suponer y creer firmemente que hay alguno tan noble y de tan alta condición, que casi no es más que un ángel, de otra manera no se continuaría la humana especie por parte alguna, lo cual no puede ser. A estos tales llama Aristóteles, en el séptimo de la Ética, divinos; y tal digo yo que es esta dama, de modo que la divina virtud de la gracia que desciende al ángel desciende a ella.

Luego, cuando digo: y si hay dama gentil que no lo crea, pruebo esto por la experiencia que de ella se puede tener en aquellas obras que son propias del alma racional, donde la luz divina irradia más fácilmente, a saber: en el habla y en los actos que suelen ser llamados maneras y comportamiento.

Por lo cual se ha de saber que de los animales, solamente el hombre habla y se rige por actos que se dicen racionales, porque él sólo tiene en sí mismo razón. Y si alguien quisiese decir, contradiciendo, que algunos pájaros hablan, como parece que los hay, principalmente la urraca y el papagayo, y que alguna bestia ejecuta actos racionales, como parecen hacer la mona y algún otro, respondo que no es verdad que hablen ni que tengan discernimiento, porque no poseen razón, de la cual es menester que estas cosas procedan. Ni está en ellas el principio de estas operaciones, ni conocen lo que las tales son, ni pretenden con ellas significar nada, sino que sólo imitan aquello que ven y oyen. Por dónde, del mismo modo que la imagen de los cuerpos se refleja en algún cuerpo lucido como el espejo, y la imagen corporal que el espejo muestra no es verdadera, así la imagen de la razón, es decir, los actos y el lenguaje que el alma bruta imita o muestra, no es verdadera.

Digo que si hay dama gentil que no lo crea, que vaya con ella y contemple sus actos -no digo hombre porque más honestamente se experimenta con las damas que con los hombres-, y digo lo que sentirá acerca de ella, con ella estando, al decir lo que hace con su hablar y con sus canciones. Porque su hablar, por su elevación y su dulzura, engendra en la mente de quien lo oye un pensamiento de amor, al cual llamo yo espíritu celestial, porque allá arriba tiene su principio y de allá arriba viene su sentido, como se ha referido. Del cual pensamiento se llega a la firme opinión de que ésta es maravillosa dama de virtud. Y sus actos, por su suavidad y su medida, hacen que despierte el alma y se sienta allí donde está sembrada su potencia por naturaleza. La cual siembra natural se hace como en el siguiente Tratado se explica.

Luego, cuando digo: De ella decir se puede, etcétera, es mi intención exponer cómo la bondad y virtud de su alma es útil y buena para los demás, y primero, cuán es útil a las otras damas, diciendo: Gentil es cuanto en la dama se descubre, donde doy a las damas ejemplo manifiesto, mirando al cual pueden ser gentiles con sólo seguirlo.

En segundo lugar refiero cuán útil es a todas las gentes, diciendo que su semblante ayuda nuestra fe, la cual es más que toda otra cosa útil y buena para el género humano, pues que por ella escapamos de eterna muerte y conquistamos la vida eterna. Y ayuda nuestra fe porque, como quiera que el principal fundamento de nuestra fe son los milagros hechos por Aquel que fue crucificado -el cual creó nuestra razón y quiso que fuese inferior a su poder- y hechos luego en su nombre por sus santos; y son muchos los obstinados que dudan, por alguna niebla, de esos milagros, y no pueden creer milagro alguno sin haber tenido experiencia visible de él, y esta dama es cosa tan visiblemente milagrosa, la cual las ojos de los hombres cotidianamente pueden experimentar, y nos hace posibles los demás, manifiesto es que esta dama, con su admirable semblante, ayuda nuestra fe. Y por eso digo por último que de tiempo eterno, es decir, eternamente, fue ordenada en la mente de Dios, en testimonio de la fe para los que en este tiempo viven. Y así termina la parte segunda de la segunda parte principal, según su sentido literal.

VIII

De los efectos de la divina Sabiduría, el hombre es el más admirable, considerando que la divina Virtud unió en una forma tres naturalezas y cuán sutilmente armonizado ha de estar su cuerpo con forma tal, estando organizado por casi todas sus virtudes. Por lo cual, por la mucha concordia con que es menester que tantos órganos se correspondan, de tanto número de hombres como hay, pocos son los perfectos. Y si esta criatura es tan admirable, ciertamente que no se ha de temer tan sólo el tratar de sus condiciones con las palabras, sino también con el pensamiento, conforme a aquellas palabras del Eclesiástico: «¿Quién buscaba la sabiduría de Dios que a todas las cosas precede?»; y aquéllas otras donde dice: «No pediré cosas más altas que tú; mas piensa las cosas que Dios te mandó, y no seas curioso de más obras suyas»; es decir, solícito. Yo, por tanto, que en esta tercera partícula me propongo hablar de alguna condición de tal criatura -en cuanto en su cuerpo aparece por bondad del alma, sensible belleza-, temerosamente e inseguro, me propongo comenzar a desatar, si no del todo, al menos alguna cosa de tanto nudo.

Digo, pues, que una vez declarado el sentido de aquella partícula en la cual esta dama es encomiada en cuanto hace al alma, hemos de proceder y ver como cuando digo: Cosas se muestran en su continente, la encomio en cuanto al cuerpo se refiere. Y digo que en su continente se advierten cosas que parecen placeres -algunos de ellos- del Paraíso. El más noble y el que está escrito ser fin de todos los demás, es contentarse, y esto es ser bienaventurado; y este placer se halla -aunque de otro modo- en el continente de ésta, porque, mirándola, la gente se contenta -tan dulcemente alimenta su belleza los ojos de los contempladores-; mas de otro modo que el contento del Paraíso, que es perpetuo, lo cual para nadie puede serlo éste.

Y como quiera que alguien pudiera preguntar dónde se muestra en ella tan admirable complacencia, distingo, en su persona dos partes, en las cuales se muestra más el humano placer o disgusto. Donde se ha de saber que allí donde el alma más se ejercita en su oficio, allí es donde más ornamento se propone y más sutilmente se emplea. Por lo cual vemos que el rostro del hombre, que es donde más se ejercita en su oficio, más que ninguna otra parte exterior, tan sutilmente se lo propone, que para utilizarse todo cuanto, en la materia le es posible, ningún rostro es igual a otro; porque la última potencia de la materia, la cual es en todos desigual casi por entero, aquí se reduce en acto.

Y como quiera que en la casa, principalmente en dos lugares, se ejercita el alma -porque en esos dos lugares tienen jurisdicción casi las tres naturalezas del alma, es decir, en los ojos y en la boca-, aquello adornan principalmente y allí hácelo todo hermoso, si le es posible. Y en estos dos lugares digo yo que se muestran estos placeres, al decir: en los ojos y en su dulce risa. Los cuales lugares, con bella comparanza, puédense llamar balcones de la dama que habita en el edificio del cuerpo; es, a saber: el alma, porque aquí, aunque velada, se muestra muchas veces.

Muéstrase en los ojos tan manifiestamente, que quien bien la mire puede conocer su presente pasión. Por donde, dado que son seis las pasiones propias del alma humana, de las cuales hace mención el filósofo en su

Retórica, a saber: gracia, celo, misericordia, envidia, amor y vergüenza, de ninguna de éstas puede apasionarse el alma sin que a la ventana de los ojos no asome su semblante, si con gran asombro no se cierra dentro. Por lo cual hubo quien se arrancó los ojos, porque la vergüenza interior no apareciese por de fuera como dice el Poeta Estazio del tebano Edipo, cuando dice que «con eterna noche absolvió su condenado pudor».

Muéstrase en la boca casi del mismo modo que el color tras el vidrio. Pues

¿qué es la risa sino un relampagueo del deleite del alma, esto es, una luz que, según está dentro, se muestra fuera? Y por eso es menester al hombre, para mostrar moderada su alma en la alegría, reír moderadamente con honesta severidad y poco movimiento de sus miembros; de modo que una dama que tal se muestre como se ha dicho, parece modesta y no disoluta. De aquí que el libro de las cuatro virtudes cardinales mande hacer esto: «Sea tu risa sin estrépito, es decir, sin cacarear como una gallina». ¡Ay, risa admirable de la dama de quien hablo, que sólo la vista la sentía!

Y digo que Amor lo trae aquí estas cosas como a su lugar propio; donde se puede considerar, amor doblemente. Primero, el amor del alma, especial de estos lugares; segundo, el amor universal, que dispone las cosas para amar y para ser amadas, y que prepara el alma al adorno de estas partes.

Luego, cuando digo: Deslumbran nuestro intelecto, me excluyo de ello, porque de tanta excelencia de belleza parece que debo tratar poco sobrepujando a aquélla; y digo que hablo poco, por dos razones. Es la una, que estas cosas que en su semblante se muestran deslumbran nuestro intelecto, es decir, el humano; y digo cómo lo deslumbran, del mismo modo que deslumbra el sol la vista débil, no la sana y fuerte. Es la otra, que no puede mirarlo fijamente, porque se le embriaga el alma; de modo que al punto de mirarlo desvaría en todos sus actos.

Luego, cuando digo: Su belleza llueve resplandores de fuego, recurro a tratar de su efecto; porque hablar de ella por entero no es posible; por donde se ha de saber que de todas aquellas cosas que vencen nuestro intelecto, de manera que no se puede ver lo que son, es muy conveniente tratar por sus efectos. Por donde hablando así podremos tener algún conocimiento de Dios, de sus sustancias separadas y de la primera materia. Y por eso digo que la belleza de aquélla llueve resplandores de fuego; es decir, ardimiento de amor y de caridad, animados de espíritu gentil, es decir, informado ardimiento de un espíritu gentil, o sea, recto deseo, por el cual y del cual se origina el buen pensamiento. Y no solamente hace esto, sino que deshace y destruye a su contrario, a saber: los vicios innatos, los cuales son principalmente enemigos de los buenos pensamientos.

Y aquí se ha de saber que hay ciertos vicios en el hombre para los cuales está predispuesto por naturaleza, del mismo modo que algunos están predispuestos a la ira por su complexión colérica; y estos vicios tales son innatos, es decir, connaturales. Otros son vicios consuetudinarios, en los cuales no tiene culpa la complexión, sino la costumbre; como lo es la intemperancia, y principalmente la del vino. Y estos vicios se huyen y reúnen por la buena costumbre, y hácese el hombre por ella virtuoso, sin costarle trabajo su moderación, como dice el filósofo en el segundo de la Ética. Verdaderamente hay esta diferencia entre las pasiones connaturales y las consuetudinarias, que las consuetudinarias desaparecen por entero con la buena costumbre; porque su principio, es decir, la mala costumbre, con su contrario se destruye; mas las connaturales, el principio de las cuales está en la naturaleza del apasionado, aunque se aligeran mucho con la buena costumbre, no desaparecen del todo, en cuanto al primer movimiento. Mas desaparecen del todo en cuanto a la duración, porque la costumbre es parangonable a la naturaleza, en la cual está el origen de aquélla. Y por eso es más de alabar el hombre que de mal natural se corrige y se gobierna contra el ímpetu de la naturaleza, que aquel de buen natural que se mantiene con buen gobierno, o, apartado de él, vuelve al camino recto; del mismo modo que es más de alabar el guiar un mal caballo que otro dócil. Digo, pues, que estos resplandores que de su beldad llueven, como se ha dicho, destruyen los vicios innatos, es decir, connaturales, para dar a entender que su belleza tiene poder bastante para renovar el natural de quienes la miran, lo cual es cosa milagrosa. Y esto confirma lo que se ha dicho más arriba en el otro capítulo, cuando digo que ello ayuda nuestra fe.

Por último, cuando digo: Por eso toda dama que vea su belleza, deduzco, so color de amonestar a otras, el fin para que fue hecha beldad tanta. Y digo que toda dama que vea censurar la propia belleza se mire en este ejemplo de perfección, donde se entiende que no sólo ha sido creada para mejorar el bien, sino para hacer de la cosa mala una cosa buena.

Y añade por fin: Ésta fue pensada por Aquel que creó el Universo, es, a saber: Dios; para dar a entender que, por divino propósito, la naturaleza produjo tal efecto. Y así termina toda la segunda parte principal de esta canción.

IX

El orden del presente Tratado requiere -pues que, según era mi intención, se han argumentado las dos partes de esta canción primeramente - que se proceda a la tercera, en la cual me propongo purgar la canción de un reproche que podía haberle sido contrario. Y es éste, que yo, antes de llegar a su composición, pareciéndome que esta dama habíaseme mostrado un tanto orgullosa y altiva, hice una baladita, en la cual llamé a esta dama orgullosa y despiadada, lo cual parece contrario a lo que más arriba se dice. Y por eso me dirijo a la canción, y so color de enseñarle cómo es menester que se disculpe, la disculpo; y a esta figura de hablar a las cosas inanimadas, llaman los retóricos Prosopopeya, y úsanla muy a menudo los poetas.

Canción parece que hablas al contrario, etcétera. Para dar a entender más fácilmente el sentido de la cual, es menester dividirle en tres partículas: porque primeramente se propone para qué es necesaria la disculpa; luego se sigue con la disculpa, cuando digo: Sabes que el cielo; por último hablo a la canción como a persona enseñada, aquello que hay que hacer, cuando digo: Excúsate así, si lo has menester.

Digo, por lo tanto, primeramente: ¡Oh, canción, que hablas de esta dama con tanta alabanza y pareces mostrarte contraria a una hermana tuya! Por semejanza digo hermana; porque del mismo modo que se llama hermana a la mujer engendrada por un mismo engendrador, así el hombre puede decir hermana a la obra hecha por un mismo autor; porque nuestra obra, en cierto modo, es generación. Y digo por qué parece contraria a aquélla, al decir a ésta la muestras humilde y a aquélla soberbia, es decir, orgullosa y desdeñosa, que viene a ser lo mismo.

Propuesta esta acusación, procedo a la disculpa por vía de ejemplo, en el cual alguna vez la verdad está en desacuerdo con la apariencia y otras se puede tratar con otro respecto. Digo: Sabes que el cielo siempre es luciente y claro, esto es, que siempre ostenta claridad, pero que por alguna causa es lícito decir alguna vez que tenebroso.

Donde se ha de saber que propiamente visibles son el color y la luz, como quiere Aristóteles en el segundo del Alma y en el libro Del sentido y lo sensible.

Hay otras cosas visibles; pero no propiamente, porque las siente otro sentido; así que se puede decir que no son propiamente visibles ni propiamente tangibles, como son la figura, el tamaño, el número, el movimiento y el estar quieto, que se llaman sentidos comunes, cosas que percibimos con varios sentidos. Pero el color y la luz son propiamente visibles, porque sólo con la vista los percibimos, es decir, no con otro sentido. Estas cosas visibles, tanto las propias como las comunes, en cuanto son visibles, pasan dentro del ojo -no digo las cosas, sino sus formas- por el medio diáfano, no realmente, sino intencionadamente, del mismo modo, casi que por un vidrio transparente. Y en el agua que hay en la pupila del ojo termina el curso que a través de él realiza la forma visible, porque ese agua termina como en un espejo, como el vidrio terminado con plomo; de modo que no puede pasar más adelante, sino que allí, a modo de una bola repercutida, se detiene. De modo que la forma que no en el medio no parece transparente, una vez terminada, es lúcida; y por eso en el vidrio azogado se refleja la imagen, y no en otro. Por esta pupila, el espíritu visual, que por ella continúa ante la parte del cerebro donde está la virtud sensible como en el origen de una fuente, súbitamente, sin tiempo, la refleja, y de este modo vemos. Por lo cual, a fin de que la visión sea veraz, es decir, tal como es la forma visible en sí, es menester que el medio por el cual llega la forma al ojo no tenga color alguno, y lo mismo en el agua de la pupila; de otra manera se mancharía la forma visible con el color del medio y el de la pupila. Y por eso, quienes quieren hacer que las cosas tengan en el espejo un color interponen ese color entro el vidrio y el plomo, de modo que el vidrio queda tomado de él. En verdad, Platón y otros filósofos dijeron que nuestra vista no dependía de que lo visible entrase en el ojo, sino porque la virtud visual salía fuera al encuentro de lo visible. Y esta opinión es reputada falsa por el filósofo en Del sentido y lo sensible.

Visto este modo de la vista, puede verse fácilmente que aunque la estrella siempre sea clara y reluciente de una manera, y no reciba transformación alguna sino de movimiento local, como está probado en el de Cielo y Mundo, por muchas causas puede parecer no clara y no reluciente; porque puede parecer tal por el medio que se transforma continuamente. Transfórmase este medio de mucha luz en poca, según la presencia o ausencia del- sol; y por la presencia, el medio, que es diáfano, está tan lleno de luz, que vence a la estrella; y por eso ya no parece reluciente. Transfórmase también este medio de sutil en grueso, de seco en húmedo, por los vapores de la tierra que ascienden continuamente. El cual medio, así transformado, transforma la imagen de la estrella, que a través de él se convierte, por la densidad en oscuridad, y por lo húmedo y lo seco en color.

Pero puede parecer así también por el órgano visual, es decir, el ojo, el cual, por enfermedad o cansancio, se transforma en alguna coloración y en alguna debilidad, como sucede frecuentes veces, que por estar la túnica de la pupila muy sanguinolenta, por alguna corrupción de enfermedad, las cosas parecen casi todas rubicundas; y por eso la estrella aparece coloreada. Y por estar debilitada la vista, encuentra en él alguna disgregación de espíritu, de modo que las cosas no aparecen unidas sino disgregadas, casi de la misma manera que nuestra letra sobre el papel húmedo. Por eso muchos, cuando quieren leer, alejan lo escrito de sus ojos para que su imagen entre más sutil y levemente; y con ello queda la letra adecuada a la vista. Y así, también puede la estrella aparecer turbada; y yo lo experimenté el mismo año en que nació esta canción, que por haber cansado la vista mucho con el deseo de leer, tanto debilité los espíritus visuales, que las estrellas parecíanme todas ensombrecidas en su albura. Y con largo reposo en lugares oscuros y fríos y con refrescar el cuerpo del ojo con agua clara, recobré la virtud disgregada, que volví al primer estado perfecto de la vista. Y así aparecen muchas causas, por las razones apuntadas, por las cuales puede parecer la estrella como no es.

X

Partiendo de esta ligera digresión, que ha sido necesaria para ver la verdad, vuelvo al propósito, y digo que, del mismo modo que nuestros ojos llaman, es decir, consideran a veces la estrella de otra manera de lo que es su verdadera condición, así la Baladita consideró a esta dama según la apariencia discordante de la verdad, por enfermedad del alma, que estaba apasionada de exagerado deseo. Y manifiesto tal cuando digo: Porque el alma temía tanto, que parecíame fiero cuanto en su presencia veía. Donde ha de saberse que cuanto más se une el agente al paciente, tanto más fuerte es, con todo, la pasión, como se entiende por la opinión del filósofo en el libro de Generación.

Por lo cual, cuanto la cosa deseada se acerca más al que la desea, tanto mayor es el deseo; y el alma más apasionada, cuanto más se une a la parte concupiscible, más abandona la razón; de modo que entonces no considera como hombre a la persona, sino casi como otro animal, sólo en cuanto a la apariencia, no conforme a la verdad. Y por eso es por lo que el semblante, honesto en verdad, parece desdeñoso y altivo; y conforme a semejante juicio sensual habló la Baladita. Y por ello se entiende asaz que esta canción considera a esta dama, según la verdad, por el desacuerdo en que está con ella.

Y no sin motivo digo: donde ella me oiga, y no donde yo la oiga. Mas con ello quiero dar a entender la gran virtud que sus ojos tenían sobre mí; pues, cual si hubiese sido diáfano, por todas partes me traspasaban sus rayos. Y aquí se podrían señalar razones naturales y sobrenaturales; mas baste con lo que se he dicho; en otro lugar hablaré más adecuadamente.

Luego, cuando digo: Excúsate así si lo has menester, impóngole a la canción que se disculpe con las razones apuntadas, donde haya menester, es decir, donde alguien dudase de tal contrariedad; que no hay más que decir, sino que quien dudase por el desacuerdo entre la Baladita y la canción, considera la razón expuesta. Y es muy de alabar esta figura retórica y aun necesaria, a saber: cuando las palabras se dirigen a una persona y la intención a otra; porque el advertir es siempre laudable y necesario, y no siempre está adecuadamente en toda boca. Por donde, cuando el hijo conoce el vicio del padre y el súbdito conoce el vicio del señor, y cuando conoce el amigo que aumentaría la vergüenza de su amigo amonestándole o menoscabaría su honor, o sabe que su amigo no es paciente, sino iracundo ante la admonición, esta figura es muy bella y útil, y puédese llamar simulación. Y es semejante a la obra del prudente guerrero que ataca el castillo por un lado para dejarlo indefenso por otro, de modo que no van acordes la intención del socorro y la batalla.

Y le impongo, además, que pida permiso a ésta dama para hablar de ella. Donde se puede entender que el hombre no debe ser presuntuoso en la ajena alabanza y no poner atención en si le complace tal a la persona alabada; porque muchas veces, queriendo alabar a alguien, se le censura, ya por defecto del que alaba o por culpa del oyente. Por lo cual es menester tener mucha discreción; discreción, que es como pedir licencia del modo que yo digo que lo pida esta canción. Y así termina todo el sentido literal de este Tratado, por lo cual el orden de la obra exige proceder ahora a la exposición alegórica.

XI

Conforme exige el orden, volviendo otra vez al principio, digo que esta dama es aquella dama del intelecto que se llama Filosofía. Mas como quiera que, naturalmente, las alabanzas dan deseo de conocer a la persona alabada, y conocer la cosa es saber lo que es en sí misma considerada y por todas sus causas, como dice el filósofo al principio de la Física, y esto no lo muestra el nombre -aunque tal signifique, como se dice en el cuarto de la Metafísica, donde se dice que la definición es la razón que significa el nombre-, es menester aquí, antes de seguir adelante en sus alabanzas, mostrar y decir qué es lo que se llama Filosofía; es decir, lo que este nombre significa. Y una vez explicado esto, se tratará más eficazmente la presente alegoría. Y primero, diré quién le dio primero este nombre; luego procederé con su significación.

Digo, pues, que antiguamente en Italia, casi por los comienzos de la Constitución de Roma, que fue setecientos cincuenta años, sobre poco más o menos, antes de la venida del Salvador -escribió Paulo Orosio-, hacia el tiempo de Numa Pompilio, segundo rey de los romanos, vivía un nobilísimo filósofo que se llamó Pitágoras. Y de que viviese en aquel tiempo parece apuntar algo

Tito Livio, incidentalmente, en la primera parte de su volumen. Y antes de éste, los secuaces de la ciencia eran llamados, no filósofos, sino sabios, como lo fueron aquellos siete antiquísimos sabios que aún nombra la gente por su fama; el primero de los cuales tuvo por nombre Solón; el segundo, Chilón; el tercero, Periandro; el cuarto, Tales; el quinto, Cleóbulo; el sexto, Biante; el séptimo, Pitaco. En cuanto a Pitágoras, preguntado si se reputaba sabio, se negó a sí mismo tal dictado, y dijo que él no era sabio, sino amante de la sabiduría. Y de aquí nació luego que todo aficionado a saber fuese llamado amante de la sabiduría, es decir, filósofo; que tanto vale decir filos en griego como amante en latín; y, por la tanto, nosotros decimos filos por amante, y sofía por sabiduría; por dende tanto valen filos y sofía, cuanto amante de la sabiduría; por lo cual se ve que el vocablo nada tiene de arrogante, sino de humilde. De esto nace el vocablo por su propio acto, filosofía, del mismo modo que de amigo nace el vocablo de su acto propio, la amistad. Por donde puede verse, considerando la significación del primero y del segundo vocablo, que filosofía no es otra cosa que afición a la sabiduría, o, más bien, al saber; por lo cual, en cierto modo todo el mundo puede decirse filósofo, según el natural amor que en todos engendra deseo de saber. Pero, como quiera que las pasiones esenciales son comunes a todos, no se habla de ellas con ningún vocablo distintivo que participe de aquella esencia; por lo cual no decimos

Juan, amigo de Martín, queriendo significar tan sólo la amistad natural, por la cual todos somos amigos de todos, mas la amistad engendrada sobre la natural, que es propia y distintiva en cada persona. Así no se llama a nadie filósofo por el amor común.

Es la intención de Aristóteles en el octavo de la Ética, que se llame amigo aquel cuya amistad no se le oculta a la persona amada, y de quien la persona amada es también amiga, de modo que haya benevolencia por ambas partes; y esto ha de ser por utilidad, por deleite o por honestidad. Así para ser filósofo hay que tener amor a la sabiduría, que hace benévola a una de las partes; hay que tener deseo y solicitud, que hace benévola también a la otra parte; de modo que nace entre ellas la familiaridad y la manifestación de benevolencia.

Por lo cual, sin amor y sin afición no se puede llamar filósofo, sino que conviene que haya uno y otra. Y del mismo modo que la amistad hecha por deleite o por utilidad no es amistad verdadera, sino por accidente, como demuestra la Ética, así la Filosofía por deleite o por utilidad no es verdadera filosofía, sino por accidente. Por lo cual no se debe llamar filósofo a nadie, que por deleitarse un tanto con la sabiduría sea su amigo en cierto modo; como hay muchos que se deleitan en decir canciones y estudiar en ellas, y que se complacen en estudiar Retórica y Música, y huyen y abandonan las demás ciencias, que son todas miembros de la sabiduría. No se debe llamar verdadero filósofo al que es amigo de sabiduría por utilidad, como lo son legistas y médicos, y casi todos los religiosos, que no estudian por saber, sino por adquirir dineros y dignidades; y si les diesen lo que pretenden adquirir, no recurrirían al estudio. Y del mismo modo que de las especies de amistad la que menos se puede decir tal es la que lo es por utilidad, así estos tales participan menos que ninguna otra gente del nombre de filósofo. Por lo cual, del mismo modo que la amistad hecha honestamente es verdadera, perfecta y perpetua, así es verdadera y perfecta la filosofía engendrada honestamente, sin ninguna otra consideración, solamente por la bondad del alma amiga, con recto deseo y derecha razón. Así puede decirse aquí -igual que la verdadera amistad de los hombres entre sí es que cada cual ame en todo a cada cual- que el verdadero filósofo ama cada parte de la sabiduría, y la sabiduría cada parte del filósofo, en cuanto lo reduce todo a él, y en manera ninguna deja que su pensamiento se extienda a otras cosas. Por lo cual dice esa sabiduría en los Proverbios de

Salomón: «Yo amo a quienes me aman». Y del mismo modo que la verdadera amistad, abstraída del ánimo, considerada únicamente en sí misma, tiene por objeto el conocimiento de la buena obra y por forma el deseo de aquélla, así la

Filosofía, fuera del alma, considerada en sí misma, tiene por objeto el entender, y por forma, como un divino amor, al intelecto. Y así como la virtud es causa eficiente de la verdadera amistad, la verdad es causa eficiente de la Filosofía, y del mismo modo que el fin de la amistad verdadera es la buena elección, que procede de convivir conforme a humanidad, es decir, conforme a razón, como parece ser el sentir de Aristóteles en el noveno de la Ética, así el fin de la Filosofía, es aquel excelentísimo deleite que no padece intermisión ni defecto alguno; es decir, la verdadera felicidad que se adquiere por contemplación de la verdad. Y así puede verse quién es esta mi dama, por sus causas y su razón; y por qué se llama Filosofía, y quién es verdadero filósofo, y quién lo es por accidente.

Mas como quiera que a veces en el fervor del ánimo a los términos de los actos y de las pasiones se les llama con el vocablo del acto y de la pasión mismos, como hace Virgilio en el segundo de la Eneida, que llama a Eneas: «¡Oh, luz! -que era acto-. ¡Oh, esperanza de los troyanos!» -que es pasión -; el cual no era ni luz ni esperanza, sino término por donde les venía la luz del consuelo, y era término en donde descansaba toda la esperanza de su salvación; como dice Estacio en el quinto del Thebaidos, cuando dícele Isífilis a

Arquemoro, «¡Oh, consuelo de las cosas y de la patria perdida! ¡Oh, honor de mi servicio!, como cuotidianamente decímosle al amigo: «ve mi amistad», y el padre le dice al hijo: «amor mío» por antigua costumbre, las ciencias en las cuales pone su vista con más fervor la filosofía, son llamadas por su nombre, como la ciencia natural, la moral y la metafísica; la cual porque más necesariamente y con más fervor pone su vista en aquélla, es llamada filosofía. Por donde se puede ver por qué en segundo lugar llámaseles a las ciencias filosofía. Una vez que se ha visto cómo la primera es verdadera filosofía en esencia -la cual es la dama de quien hablo-, y como su noble nombre se ha comunicado por la costumbre a las demás ciencias, seguiré adelante con sus alabanzas.

XII

En el primer capítulo de este Tratado se ha razonado tan cumplidamente la causa que me movió a hacer esta canción, que no es menester explicarla más; porque asaz fácilmente puede reducirse a la exposición hecha. Y así, conforme a las divisiones hechas, recorreré con ésta el sentido literal, cambiando el sentido de la letra allí donde sea menester.

Digo: Amor que en la mente me habla. Entiendo por amor el estudio que yo ponía para conquistar el amor de esta dama. Donde es preciso saber que estudio se puede considerar aquí de dos maneras. Es un estudio el que lleva al hombre al hábito del arte y de la ciencia; y otro estudio el que emplea en el hábito adquirido al ejercitar aquél; y el primero, es el que yo llamo aquí amor, el cual infundía en mi mente continuas, nuevas y altísimas consideraciones acerca de esta dama que arriba se ha explicado; del mismo modo que suele hacer el estudio que se emplea en conquistar una amistad, que deseándola, primero considera muchas cosas de ella. Es éste el estudio y la afición que suele preceder en los hombres al nacimiento de la amistad, cuando ya ha nacido por una parte el amor y se desea y procura que lo haya en la otra; porque, como más arriba se dice, hay filosofía cuando el alma y la sabiduría se han hecho amigas, de modo que la una sea amada por entero de la otra, del modo que más arriba se ha dicho. Y no es menester razonarlo por la presente exposición, que a modo de proemio fue explicado en la exposición literal; porque por su primera razón fácilmente puede lograrse la comprensión de esta segunda.

Por lo cual hay que proceder con el segundo verso, en el cual comienza el

Tratado, donde digo: No ve ese sol que en torno al mundo gira. Aquí se ha de saber que del mismo modo que al tratar de cosa sensible es menester explicar insensible, así es menester tratar de cosa inteligible por medio de cosa no inteligible. Y luego, del mismo modo que en la exposición literal se habla comenzando por el sol corporal y sensible, así ora se ha de explicar por el sol espiritual e inteligible, que es Dios. Nada sensible hay en el mundo más digno de ser tomado como ejemplo de Dios que el sol, el cual ilumina con luz sensible primero a sí mismo y luego a todos los demás cuerpos celestiales y elementales; así Dios iluminase Él primero con luz intelectual y luego a los celestiales y demás inteligibles. El sol, con su calor, todas las cosas vivifica, y si alguna corrompe con ello, no es intención de la causa, sino accidental efecto; así Dios todas las cosas vivifica en bondad, y si alguna es mala, no se debe a la intención divina, mas porque así es menester que sea, por cualquier accidente en el proceso del efecto propuesto. Porque si Dios hizo los ángeles buenos y los malos, no hizo lo uno y lo otro intencionadamente, sino sólo los buenos; se siguió luego, ajena a su intención, la malicia de los malos; mas no tan ajena a su intención que Dios no supiese de antemano su malicia. Pero tanta fue la afición a producir la criatura espiritual, que la presciencia de algunos que habían de venir a mal fin, no debía ni podía retraer a Dios de tal producción; que no sería de alabar la naturaleza, si sabiendo que las flores de un árbol habían de perderse en parte no produjese flores en él, y por los estériles abandonase la producción de los fructíferos. Digo, por lo tanto, que Dios, que todo lo entiende -pues que su girar es entender- no ve cosa tan gentil cuanto ve al mirar do está la filosofía; que aunque Dios, mirándose a sí mismo; véalo todo en conjunto, en cuanto en él reside la distinción de las cosas del mismo modo que el efecto en la causa, las ve distintas. Ve pues a ésta la más noble de todas en absoluto, en cuanto la ve perfectísimamente, en Sí y en su

Esencia. Porque si se trae a la memoria cuanto se ha dicho más arriba, filosofía es amoroso ejercicio de sabiduría, el cual está principalmente en Dios, porque en Él hay suma sabiduría, sumo amor y acto sumo, que no puede haber en parte alguna sino en cuanto de Él procedan. Es, por lo tanto, la divina filosofía esencia divina, puesto que en Él no puede haber cosa añadida a su esencia; y es la más noble, porque nobilísima es la esencia divina y existe en él por modo perfecto y verdadero, como por eterno matrimonio. En las demás inteligencias la hay por modo inferior, a manera de concubina, en la que ningún amante se complace cumplidamente, sino que en su semblante contenta sus ansias, por lo cual puede decirse que Dios no ve, es decir, no entiende cosa alguna tan gentil como ésta; digo cosa alguna en cuanto ve y distingue las demás cosas, como se ha dicho, viéndose causa de todo. ¡Oh, nobilísimo y excelentísimo corazón que se entiende en la esposa del Emperador del Cielo! Y no solamente esposa, sino hermana e hija dilectísima.

XIII

Una vez visto cómo en el principio de las alabanzas de ésta se dice sutilmente que está parte de la divina substancia, en cuanto primeramente se la considera, hemos de proceder a ver, como digo en segundo lugar, que está en las inteligencias causadas. Digo por lo tanto: Todo intelecto de allá arriba mírala; donde se ha de saber que digo de allá arriba, refiriéndome a Dios, como antes se ha hecho mención. Y por eso se excluyen que están desenterradas de la patria suprema, las cuales no pueden filosofar, puesto que el amor hace del todo apagado en ellas, y para filosofar, como ya he dicho, es menester amor. Por lo cual se ve que las inteligencias infernales están privadas de la vista de esta hermosa; y como quiera que esa vista es bienaventuranza del intelecto, su privación es amarguísima y llena de toda suerte de tristezas.

Luego, cuando digo: Y la gente que aquí se enamora, desciendo a explicar cómo llega en segundo lugar a la humana inteligencia, con la cual filosofía humana sigo después en el Tratado encomiando aquélla. Digo pues, que la gente que se enamora aquí, es decir, en esta vida, la siente en su pensamiento, no siempre, sino cuando Amor hace sentir su paz. Donde hay que ver tres cosas, que en este texto se apuntan. Es la primera, cuando dice: la gente que aquí se enamora, por lo cual parece hacerse una distinción en el género humano; y necesariamente es menester que se haga, porque, según se ve manifiestamente y en el siguiente Tratado es mi intención explicar, la mayor parte de los hombres viven más según el sentido que conforme a razón. Y los que viven según su sentido, es imposible que se enamoren de ésta, porque no pueden tener de ella la menor idea. La segunda es cuando dice: cuando amor deja sentir su paz, etc., donde parece que se hace una distinción de tiempo, cosa que, además, aunque las inteligencias separadas miren continuamente a esta dama, la humana inteligencia no puede hacer tal, puesto que la humana naturaleza, ajena a la especulación -en la que se satisfacen el intelecto y la razón-, ha menester muchas cosas para su sostenimiento; porque nuestra sabiduría es a veces habitual tan sólo y no actual. Y no se encuentra tal en las demás inteligencias, que solamente son perfectas en su naturaleza intelectiva. De aquí que cuando en nuestra alma no hay acto de especulación, no se puede decir verdaderamente que haya filosofía, sino cuanto tiene el hábito de ella y el poder de despertarla; y por eso algunas veces la hay en la gente que aquí abajo se enamora, y a veces no. La tercera es cuando dice el momento en que esa gente la tiene; a, saber: cuando Amor deja sentir su paz; lo cual no quiere decir sino cuando el hombre está actualmente en especulación; porque el estudio no hace sentir la paz de esta dama sino en el acto de la especulación. Y así se ve que esta dama es primeramente de Dios, en segundo lugar de las demás inteligencias separadas con continuo mirar, y después de la humana inteligencia, con mirar discontinuo.

En verdad, al hombre que siempre tiene esta dama hásele de llamar filósofo, no obstante no esté todavía en el último acto de filosofía, puesto que por el hábito sólo había de llamársele con otro nombre. De aquí que llamemos virtuoso, no solamente cuando ejercita la virtud, sino con que tenga el hábito de la virtud; y decimos facundo a un hombre, no solamente cuando habla, sino por el hábito de la facundia, es decir, del bien hablar. Y de esta filosofía, en cuanto participa de ella la humana inteligencia, serán los elogios siguientes, para demostrar cómo gran parte de su bondad ha sido concedida a la humana naturaleza. Digo, por lo tanto, después: Su ser tanto complace a Aquel que se lo dio, del cual como de la primera fuente, se deriva, por lo que siempre atrae la capacidad de nuestra naturaleza, la cual hace bella y virtuosa. De aquí que, puesto que al hábito de aquélla lleguen algunos, no llega ninguno a tanto que se pueda decir hábito propiamente, porque el primer estudio, es decir, aquel por el cual se engendra el hábito, no puede conquistarla perfectamente. Y aquí se ve su última alabanza: que perfecta o imperfecta, no pierde su nombre de perfección. Por ésta su desmesura se dice que el alma de la filosofía lo manifiesta en cuanto consigo lleva, es decir, que Dios pone siempre en ella algo de su luz. Donde se quiere recordar lo que antes se ha dicho de que Amor es forma de la filosofía; y por eso aquí se le llama su alma. El cual amor está manifiesto en el ejercicio de la sabiduría, ejercicio que lleva consigo admirables bellezas, es decir, contentamiento en toda condición de tiempo y desprecio de todas aquellas cosas que se adueñan de los demás. Por lo cual sucede que los demás míseros que tal consideran pensando en su falta, luego del deseo de perfección, cae en trabajo de suspiros; y esto es aquello que dice: Y los ojos de los que están donde ella luce, mensajeros envían al corazón lleno de deseos, que toman aire y se transforman en suspiros.

XIV

De igual manera que en la exposición literal después de las alabanzas generales se desciende a las especiales, primero en lo que se refiere al alma, después en lo que se refiere al cuerpo, así ahora se propone el texto después de los encomios generales descender a los especiales. De aquí que, como se ha dicho más arriba, la filosofía tiene por objeto material la sabiduría, por forma el amor y por composición de uno y otro el ejercicio de la especulación. Por donde, en el verso que a seguida empieza: A ella desciende la virtud divina, me propongo encomiar el amor, que es parte de la filosofía. Porque se ha de saber que descender la virtud de una cosa a otra no es sino reducir aquélla a su semejanza; del mismo modo que en los agentes naturales vemos manifiestamente que, descendiendo su virtud a las cosas pacientes, atraen aquéllas a su semejanza en tanto en cuanto les es posible. Por lo cual vemos que el sol, descendiendo aquí abajo sus rayos, reduce las cosas a su semejanza de luz, en cuanto aquéllas, por su predisposición, pueden por la virtud recibir luz. Así digo que Dios reduce este amor a semejanza suya, en cuanto le es posible asemejarse a Él.

Y se expone la cualidad de la recreación al decir cual sucede en el ángel que la ve. Donde también se ha de saber que el primer agente, es a saber, Dios, infunde su virtud en algunas cosas por manera de rayo directo, y en otras cosas por manera de reverberado esplendor. Por donde en las inteligencias irradia la luz divina sin intermediario, y en las demás repercute de estas inteligencias iluminadas primeramente. Mas como quiera que aquí se ha hecho mención de luz y de esplendor, para su perfecta comprensión mostraré la diferencia entre estos vocablos, según el sentir de Avicena. Digo que la costumbre de los filósofos es llamar al cielo luz, en cuanto está en el origen de su fuente; llamarle rayo, en cuanto está intermedio entre el principio y el primer cuerpo donde termina; llamarle resplandor, en cuanto está reflejado en otra parte. Digo, pues, que la divina virtud sin intermediario trae este amor a semejanza suya. Y esto puede demostrarse manifiestamente, pues que siendo el divino amor en todo eterno, así es menester que necesariamente lo sea su objeto, de modo que sean cosas eternas las que Él ama. Y así han de amar este amor; porque la sabiduría, en la cual este amor se cumple, eterna es. De aquí que, se haya escrito de ella: «Fue creada en el principio anterior a los siglos; y en el siglo que ha de venir no vendrá a menos». Y en los Proverbios de Salomón dice la propia sabiduría: «Estoy ordenada eternamente». Y en el principio del Evangelio de Juan se puede ver claramente su eternidad. De aquí se origina que allí donde este amor resplandece, todos los demás amores se oscurecen y casi se apagan, puesto que su eterno objeto vence y sobrepuja desproporcionadamente a los demás objetos. Y por eso los más excelentes filósofos lo demostraron claramente con sus actos, por los cuales sabemos que de ninguna cosa se curaban, sino de la sabiduría. Por lo cual, Demócrito, descuidando la propia persona, no se cortaba barba, cabellos ni uñas. Platón, despreciando los bienes materiales, no se curó de la dignidad real, que hijo de rey fue. Aristóteles, no curándose de ningún amigo-contra su mejor amigo después de aquélla-, luchó así contra el ya nombrado Platón. Y ¿por qué hablamos de estos tan sólo, cuando encontramos otros que por estos pensamientos despreciasen su vida, como Zenón, Sócrates, Séneca y otros muchos? Así pues, está manifiesto que la divina virtud, a manera de ángel, desciende a los hombres en este amor. Y para comprobarlo exclama el texto a seguida: Y si hay dama gentil que no lo crea, vaya con ella y contemple, etc. Por dama gentil se entiende el alma noble de ingenio y libre en su potestad, que es la razón. Por lo cual, las demás almas no se pueden decir señoras, sino siervas; porque no existen por sí ni por otras; y el filósofo dice en el segundo de la Metafísica que es libre aquella cosa que lo es por su causa y no por ajena.

Dice: Vaya con ella y contemple sus actos, esto es, acompáñese de este amor y mire a aquel que dentro de él encontrará; y en parte apunta algo cuando dice: Allí donde ella habla, desciende; es decir, donde la filosofía está en acto, desciende un celestial pensamiento, en el cual se razona que ésta es operación más que humana. Dice del cielo, para dar a entender que no solamente ella, sino los pensamientos amigos suyos, son abstraídos de las cosas bajas y terrenas.

Luego, a seguida, se dice cuán avalora y enciende el amor allí donde se muestra con la suavidad de sus actos, que son todas sus gracias honestas, dulces y sin altivez alguna. Y a seguida para persuadir más de su compañía, dice: Gentil y hermoso es cuanto en la dama se descubre cuanto a ella se asemeja. Además añade: Y puédese decir que su semblante ayuda; donde se ha de saber que el mirar a esta dama nos fue de antiguo ordenado, no sólo porque veamos el rostro que muestra, sino porque deseemos conquistar las cosas que tiene celadas. Por donde, como por ella se ve mucho de aquello por medio de la razón y, por consiguiente, lo que sin ella parece maravilla, así por ella se cree que todo milagro puede tener razón en más alto intelecto, y, por consiguiente, que puede existir. En lo cual tiene origen nuestra buena fe, por la cual viene la esperanza de desear ante lo visto, y por aquéllos nace el ejercicio de la caridad. Por las cuales virtudes se asciende a filosofar a la alma celestial, donde los estoicos, peripatéticos y epicúreos, por arte de la eterna verdad, concurren acordes en una voluntad.

XV

En el capítulo precedente es alabada esta gloriosa dama, según una de las partes que la componen: es, a saber: el amor; ahora en éste, en el cual es mi intención exponer el verso que comienza: Cosas se advierten en su continente, es menester hablar encomiando otra de sus partes, es decir, la Sabiduría. Dice, pues, el texto que en su rostro se ven cosas que muestran placeres del Paraíso; y distingue el lugar donde tal acaece, es decir, en los ojos y en la risa. Y aquí se ha de saber que los ojos de la sabiduría son sus muestras, con las cuales se ve la verdad continuamente; y su risa son sus persuasiones, en las cuales demuestra la luz interior de la sabiduría bajo alguna veladura; y en las dos se siente ese altísimo placer de bienaventuranza, cuyo máximo bien está en el Paraíso. Este placer no nos puede ser dado en ninguna otra cosa de aquí abajo sino en el mirar estos ojos y esa risa. Y la razón es que, como quiera que toda cosa desea por naturaleza su perfección, no puede estar contenta sin ella, que es ser bienaventurado; pues aunque tuviese las demás cosas, sin ésta quedaríale el deseo, en el cual no pueda estar con la bienaventuranza, ya que la bienaventuranza es cosa perfecta y el deseo cosa defectuosa; porque nadie desea lo que tiene, sino lo que no tiene, que es defecto manifiesto. Y con esta sola mirada se adquiere la humana perfección, es decir, la perfección de la razón, de la cual, como de parte principalísima, depende toda nuestra esencia y todas nuestras demás operaciones: sentir, alimentar; todas, en fin, existen por ésta sola, y ésta existe por sí y no por otros. De modo que una vez ésta perfecta, es perfecta aquélla, porque el hombre, en cuanto es hombre, ve cumplido todo deseo, y así es bienaventurado. Y por eso se dice en el libro de

Sabiduría: «Quien arroja de sí la sabiduría y la doctrina, es infeliz», lo cual es privación de felicidad. Por el hábito de la sabiduría se sigue que se adquiere el estar feliz y contento, según la opinión del filósofo. Con lo cual se ve cómo en el continente de ésta se muestran cosas del Paraíso; y por eso se lee en el libro citado de Sabiduría, hablando de ella: «Es candor de la luz eterna, espejo sin mancha de la majestad de Dios».

Luego, cuando se dice: Deslumbran nuestro intelecto, me disculpo diciendo que poco puedo hablar de aquéllas por su sobrepujanza. Donde se ha de saber que en cierto modo estas cosas deslumbran nuestro intelecto, en cuanto ciertas cosas afirman ser lo que nuestro intelecto no puede mirar, a saber: Dios, la eternidad y la primera materia; las cuales ciertamente no se ven, y su existencia es con toda fe creída. Y aun aquello que son, no podemos entender sino negando cosas; y así se puede llegar a su conocimiento y no de otra manera. En verdad, puede aquí dudar mucho acerca de cómo puede ser que la sabiduría haga al hombre bienaventurado, no pudiendo mostrarle ciertas cosas con perfección, puesto que es natural en el hombre el deseo de saber, y sin cumplir su deseo, no puede ser bienaventurado. A esto se puede responder claramente que en toda cosa se mide el deseo natural según la posibilidad de la cosa deseada; de otro modo iría contra sí mismo, lo cual es imposible, y la naturaleza lo hubiera hecho en vano, lo cual es también imposible. «Iría en contra», porque, deseando su perfección, desearía su imperfección, puesto que desearía desearse siempre e mismo y no cumplir jamás su deseo. Y en este error cae el avaro maldito y no se da cuenta de que desea desearse siempre, al correr tras el número imposible de alcanzar. Lo habría, además, la «naturaleza hecho en vano», porque no estaría ordenado a fin alguno; y por eso el humano deseo está medido en esta vida por la ciencia que aquí se puede tener, y no pasa a aquel puesto sino por error, el cual está fuera de la intención natural. Y así está medido en la naturaleza angélica y cumplido en cuanto lo está en la sabiduría que la naturaleza de cada cual puede aprender. Y ésta es la razón de por qué los santos no se tienen envidia entre sí; porque cada cual añade el objeto de su deseo, el cual deseo está medido con la naturaleza de la bondad. De aquí que, como quiera que conocer a Dios y decir de algunas cosas lo que son no le es posible a nuestra naturaleza, nosotros, por naturaleza, no deseamos saberlo, y con esto está resuelta la duda.

Luego, cuando digo: Su beldad llueve resplandores de fuego, desciendo a otro placer del Paraíso, es decir, de la felicidad secundaria en relación a esta primera, la cual de su belleza procede. Donde se ha de saber que la moralidad es la belleza de la filosofía; porque del mismo modo que la belleza del cuerpo resulta de sus miembros, en cuanto están debidamente proporcionados, así la belleza de la sabiduría, que es cuerpo de la filosofía, como se ha dicho, resulta de la proporción de las virtudes morales, que hacen gustar aquélla sensiblemente. Y por eso digo que su beldad, es decir, moralidad, llueve resplandores de fuego, es decir, recto apetito, que se engendra en el placer de la doctrina moral; el cual apetito se aparta, no sólo de los vicios naturales, sino también de los demás. Y de aquí nace esa felicidad que Aristóteles define en el primero de la Ética, diciendo que es «operación conforme a virtud en vida perfecta».

Y cuando dice: Por eso la dama que vea su belleza, sigue en alabanza de ésta. Grítole a la gente que la siga, diciéndoles su provecho; es decir, que por seguirla a ella todo el mundo llega a ser bueno. Por eso dice: La dama, es decir, el alma, que oiga censurar su belleza por no mostrarse cual conviene que se muestre, mírese en este ejemplo. Donde se ha de saber que las costumbres son bellezas del alma, y las virtudes principalmente, las cuales, a veces, ya sea por vanidad o por soberbia, parecen menos bellas o menos gratas. Y por eso digo que para huir de ello miren a ésta; es decir, allí donde es ejemplo de humildad; esto es, en aquella parte de ella que se llama filosofía moral. Y añado que mirando a ésta -a la sabiduría, digo- en esta parte, todo vicioso se volverá recto y bueno. Y por eso digo: Ésta que humilla a todo ser perverso; esto es, convierte dulcemente a quien se ha inclinado fuera del orden debido.

Por último, como máxima alabanza de la sabiduría, digo de ella que es madre de todo principio, cualquiera que sea, diciendo que con ella empezó

Dios el mundo y especialmente el movimiento del cielo, el cual todas las cosas engendra y del cual toma origen y es movido todo movimiento, al decir: fue por Aquél pensada que creó el universo; esto es, por decir que en el divino pensamiento, que es ese intelecto, estaba ella cuando hizo el mundo. De donde se sigue que ella lo hizo; y por eso dijo Salomón en los Proverbios, por boca de la sabiduría: «Cuando Dios ordenaba los cielos, yo estaba presente; cuando con cierta ley y con cierto giro vallaba los abismos; cuando arriba detenía el éter y suspendía las fuentes de las aguas; cuando señalaba su límite al mar, y ponía una ley a las aguas para que no pasasen sus confines; cuando echaba cimientos de la tierra, yo estaba con Él disponiendo las cosas todas y me deleitaba diariamente».

¡Oh, peor que muertos, los que huís de la amistad de Ella! Abrid los ojos y mirad que, antes que vosotros existieseis, Ella fue vuestra amante, acomodando y ordenando vuestra formación; y luego que fuisteis hechos, para enderezaros a vuestra semejanza, vino a nosotros. Y si todos no podéis venir a su presencia, honradla en sus amigos y obedeced sus mandamientos, pues que os anuncian la voluntad de esta Emperatriz eterna. No cerréis los oídos a Salomón, que tal os dice al decir que «el camino de los justos es como luz esplendorosa que sigue y crece hasta el día de la bienaventuranza», yendo tras ellos, contemplando sus obras, que deben seros luz en el camino de esta brevísima vida. Y aquí se puede terminar el verdadero sentido de la presente canción.

En verdad, el último verso que a modo de Tornada se ha puesto, por la exposición literal, puede explicarse aquí asaz fácilmente, salvo en cuanto dice que yo llamé a esta dama altiva y desdeñosa. Pues se ha de saber que al principio la filosofía parecíame, en cuanto a su cuerpo -es decir, a la sabiduría-, altiva, porque no me sonreía en cuanto no entendía aún sus persuasiones; y desdeñosa, porque no volvía a mí los ojos; es decir, que yo no podía ver sus muestras. Y de todo esto, la falta era mía; y con esto y con lo que en el sentido literal se ha dicho, está manifiesta la alegoría de la Tornada; así que tiempo es ya, para seguir adelante, de poner fin a este Tratado.

****

TRATADO CUARTO

Canción tercera

Las dulces rimas de amor que yo solía buscar en mis pensamientos,

es menester que deje, y no porque no espere

volver a ellas,

mas porque los altivos actos y desdeñosos que en mi dama

han aparecido, cerrado hanme el camino del hablar usual.

Y pues que me parece que es tiempo de esperar, depondré el suave estilo

que en el tratar de amor he usado; del valor hablaré,

por el cual es el hombre en verdad noble,

con rima áspera y sutil, reprobando el juicio falso y vil de los que quieren que de la nobleza

sea origen la riqueza.

Y comenzando, llamo a aquel señor que en mi dama y en los sus ojos mora por el cual de sí misma se enamora.

Uno imperó que quiso que Nobleza conforme a su entender,

fuese antigua posesión, a sostener con bellos mandamientos.

Y hubo otro de saber aún más liviano, pues que dicho tal revocó

y la última partícula borró, porque tal vez él no la tenía. Detrás de éste van todos aquellos

que ennoblecen a otro por la estirpe que de antiguo ha gozado de riqueza.

Y así tanto ha durado

esa falsa opinión entre nosotros, que llámasele noble

a quien puede decir: «Yo he sido hijo o nieto de tal hombre valiente», aunque eso nada valga.

Mas vilísimo parece a quien mira la verdad, quien ha descubierto el camino y luego lo yerra, de suerte que está muerto y anda por la tierra. Quien define: El hombre es un leño animado, primeramente no dice verdad,

y después no habla por entero. Mas tal vez no sé más. Igualmente quien tuvo imperio erró en el definir,

pues que primero expone la mentira, y de otra parte procede con defecto.

Que las riquezas -como se cree-no pueden dar nobleza ni quitarla, porque son viles por naturaleza. Pues quien pinta una figura,

si no puede estar en ella, no la puede exponer; ni la enhiesta torre

desvía al río, que de lejos corre.

Por viles se las tiene e imperfectas, porque aunque están guardadas, no dan tranquilidad, antes cuidados. De aquí que el ánimo recto y veraz, por su correr no deslumbra.

No quieren que el villano noble se haga ni quien de padre villano descienda,

ningún nacido que jamás noble se entienda. Tal lo confiesan ellos.

Por lo cual, la razón es bien que se ofenda, en tanto que se afirma

que necesita la Nobleza tiempo, y así la definiendo.

Síguese, pues, de cuanto llevo dicho, que todos somos nobles o villanos, o que no tuvo el hombre principio; mas yo a tal no consiento,

ni ellos tampoco, no, si son cristianos, que al intelecto sano

manifiesto es cuán son sus dichos vanos, y yo también por falsos los repruebo,

/ de ellos me aparto;

y decir ora quiero, cual lo siento,

qué es la nobleza y de dónde procede, y diré las señales que el noble ostenta.

Digo que la virtud principalmente procede de una raíz,

virtud entiendo que hace al hombre feliz en su ejercicio.

Es ésta -según la Ética dice-un hábito de elección,

el cual mora en el medio solamente,

y las palabras pone.

Digo que la nobleza en su razón siempre importa el bien de su sujeto, cual la villanía siempre importa el mal; y tal la virtud

da siempre a otro de sí buen intelecto; porque en el mismo dicho

convienen ambas y en el mismo efecto,

por lo cual menester es que una de otra proceda, o de un tercero las dos;

mas si la una lo que la otra vale,

y aún más, de ella procederá más bien,

y lo que he dicho aquí, téngase por supuesto. Hay nobleza donde quiera que hay virtud, mas no virtud donde ella está;

lo mismo que cielo es donde hay estrellas, y no la viceversa.

Así, en las damas y en la edad juvenil vemos esta salud,

en cuanto pudorosas se nos muestran, lo cual de la virtud es diferente.

Con que vendrá como del negro el pérsico, de ésta toda virtud,

o su generación, como antes dije. Más nadie se envanezca

diciendo: «Yo la tengo por mi estirpe; porque son como dioses

los que tal gracia poseen, con exclusión de toda culpa Porque sólo Dios al alma lo da,

que ve en su persona

estar perfectamente; del modo que a algunos se adhiere la semilla de felicidad,

puesta por Dios en el alma bien dispuesta. El alma adornada con bondad tal

no puede permanecer escondida;

porque apenas con el cuerpo se desposa, la ostenta hasta la muerte.

Obediente, dulce y pudorosa es en la edad primera,

y su persona ornada de beldad en todas sus partes.

Es en la juventud templada y fuerte,

llena de amor y cortés alabanza, y sólo con la lealtad se deleita. Es en su senectud

prudente y justa, y generosa se oye llamar gozando en sí misma

con oír y hablar de la virtud ajena. Luego en la cuarta parte de la vida, con Dios de nuevo se desposa,

contemplando el fin que la espera, y bendice los tiempos pasados.

¡Ved ahora cuántos son los engañados! Irás, oh mi canción, contra el que yerra, y cuando llegues

al lugar donde esté nuestra dama

no le encubras tu menester.

Puedes decirle ciertamente:

«Yo voy hablando así de vuestra amiga».

I

Amor, según la concorde opinión de los sabios que de él hablan, y según lo que vemos por continua experiencia, es lo que une y junta al amante con la persona amada. Por lo cual, dice Pitágoras: «En la amistad nace uno más». Y como quiera que las cosas unidas comunícanse por naturaleza sus cualidades, y aun a veces la una se cambia del todo en la naturaleza de la otra, acaece que las pasiones de la persona amada entran en la persona amante, de modo que el amor de la una se comunica a la otra, y asimismo el odio, el deseo y toda otra pasión. Por lo cual, los amigos del uno son amados por el otro, y odiados los enemigos; por lo que el proverbio griego dice: «Todas las cosas deben ser comunes en los amigos». De aquí que yo, una vez que me hice amigo de esta dama nombrada en la veraz exposición de más arriba, comencé a amar y a odiar, según su amor y su odio. Comencé, pues, a amar a los secuaces de la verdad y a odiar a los secuaces del error y la falsedad, como ella hace.

Mas como quiera que toda cosa por sí es digna de ser amada y ninguna merece ser odiada, sino porque le haya sobrevenido maldad, lo razonable y honesto es no odiar las cosas, sino la maldad de las cosas, y procurar apartarse de ellos. Y eso si hay persona que se lo proponga, mi dama muy principalmente; quiero decir, el apartar la maldad de las cosas, la cual es causa de odio, dado que en ella reside toda la razón y es fuente de honestidad. Yo, siguiéndola en el obrar como en la pasión, los errores de la gente cuanto podía abominaba y despreciaba, no para infamia o vituperio de los que yerran, sino de los errores; vituperando los cuales creía disgustar, y disgustándolos, apartarme de quienes por ellos odiaba.

De los cuales errores, uno principalmente reprendía yo, el cual no sólo porque es peligroso, y dañoso para los que en él están, sino también para los demás que lo reprueban, separo de ellos y condeno. Es éste el error de la humana bondad, en cuanto ha sido sembrada en nosotros por la naturaleza y que debe llamarse Nobleza; el cual por la mala costumbre y el poco intelecto, estaba tan afincado, que la opinión de casi todos era falseada; y de la falsa opinión nacían los falsos juicios, y de los juicios falsos, las reverencias y vilipendios injustos; por lo cual, los buenos eran tenidos en consideración de villanos, y los malos, honrados y exaltados. Cosa que era confusión del mundo, como puede ver quien considere sutilmente lo que de esto puede seguirse. Y como quiera que esta mi dama cambiase un tanto para conmigo su dulce aspecto -principalmente allí donde yo miraba y buscaba si la primera materia de los elementos había sido entendida por Dios-, me sostuve un tanto con frecuentar su vista, y permaneciendo en su ausencia, entré a considerar con el pensamiento la falta humana en torno a dicho error. Y para huir de la ociosidad, principal enemiga de esta dama, y extinguir este error que tantos amigos le resta, me propuse gritarle a la gente que iba por mal camino, a fin de que se encaminasen por la calle derecha, y comencé una canción, en cuyo principio dije: Las dulces rimas de Amor que yo solía. En la cual pretendo traer a la gente al camino derecho en lo que hace al propio conocimiento de la verdadera nobleza, como se verá por el conocimiento de su texto, cuya exposición se pretende ahora. Y como quiera que en esta canción se propone tan necesario remedio, no estaba bien hablar so figura alguna; antes bien conviene, por el camino más corto, ordenar esta medicina, a fin de que haya pronto la salud corrompida, la cual a tan presta muerte corría. No será, pues, menester esclarecer alegoría alguna en la exposición de ésta, sino solamente razonar su sentido conforme a la letra. Por mi dama, entiendo siempre de la que se ha hablado en la canción precedente, es decir, la Filosofía virtuosísima luz cuyos rayos hacen reverdecer y fructificar la verdadera nobleza de los hombres, de la cual trata plenamente la canción propuesta.

II

Al principiar la exposición emprendida, para dar a entender mejor el sentido de la canción propuesta, es menester dividir aquélla primeramente en dos partes; en la primera de las cuales se habla a modo de proemio, en la segunda se continúa el Tratado. Y comienza la segunda parte al comienzo del segundo verso, donde dice: Uno imperó que quiso que Nobleza.

En la primera parte, además, pueden comprenderse tres miembros. En el primero se dice por qué me aparto del lenguaje usual; en el segundo digo aquello que es mi intención tratar; en el tercero pido ayuda a la cosa que más me puede ayudar; es, a saber: la verdad. El segundo miembro comienza: Y pues que me parece que es tiempo de esperar. El tercero comienza: Y comenzando, llama a aquel señor.

Digo, pues, que es menester que yo abandone las dulces cimas de amor que solían buscar mis pensamientos, y señalo la causa, porque digo que no es con intención de no hacer más rimas de amor, sino porque en mi dama han aparecido nuevos aspectos, que me han quitado ocasión para hablar de amor ahora. Donde se ha de saber que no se dice que los actos de esta dama sean desdeñosos y altivos, sino según su apariencia, como puede verse en el décimo capítulo del Tratado precedente, como otra vez digo que la apariencia se apartaba de la verdad. Y cómo puede ser eso, es decir, el que una misma cosa sea dulce y parezca amarga, o bien que sea clara y parezca obscura, se verá aquí suficientemente.

Después, cuando digo: Y pues que me parece que es tiempo de esperar, digo, como se ha dicho, lo que es mi intención tratar. Y aquí no se ha de pasar a la ligera eso de tiempo de esperar, puesto que es el motivo más poderoso de mi actitud; antes bien se ha de ver cómo es de razón que ese tiempo se espera en todas nuestras obras y, principalmente, al hablar. El tiempo, según dice

Aristóteles en el cuarto de la Física, es número de movimiento, conforme al antes y después, y número de movimiento celestial, el cual dispone las cosas de aquí abajo diversamente para recibir alguna infusión; porque la tierra está dispuesta de un modo al principio de la primavera para recibir la infusión de las hierbas y las flores, y de otro modo en invierno, y de distinto modo está dispuesta una estación para recibir una semilla que otra. Y así, nuestra mente, en cuanto está fundada en la complexión del cuerpo, que tiene que seguir la circunvolución del cielo, está dispuesto de modo diferente en un tiempo que en otro. Por lo cual, las palabras, que son como semilla de obras, débense sostener y abandonar con mucha discreción, ya porque sean bien recibidas y fructifiquen, ya porque, por su parte, no haya defecto de esterilidad. Y por eso se ha tener en cuenta el tiempo, tanto por el que habla como por el que ha de oír; porque si el que habla está mal dispuesto, las más de las veces son perjudiciales sus palabras, y si el oyente está mal dispuesto, son mal recibidas las buenas. Y por eso dice Salomón, en el Eclesiastés: «Tiempo hay de hablar, tiempo hay de callar». Por lo que yo, sintiéndome turbado en mi ánimo, por el motivo que se ha dicho en el capítulo precedente, para hablar de amor, me pareció que era tiempo de esperar, lo cual lleva consigo el fin de todo deseo y se presenta, casi como donante, a quienes no les duele esperar. Pues dice Santiago Apóstol, en el quinto capítulo de su Epístola: «He aquí el agricultor que espera el precioso fruto de la tierra, esperando pacientemente hasta que reciba lo del tiempo y lo tardío». Porque todas nuestras desazones, si buscamos bien su origen, proceden casi por entero de no saber aprovechar el tiempo.

Digo, pues, que me parece conveniente esperar, y que depondré, es decir, abandonaré, el suave estilo que he usado al hablar de Amor; y digo que hablaré del valor por el cual el hombre es verdaderamente noble. Y aunque pueda entenderse valor de varios modos, aquí se torna valor como poder natural, o más bien bondad conferida por la naturaleza, como más adelante se vera. Y prometo tratar este argumento con rima áspera y sutil. Porque es menester saber que la rima se puede considerar de dos maneras, a saber: amplia y estrictamente. Estrictamente entiéndese el acuerdo que se suele hacer en la penúltima y última sílaba; ampliamente se entiende el habla que, regulada en número y tiempo, cae en consonancias rimadas, y así se ha de entender y tomar en este proemio. Y por eso dice áspera, en cuanto al sonido, que para tal argumento no conviene la lenidad, y dice sutil, en cuanto al sentido de las palabras, que proceden argumentando y disputando sutilmente.

Y añado: Reprobando el juicio falso y vil, donde prometo reprobar una vez más el juicio de la gente imbuida de error; falso es decir apartado de la verdad, y vil es decir con ánimo vil afirmado y fortificado. Y se ha de tener en cuenta que en este Proemio primero se promete tratar la verdad y luego comprobar la falsedad; y en el Tratado se hace lo contrario, porque primero se comprueba lo falso y luego se trata de la verdad, lo cual parece no convenir a la promisión. Y así se ha de saber que aunque una y otra cosa se proponga, se entiende principalmente que se ha de tratar de la verdad, y el comprobar lo falso se hace en cuanto así se muestra mejor la verdad. Y aquí primero se propone tratar de la verdad como principal intento, el cual aparta al ánimo de los oyentes el deseo de oír; en el Tratado primero se reprueba el error, a fin de que, unidas las malas opiniones, la verdad sea luego más libremente recibida. Y este modo usó Aristóteles, maestro de la humana razón, que siempre combatió primero a los adversarios de la verdad, y una vez vencidos, mostró la verdad.

Por último, cuando digo: Y comenzando llanto a aquel señor, llamo a la verdad por que venga a mí; la cual es el señor que mora en los ojos, es decir, en las demostraciones de la filosofía. Y señor es porque, desposada con él, es señora del alma, y de otra manera es sierva, privada de toda libertad.

Y dice: por el cual de sí misma se enamora, como quiera que esa filosofía, que es -como se ha dicho en el Tratado precedente- ejercicio amoroso de sabiduría, se contempla a sí misma cuando se le muestra la belleza de sus propios ojos. Y ¿qué quiere decir esto sino que el alma filósofa no sólo contempla esa verdad, sino que contempla su propia contemplación y la belleza de ésta, volviéndose sobre sí misma y enamorándose de sí misma por la belleza de su primera mirada? Y así termina lo que a modo de proemio encierra en sus tres miembros el texto del presente Tratado.

III

Visto el sentido del proemio, hay que seguir el Tratado, y por mejor mostrarlo, es menester dividirlo en sus partes principales, que son tres: en la primera de las cuales se trata de la nobleza, según las opiniones ajenas; en la segunda se trata de ella según la verdadera opinión; en la tercera se dirige el discurso a la canción para adornar un poco lo ya dicho. La segunda parte comienza: Digo que la virtud principalmente. La tercera comienza: Irás, oh mi canción, contra el que yerre Y después de estas partes generales, es menester hacer otras divisiones para comprender bien el sentido que se ha de mostrar. Y así nadie se maraville de que se proceda con tantas divisiones, puesto que obra muy grande y elevada es la que tenemos entre manos, y pocas veces intentada por los autores, y así es menester que el Tratado, en el cual entro ahora, sea largo y sutil para desintrincar el texto perfectamente, según el sentido que lleva consigo.

Digo, pues, que ahora esta primera parte se divide en dos, en la primera de las cuales se exponen las opiniones ajenas; en la segunda se rechazan aquéllas; y comienza esta segunda parte: Quien define: El hombre es un leño con alma.

Además, lo que queda de la primera parte tiene dos miembros: el primero es la definición de la opinión del emperador; el segundo es la variación de la opinión de la gente vulgar que esta desnuda de toda razón; y comienza este segundo miembro: Y hubo otro de saber aún más liviano. Digo, pues: Uno imperó, es decir, ejerció el mando imperial. Donde se ha de saber que Federico de Suabia, último emperador de los romanos -último digo con relación al tiempo presente, no obstante Rodolfo, Adolfo y Alberto hayan sido elegidos después de su muerte y de la de sus descendientes-, preguntado qué era nobleza, respondió que «antigua riqueza y buenos hábitos». Y digo que hubo otro de saber aún más liviano, que, reflexionando y retocando esta definición en todas sus partes, borró la última partícula, es decir, «los buenos hábitos», y se atuvo a la primera; conforme a lo que parece poner en duda el texto, tal vez por no tener los buenos hábitos, no queriendo perder el nombre de nobleza, la definió según para él hacía, es decir, posesión de antigua riqueza. Y digo que esta opinión es la de casi todos, al decir que detrás de éste van todos aquellos que consideran noble al que es de progenie que de antiguo ha gozado de riqueza, como quiera que casi todos ladran así.

Estas dos opiniones -aunque una de ellas, como se ha dicho, no sea de tener en cuenta- parecen tener en su abono dos razones de mucho peso. La primera es que dice el filósofo «que lo que opinan los más es imposible que sea del todo falso»; la segunda es la excelentísima autoridad de la Majestad Imperial. Y porque se vea mejor la virtud de la verdad, que a toda autoridad convence, es mi intención explicar cuán poderosa ayuda son una y otra de estas razones. Y, primeramente, no se puede saber nada de la Imperial autoridad si no se encuentran sus raíces. De ellas es mi intención hablar en capítulo especial.

IV

El fundamento radical de la Majestad Imperial, conforme a la verdad, es la necesidad de la humana civilización, que está ordenada a un fin, es decir, a vida feliz; para conseguir lo cual, nadie se basta sin ayuda de alguien, puesto que el hombre ha menester muchas cosas, las cuales uno sólo no puede satisfacer. Y por eso dice el filósofo que «el hombre es por naturaleza animal sociable». Y del mismo modo que un hombre requiere para su suficiencia doméstica compañía familiar, así una casa, para su suficiencia, requiere vecindad; de otro modo tendría muchos defectos, que serían otros tantos impedimentos de felicidad. Y como quiera que una vecindad no puede por sí sola bastar para todo, conviene que para satisfacción de aquélla exista la ciudad. Además, la ciudad requiere, para sus actos y su defensa, convivencia y fraternidad con las ciudades circunvecinas, y por eso se constituyó el reino. Por lo cual, como quiera que el ánimo humano no se tranquiliza con poseer determinada tierra, sino que siempre desea adquirir tierra, como vemos por experiencia, acaece que surgen discordias y guerras entre reino y reino. Las cuales son tribulaciones de las ciudades, y por las ciudades, de los barrios, y por los barrios, de las casas, y por las casas, del hombre; y así se impide la felicidad. De aquí que para evitar estas guerras y sus causas, conviene que la tierra, y cuanto al género humano le es dado poseer, sean Monarquía, es decir, que haya un solo principado y un príncipe, el cual, teniéndolo todo, y no pudiendo desear más, mantenga contentos a los reyes en los límites de sus reinos, de modo que tengan paz entre sí, en la cual se asienten las ciudades, y en esta quietud se amen los vecinos, y en este amor se satisfagan las casas, y así viva el hombre felizmente; que es para lo que el hombre ha nacido. Y a estas razones pueden reducirse las palabras del filósofo, cuanto dice en la Política que «cuando varias cosas están ordenadas a su fin, conviene que una sea reguladora, o más bien regente, y todas las demás regidas o reguladas por aquélla». Del mismo modo que vemos en una nave que los diversos fines y oficios a un solo fin están ordenados, esto es, a ganar el deseado puerto por vía saludable; por donde, de igual manera que cada oficial ordena la propia obra al propio fin, hay uno que todos estos fines considera y ordena, mirando al último de todos; y éste es el nauta, a cuya voz han de obedecer todos. Y tal vemos en las religiones y en los ejércitos, en todas aquellas cosas que están, como se ha dicho, ordenadas a un fin. Por lo cual se puede ver por modo manifiesto que, para la perfección de la universal religión de la especie humana, es menester que haya uno a manera de nauta, que, considerando las diversas condiciones del mundo y ordenando los diversos oficios necesarios, tenga por entero el universal e irrefutable oficio de mandar. Y a este oficio llamósele por excelencia Imperio, sin adición alguna; porque es mandamiento de todos los demás mandamientos. Y así, quien es puesto en tal oficio es llamado emperador, porque es comandante de todos los mandamientos; y lo que él dice es ley para todos y por todos debe ser obedecido, y todo otro mandamiento de éste cobra vigor y autoridad. Así, pues, se manifiesta que la Imperial Majestad y Autoridad es la más alta de la sociedad humana.

En verdad, podría dudar alguien, diciendo que aunque sea necesario al mundo el ejercicio del imperio, esto no hace que sea suma la autoridad del príncipe romano, la cual se pretende demostrar; porque el poderío romano no se adquirió por la razón ni por decreto de universal convenio, sino por la fuerza, que parece contraria a la razón. A esto se puede responder fácilmente que la elección de este sumo oficial debía proceder primeramente del consejo que a todos provee, es decir, Dios; de otro modo la elección no hubiera sido igual para todos, dado que antes del oficial susodicho nadie se proponía el bien de todos. Y como quiera que no ha habido ni hay más suave naturalidad en el mundo, más fuerza en mantenerlo ni más sutileza en conquistarlo que la de la gente latina -como se puede ver por experiencia-, y principalmente la del pueblo santo, que llevaba mezclada con la suya sangre troyana, Dios lo eligió para tal ejercicio. Pues como quiera que no se podía llegar a obtenerlo sin grandísima virtud, y se requería la mayor y más humana benignidad par ejercerlo, éste era el pueblo mejor dispuesto para el caso. De aquí que no fue por la fuerza adquirido por la gente romana, sino de manos de la Providencia, que está sobre toda razón. Y en ello está de acuerdo Virgilio cuando dice, hablando en nombre de Dios: «A estos -es decir, a los romanos-, no les pongo límites de cosa ni de tiempo, pues que les he dado el imperio sin fin». La fuerza, pues, no fue causa inicial, como creía el que cavilaba, sino causa instrumental, como los golpes del martillo son causa del cuchillo y el alma del herrero es causa eficiente y moviente; así, pues, no la fuerza, sino la razón, y lo que es más, divina, ha sido el origen del romano imperio. Y que es así, se puede ver con dos razones clarísimas, las cuales demuestran que esa ciudad es emperatriz, que ha tenido en Dios especial nacimiento y por Dios ha sido especialmente creada. Mas, puesto que en este capítulo no se podría tratar de esto sin exclusiva extensión, y los capítulos largos son enemigos de la memoria, seguiré con la digresión en otro capítulo, para demostrar las razones apuntadas, no exentas de gran utilidad y deleite.

V

No es maravilla el que la divina Providencia, que por completo sobrepuja al angélico y al humano entendimiento, proceda muchas veces ocultándose de nosotros, puesto que muchas veces las obras humanas, aun a los hombres mismos, ocultan su intención. Pero sí es gran maravilla cuando la ejecución del eterno consejo procede tan manifiestamente que nuestra razón lo discierne. Y por eso yo, al principio de este capítulo, puedo hablar por boca de Salomón, que en nombre de la sabiduría dice en sus Proverbios: «Oíd, porque he de hablar de grandes cosas».

Queriendo la inconmensurable bondad divina rehacer la criatura humana a semejanza suya, pues que por el pecado de prevaricación del primer hombre se había separado y desemejado de Dios, decidióse en el altísimo y unidísimo Consistorio divino de la Trinidad que el hijo de Dios bajase a la tierra a realizar este acuerdo. Y como quiera que en su venida al mundo era menester la óptima disposición, no solamente del cielo, mas de la tierra, y la mejor disposición de la tierra es siendo monarquía, es decir, que toda ella tiene un príncipe, como se ha dicho más arriba, fue ordenada por la divina Providencia al pueblo, y la ciudad que tal debía cumplir, es, a saber, la gloriosa Roma. Y como quiera que el albergue donde había de entrar el Rey celestial era menester que estuviese lo más limpio y puro, fue ordenada una santísima progenie, de la cual, tras de muchos méritos, naciese una mujer superior a todas las demás, la cual fuese aposento del Hijo de Dios; y esta progenie es la de David, de la cual nació el orgullo y honor del género humano, es, a saber,

María. Y por eso está escrito en Isaías: «Nacerá una virgen de la raíz de Jessé y la flor de su raíz subirá». Y Jessé fue padre del susodicho David. Y sucedió que, al mismo tiempo que nació David, nació Roma, es decir, Eneas fue de

Troya a Italia, lo cual fue origen de la nobilísima ciudad romana, como atestiguan los escritos. Por lo que es asaz manifiesta la divina elección del romano imperio para el nacimiento de la ciudad santa, que fue contemporáneo de la raíz de la progenie de María. E incidentalmente se ha de apuntar que cuando el cielo comenzó a girar no estuvo en mejor disposición que entonces cuando de allá arriba descendió el que lo ha hecho y lo gobierna, como aun hoy, por virtud de artes, pueden demostrar los matemáticos. Y el mundo no estuvo nunca ni estará tan perfectamente dispuesto como cuando fue mandado por la voz de un solo príncipe, comandante del pueblo romano, como lo atestigua Lucas Evangelista. Y así, había por doquier la paz universal, como nunca la hubo ni habrá, y la nave de la sociedad humana derechamente, por camino suave, a seguro puerto navegaba. ¡Oh, inefable e incomprensible sabiduría de Dios, que a un mismo tiempo para tu venida tan de antemano te preparaste en Siria y en Italia! Y ¡oh, estultísimas y viles bestezuelas, que a guisa de hombres coméis, que presumís hablar contra nuestra fe y queréis saber, escudriñando y desentramando, lo que Dios con tanta prudencia ha ordenado! Malditos seáis vosotros y vuestra presunción y quien en vosotros cree.

Como se ha dicho más arriba, al fin del capítulo precedente, no sólo tuvo nacimiento especial, sino especialmente creada fue por Dios; por lo cual brevemente, empezando por Rómulo, que fue primer padre de aquélla, a su más perfecta edad, es decir, en el tiempo del Emperador susodicho, no sólo con humanas obras, sino con obras divinas prosiguió su vida. Porque si consideramos los siete reyes que primeramente lo gobernaron, Rómulo, Numa, Tulio, Anco, y los tres Tarquinos, que fueron como ayos y tutores de su infancia, podremos encontrar en los escritos de las historias romanas, principalmente en Tito Livio, que fueron de diversa condición, según las circunstancias de su tiempo. Si consideramos luego su adolescencia, luego que fue emancipada de la tutela real, desde Bruto, primer cónsul, hasta César, príncipe supremo, la veremos exaltada, no por humanos ciudadanos, sino por divinos, en los cuales había sido infundido para amarla a ella, no amor humano, sino divino. Y tal no podía ni debía ser, sino por fin especial de Dios, comprendido en tanta celestial infusión. Pues ¿quién dirá que no fue inspiración celestial al rechazar Fabricio tan infinita cantidad de oro, por no querer abandonar su patria? ¿Y el que Curcio, tentado de corrupción por los Sannitas, rechazase grandísima cantidad de oro por amor de la patria, diciendo que los ciudadanos romanos no querían poseer el oro, sino a los poseedores de oro tal? ¿Y el que Mucio abrasase su propia mano por haberle faltado el golpe que había pensado para defender a Roma? ¿Quién dirá que Torcuato, sentenciador a muerte de su propio hijo, por amor del bien público, hubiese sufrido tal sin la ayuda divina, e igualmente el susodicho Bruto? ¿Quién lo dirá de los Decios y los Drusos, que entregaron su vida por la patria? ¿Quién dirá que el cautivo Régulo, enviado de Cartago a Roma para cambiar por él y otros prisioneros romanos los prisioneros cartagineses, hubiera aconsejado contra sí mismo, por amor de Roma, una vez retirada la legación, a moverle tan sólo la humana naturaleza? ¿Quién dirá que Quinto Cincinato, convertido en dictador y apartado del arado, después del tiempo de su mando volvió a arar, rechazando aquél espontáneamente, y quién dirá que Camilo, bandido y desterrado, hubiese venido a libertar a Roma de sus enemigos, y después de su liberación, se volviera espontáneamente al destierro para no ofender la autoridad senatorial, sin instigación divina? ¡Oh sacratísimo pecho de Catón! ¿Quién se atrever a hablar de ti? Ciertamente que no se puede hablar mejor de ti que callando, siguiendo así a Jerónimo, cuando en el proemio de la Biblia dice, al nombrar a Pablo, que mejor es callar que decir poco de él. Ciertamente que es manifiesto, recordando la vida de éstos y de los demás ciudadanos, que no han podido ser tan admirables obras sin alguna luz de la bondad divina, añadida a su buena condición. Y es ciertamente manifiesta que estos excelentísimos fueron instrumentos con los cuales procedió la divina Providencia en el imperio romano, donde muchas veces pareció estar presente el brazo de Dios. ¿Y no puso Dios sus manos en la lucha en que albanos con romanos combatieron desde el principio al fin del reino, cuando un solo romano tuvo en sus manos la libertad de Roma? ¿No puso Dios sus manos, cuando los franceses, tomada toda Roma, atacaban a hurtadillas el Capitolio de noche y sólo la voz de una oca dio el alerta? ¿No puso Dios sus manos cuando durante la guerra de Aníbal, habiendo perdido tantos ciudadanos, que habían sido llevados a África tres fanegas de anillos, hubiéranse visto obligados los romanos a abandonar la tierra, si aquel bendito Escipión el Joven no hubiese emprendido la excursión a África por su libertad? ¿Y no puso Dios sus manos cuando un joven ciudadano de baja condición, es, a saber, Tulio, defendió la libertad romana contra ciudadano tan grande cuanto lo era Catilina? Sí, ciertamente. Por lo cual no es necesario más para ver que Dios pensó y ordenó especialmente el nacimiento y la formación de la santa ciudad. Y hay quienes son de opinión que las piedras de sus muros son dignas de reverencia y más digno el suelo sobre que se asienta de cuanto los hombres han dicho y probado.

VI

Más arriba, en el tercer capítulo de este Tratado, se prometió hablar de la elevación de la autoridad imperial y de la filosófica. Y por eso, una vez que hemos hablado de la imperial, es menester seguir adelante con esta digresión para ver la del filósofo, conforme a la promesa hecha. Y aquí se ha de ver primeramente lo que este vocablo quiere decir; porque aquí es más necesario saberlo que en el razonamiento de la autoridad imperial, la cual, por su majestad, no parece que pueda ponerse en duda.

Es preciso, pues, saber que autoridad no es otra cosa que acto de autor.

Este vocablo, es decir, auctor, sin la tercera letra, puede proceder de dos orígenes: el uno, de un verbo, muy abandonado, por el uso en gramática, que significa ligar palabras, es decir, auieo. Y quien bien lo considera en su primera voz, claramente verá que él mismo demuestra que sólo de unión de letras está compuesto, es decir, de sólo cinco vocales, que son alma y enlace de toda palabra, y compuesto de ellas por voluble modo para figurar imagen de enlace.

Porque, comenzando por la A, va luego a la U, y por la I va derechamente a la E, para volver luego a la O; de modo que, a la verdad, imagínase esta figura A,

E, I, O, U, la cual es figura de enlace. Y en cuanto autor, desciende de este verbo, que se toma sólo para los poetas, que con el arte musaica han enlazado sus palabras; y de esta significación no se trata ahora.

El otro origen de que desciende autor, como atestigua Ugoccione al principio de sus derivaciones, es un vocablo griego que dice Autentin, que en latín vale tanto como digno de fe y obediencia. Y así autor, de aquí derivado, se toma por toda cosa digna de ser creída y obedecida. Y de esto viene el vocablo de que al presente se trata, es decir, autoridad; por lo cual se puede ver que autoridad vale tanto como acto digno de fe y obediencia.

Es manifiesto que Aristóteles es lo más digno de fe y obediencia, y que sus palabras son la más alta y suma autoridad, puede también probarse. De los operarios y artífices de las diversas obras, ordenadas a una obra y arte final, el artífice, o, más bien, ejecutante de ella, debe ser principalmente obedecido y creído por todos, como que sólo considera el último fin de todos los demás fines. Por lo cual, al caballero deben creer el espadero, el palafrenero, el ensillador, el escudero y todos aquellos artífices ordenados al arte de caballería. Y como quiera que todas las obras requieren un fin, a saber: el de la vida humana, al cual es ordenado el hombre, en cuanto es hombre, el maestro y artífice que tal fin demuestra y considera debe ser principalmente creído y obedecido; y éste es Aristóteles; así que es lo más digno de fe y obediencia. Y para ver cómo Aristóteles es maestro y guía de la razón humana, en cuanto procura su obra final, es menester saber que nuestro fin, que cada cual por naturaleza desea, de muy antiguo fue buscado por los sabios. Y como quiera que los que tal desean son en tan gran número, y los apetitos son casi todos singularmente diversos, aunque hay uno universal, fue muy difícil discernir aquél en donde directamente descansase todo humano apetito.

Hubo, pues, filósofos muy antiguos, de los cuales Zenón fue el primero y principal, que vieron y creyeron que el fin de la vida humana era puramente la rígida honestidad; es decir, que rígidamente, sin respeto alguno, había de seguirse la verdad y la justicia, sin mostrar dolor por nada, ni por nada mostrar alegría, ni percatarse de pasión alguna. Y definieron así lo honesto: Aquello que sin utilidad y sin fruto por sí mismo es de razón alabar. Y éstos y su secta fueron llamados estoicos; y contó entre ellos el glorioso Catón, de quien más arriba no osé hablar.

Otros filósofos hubo que vieron y creyeron otra cosa que éstos, y de ellos fue el primero y principal un filósofo llamado Epicuro, que, viendo que todo animal, apenas nacido, es por la Naturaleza enderezado a su debido fin, que huye el dolor y requiere alegría, dijo que nuestro fin era la voluptuosidad, es decir, el deleite sin dolor. Y por eso entre el deleite y el dolor no ponía intermediario alguno, diciendo que la voluptuosidad no era otra cosa que el no dolor, como también dijo Tulio en el primero Del fin de los bienes. Y de éstos, que de Epicuro son llamados epicúreos, fue Torcuato, noble romano, descendiente de la sangre del glorioso Torcuato, de quien antes hice mención.

Otros hubo, y tuvieron principio en Sócrates y luego en su sucesor Platón, que, considerando más sutilmente y viendo que en nuestras obras se pecaba por mucho o por poco, dijeron que nuestra obra sin exceso y sin defecto, mesurada con el medio escogido por nuestra elección, que es la virtud, era el fin de que ahora se habla; y lo llamaron obra con virtud. Y éstos fueron llamados académicos, como lo fueron Platón y Espeusipo, su sobrino; así llamados por el lugar donde Platón estudiaba, es a saber: la Academia; y de Sócrates no tomaron nombre, porque en su filosofía nada afirmó.

En verdad, Aristóteles, que tuvo por sobrenombre Estagirita, y Senócrates

Calcedonio, su compañero, por el ingenio casi divino que la Naturaleza había puesto en Aristóteles, conociendo este fin casi por el modo socrático y académico, lo limaron y trajeron a perfección la filosofía moral, Aristóteles principalmente. Y como quiera que Aristóteles comenzó a disputar andando de una a otra, fueron llamados -él y sus amigos, digo- peripatéticos, que vale tanto cuanto deambulatorios. Y como quiera que la perfección de esta moralidad fue cumplida por Aristóteles, el nombre de los académicos se apagó, y todos cuantos se unieron a esta secta son llamados peripatéticos, y tiene esta gente hoy el gobierno del mundo doctrinalmente, por doquier, y puédesela llamar casi opinión católica. Por lo cual se ve que Aristóteles es el guía y conductor de la gente con este signo. Y esto es lo que se quería demostrar.

Por lo cual, recogiendo todo lo expuesto, es manifiesta la primera opinión, a saber: que la autoridad del sumo filósofo, de quien se habla, está llena de vigor. Y no repugna a la autoridad imperial; mas aquélla sin ésta es peligrosa, y ésta sin aquélla es débil, no en sí misma, sino por el desorden de la gente; de modo que, unidas una con otra, son utilísimas y vigorosas. Y por eso está escrito en el de Sabiduría: «Amad la luz de la sabiduría vosotros todos cuantos presidís a los pueblos»; lo que quiere decir: Únase la autoridad filosófica con la imperial, para gobernar perfectamente. ¡Oh, míseros que en el presente gobernáis! Y ¡oh, misérrimos los que sois gobernados! Porque ninguna filosófica autoridad se une a vuestros mandamientos, ni por propio estudio ni por consejo; de modo que a todos se les pueden decir aquellas palabras del Eclesiastés: «¡Ay de la tierra cuyo rey es niño y cuyos príncipes comen a la mañana!; y a ninguna tierra puédesele decir lo que sigue: «Bienaventurada la tierra cuyo rey es noble y cuyos príncipes comen a su tiempo, por necesidad y no por lujuria!» Poned atención, enemigos de Dios, en los flancos, vosotros los que habéis tomado el mando de los regimientos de Italia; y a vosotros os digo, reyes Carlos y Federico, y a vosotros los demás príncipes y tiranos; y mirad quién se os sienta al lado a aconsejaros; y enumerad cuántas veces al día os es señalado el fin de la vida humana por vuestros consejeros. Mejor os estaría volar bajo como golondrinas, que como buitres dar altísimas vueltas sobre cosas viles.

<h2 style="text-align:center">VII</h2>

Pues que se ha visto cuán son dignas de reverencia la autoridad imperial y la filosófica, que parecen apoyar las opiniones propuestas, hay que volver a la recta calle del proceso emprendido. Digo, pues, que esta opinión del vulgo tanto ha durado, que sin respeto alguno, sin inquirir razones, se llama noble a todo aquel que es hijo o nieto de tal hombre valiente, aunque eso nada valga. Y esto es aquello que dice: Y así tanto ha durado esa falsa opinión entre nosotros, que llámasele noble a quien puede decir: «Yo he sido hijo o nieto de tal hombre valiente». Aunque eso nada valga. Porque se ha de notar que es peligrosísima negligencia el dejar que la mala opinión tome pie; que así como la hierba se multiplica en el campo inculto y excede y cubre a la espiga de trigo, de modo que mirando por doquier no nace el trigo, y se pierde el fruto al cabo, así la mala opinión de la mente sin castigo ni corrección aumenta y se multiplica, de modo que la espiga de la razón, es decir, la opinión verdadera, se esconde, y, casi sepultada, se pierde. ¡Oh, cuán grande es mi empresa en esta canción, al querer escardar campo ora tan hojarascoso, como es el del sentido común, tan de tiempo atrás sin cultivo! Ciertamente que no es mi intención limpiarlo del todo, sino sólo en aquellas partes donde las espigas de la razón no están completamente ahogadas; es decir, quiero enderezar a aquellos en quienes vive todavía alguna lucecilla de razón, por su buen natural; porque se ha de cuidar tanto de ellos como de los animales brutos, pues que no me parece maravilla menor el recobrar la razón, ya del todo apagada, que el volver a la vida a quien ha estado cuatro días en el sepulcro.

Luego que se ha explicado la mala condición de esta opinión popular, súbitamente como cosa horrible, repercute fuera de todo el orden de la reprobación al decir: Mas vilísimo parece a quien mira la verdad, para dar a entender su intolerable maldad, diciendo que éstos mienten en gran manera; porque no sólo es villano, es decir, no noble, el que, descendiendo de buenos, es malo, sino que es vilísimo; y pongo ejemplo del camino mostrado. Donde para mostrar tal es menester que haga una pregunta y responder a ella de esta manera: Hay una llanura con campos y senderos, con vallados, barrancos, piedras, lefia, con toda suerte de impedimentos, fuera de sus estrechos senderos. Ha nevado tanto, que la nieve todo lo cubre y todo muestra un mismo aspecto, de modo que no se ve vestigio de sendero alguno. Alguien que viene de una parte del campo y quiere ir a una casa que hay a la otra parte, por su industria, es decir, por su agudeza y bondad de ingenio, guiado de sí mismo, va camino derecho, dejando tras de sí las huellas de sus pasos. Otro viene tras él, que quiere ir a la misma casa, y no tiene que hacer más que seguir las huellas señaladas, y, por culpa suya, el camino que otro sin señal ha sabido seguir, yerra y tuerce por los setos y por las ruinas, y va adonde no debe. ¿A cuál de éstos debe llamársele valiente? Respondo: al que fue delante. A este otro, ¿cómo se le llamará? Respondo: vilísimo. ¿Y por qué no se le llama no valiente, es decir, torpe? Respondo: Porque no valiente, es decir, torpe, deberíasele llamar a quien, no teniendo señal alguna, no hubiese caminado a derechas; mas como quiera que la tuvo, su error y su culpa no pueden absolvérsele; y por eso hásele de llamar vilísimo. Y así, el que por su padre o por alguno de sus mayores es ennoblecido en su estirpe y no persevera en tal nobleza, no solamente es vil, sino vilísimo, y más merecedor de desprecio y vituperio que cualquier otro villano. Y para que el hombre se guarde de esta ínfima vileza, ordena Salomón a quien ha tenido antecesor valiente, en el vigésimo-segundo capítulo de los Proverbios: «No traspasarás los antiguos límites que tus padres fijaron»; y antes dice en el cuarto capítulo de dicho libro: «La vía de los justos, es decir, de los valientes, como luz resplandeciente procede, y la de los malvados es oscura y no saben dónde se arruinaron». Por último, cuando se dice: De suerte que está muerto y anda por la tierra, para mayor detrimento digo que semejante vilísimo está, muerto, pareciendo vivo.

Donde se ha de saber que al hombre malo puédesele llamar muerto en verdad, y principalmente el que de la vida de su buen antecesor se aparta. Y esto se puede demostrar así: como dice Aristóteles en el segundo del Alma, vivir es ser de los vivos, y como quiera que hay muchos modos de vivir -como vegetar en las plantas, en los animales vegetar y sentir, en los hombres vegetar, sentir, crear, inventar y razonar-, y las cosas se deben denominar por su parte más noble, manifiesto es que vivir en los animales es sentir -animales brutos, digo- y vivir en el hombre es usar de razón. Conque si vivir es ser el hombre, apartarse de tal uso es dejar de ser, y por tanto, estar muerto. ¿Y no se aparta del uso de razón quien no razona el fin de su vida? ¿No se aparta del uso de razón quien no razona el camino que ha de seguir? Cierto que se aparta. Y esto se manifiesta principalmente en quien tiene las huellas delante y no las mira; y por eso dice Salomón en el quinto capítulo de los Proverbios: «Morirá aquel que no tenga disciplina, y será engañado en su mucha estulticia»; es decir: muere aquel que no se hace discípulo y que no sigue al maestro; y esto es vilísimo. Y alguien podría decir de él: ¿Cómo es que está muerto y anda? Respondo: porque ha muerto el hombre y queda la bestia. Porque, como dice el filósofo en el segundo del Alma, las potencias del alma están unas sobre otras, como la figura del cuadrángulo está sobre el triángulo, y el pentágono sobre el cuadrángulo; así la sensitiva está sobre la vegetativa, y la intelectiva está sobre la sensitiva. Conque, del mismo modo que quitando el último ángulo del pentágono queda cuadrado y no pentágono ya, así quitando la última potencia del alma, es, a saber: la razón, no queda ya hombre, sino cosa con ánima sensitiva tan sólo, es decir, animal bruto. Y éste es el sentido del segundo verso de la canción propuesta, en el cual se exponen las opiniones ajenas.

VIII

La más hermosa rama de cuantas surgen de la raíz racional es la discreción. Porque, como dice Tomás, acerca del prólogo de la Ética, conocer el orden de una cosa con otra es precisamente acto de razón; y eso es la discreción. Uno de los más hermosos y dulces frutos de esta rama es la reverencia que el mayor debe al menor. Y así Tulio, en el primero de los Offici, hablando de la belleza que sobre la honestidad resplandece, dice que la reverencia es de aquélla; y así como ésta es hermosura de honestidad, así su contraria es torpeza y olvido de lo honesto; el cual contrario puede llamarse en nuestro vulgar irreverencia o, más bien, insolencia. Y por eso, el propio Tulio en el mismo lugar dice: «Poner negligencia en saber lo que los demás opinan de uno, no sólo es propio de persona arrogante, sino disoluta»; lo cual no quiere decir sino que arrogancia y disolución es no conocerse a sí mismo, lo cual es principio de la medida de toda reverencia. Por lo cual yo, queriendo -con toda reverencia hablando al príncipe y al filósofo- quitarles a algunos la malicia de la mente, para infundirles luego la luz de la verdad, antes de proceder a reprobar las opiniones propuestas, mostraré cómo al reprobar éstas no se habla irreverentemente contra la majestad imperial ni contra el filósofo. Porque si en cualquiera parte de este libro me mostrase irreverente, nunca sería tan feo como en este Tratado: en el cual, hablando de nobleza, debo mostrarme noble y no villano. Y primeramente demostraré que no me atrevo contra la autoridad del filósofo; luego demostraré que no me atrevo contra la majestad imperial.

Digo, pues, que cuando el filósofo dice: «Lo que les parece a los más es imposible que sea completamente falso», no quiere decir, al parecer exterior, es decir, sensual, sino el de dentro, es decir, racional; pues que el parecer sensual, según la mayor parte de la gente, es muchas veces falso, principalmente en los sensibles comunes, donde el sentido se engaña frecuentes veces. Así sabemos que a la mayor parte de la gente el sol le parece que tiene un pie de diámetro; y esto es tan falso, que, según las investigaciones e invenciones hechas por la humana razón con sus demás artes, el diámetro del cuerpo del sol es cinco veces y media el de la tierra. Como quiera que el diámetro de la tierra tiene seis mil quinientas millas, el diámetro del sol, que según la apariencia sensual parece de un pie de largo, tiene treinta y cinco mil setecientas cincuenta millas. Por lo cual es manifiesto que Aristóteles no se refería a la apariencia sensual. Y por eso, si es mi intención reprobar tan sólo la apariencia sensual, no repruebo la intención del filósofo, y, por lo tanto, no ofendo la reverencia que se le debe. Y que yo me propongo reprobar la apariencia sensual es manifiesto, porque los que así juzgan, no juzgan sino por lo que perciben de estas cosas que la fortuna puede dar o quitar; que porque ven hacerse los parentescos, los elevados matrimonios, las amplias posesiones, los grandes señoríos, creen que son causas de nobleza, y lo que es más: que tales cosas son la nobleza misma.

Porque si juzgasen de la apariencia racional, dirían lo contrario; es decir, que la nobleza es causa de éstas, como más abajo en este Tratado se verá.

Y como yo, según puede verse, no hablo contra la reverencia del filósofo al reprobar tal, así tampoco hablo contra la reverencia del imperio, y quiero explicar la razón. Mas cuando se habla, ante el adversario, el retórico debe usar mucha cautela en su discurso, a fin de que el adversario no tome de aquí ocasión para empeñar la verdad. Yo, que hablo ante tantos adversarios en este Tratado, no puedo hablar brevemente. Por lo cual, si mis digresiones son largas, nadie se maraville. Digo, pues, que para demostrar que no soy irreverente en la majestad del imperio, primero se ha de ver qué es reverencia.

Digo que reverencia no es otra cosa que acatamiento de sujeción debida por signo manifiesto. Y visto esto, hay que distinguir entre lo irreverente y lo no reverente. Irreverente quiere decir privación, y no reverente, negación. Y por eso la irreverencia es desacatar la sujeción debida con signo manifiesto; la no reverencia es negar la sujeción indebida. Puede el hombre rechazar una cosa de dos maneras: de una, puede el hombre desmentir no ofendiendo a la verdad, cuando se priva del debido acatamiento, y esto es propiamente desacatar; de otra manera puede el hombre desmentir no ofendiendo a la verdad, cuando aquello que no es no se confiesa; y esto es propiamente negar; como decir el hombre que es del todo mortal, es negar propiamente hablando. Por lo cual si yo niego la reverencia al imperio, no soy irreverente, sino que soy no reverente; porque no es contra la reverencia, como quiera que no la ofende, del mismo modo que el no vivir no ofende a la vida, mas sí la ofende la muerte, que es privación de aquélla; de aquí que una cosa sea la muerte y otra no vivir; que no vivir es el de las piedras. Y por eso muerte quiere decir privación, que no puede existir sino en el sujeto del hábito, y las piedras no son sujeto de vida; por lo cual no puede decírseles muertas, mas que no viven. Igualmente yo, que en este caso no debo guardar reverencia al imperio, se la niego; no soy irreverente, mas soy no reverente, lo cual no es arrogancia ni cosa merecedora de vituperio. Mas sería arrogancia el ser reverente, si reverencia se pudiera llamar, porque en mayor y más verdadera irreverencia, se caería; es, a saber: de la naturaleza y de la verdad, como más adelante se verá. De caer en esta falta se guardó Aristóteles, maestro de filósofos, cuando dice al principio de la Ética: «Si son dos los amigos y uno es la verdad, a la verdad ha de consentir».

En verdad, una vez dicho que no soy reverente, que es negar la reverencia, esto es, negar la sujeción indebida por signo manifiesto, queda por ver cómo en este caso no estoy debidamente sujeto a la majestad imperial. Y como es menester que la razón sea larga, en capítulo propio quiero exponerla inmediatamente.

IX

Para ver cómo en este caso, es decir, aprobando o reprobando la opinión del emperador, no estoy obligado a sujetarme a él, es menester recordar lo que del mando imperial se ha dicho más arriba, en el cuarto capítulo de este

Tratado; es decir, que la imperial autoridad fue inventada para perfección de la vida humana, y que ella es justa reguladora y gobernadora de todas nuestras obras, porque hasta donde nuestras obras se extienden tiene jurisdicción la majestad imperial, y fuera de estos límites no se extiende. Mas como toda arte y humano ejercicio están por el imperial limitados a ciertos términos, así también el imperio está limitado a ciertos términos por Dios; y no es maravilla, porque el oficio y el arte de la Naturaleza vemos limitado en todas sus obras.

Porque si queremos tomar la Naturaleza universal por entero, tiene tanta jurisdicción cuanta es la extensión del mundo, es decir, del cielo y la tierra; y esto con cierto límite, como se demuestra en el tercero de la Física y en el primero de Cielo y Mundo. Conque la jurisdicción de la Naturaleza universal está confinada en ciertos límites, y, por consiguiente, la particular y es también limitador de ésta. Aquel que por nada está limitado, es decir, la primera Bondad, que es Dios, el cual es sólo en su infinita capacidad a comprender el infinito.

Y para ver los límites de nuestras obras, se ha de saber que nuestras obras son únicamente aquellas que obedecen a la razón y a la voluntad; porque si en nosotros existe la operación digestiva, ésta no es humana, sino natural. Y se ha de saber que nuestra razón está ordenada para obras en cuatro maneras, de diversa consideración; que no son operaciones que únicamente considera y no hace, ni puede hacer ninguna de ellas, como son las cosas naturales, las sobrenaturales y las matemáticas; operaciones que considera y hace en su propio acto, las cuales se llaman racionales, como son las artes de hablar, y hay operaciones que considera y hace materialmente fuera de sí misma, como son las artes mecánicas. Y todas estas operaciones, aunque al considerarlas obedecen a nuestra voluntad, por sí mismas no la obedecen. Porque, aun queriendo nosotros que las cosas pesadas se elevasen por su propia naturaleza, ne podrían subir, y aunque quisiéramos que el silogismo con falsos principios concluyese mostrando la verdad, no concluiría tal; y aunque quisiéramos que la casa se sostuviera lo mismo inclinada que derecha, no sería; porque de todas estas obras no somos los factores propiamente, sino los inventores, que las ordenó e hizo el mayor factor. Hay también operaciones que nuestra razón considera en el acto de la voluntad, como ofender y beneficiar, como permanecer firme y obedecer por entero a nuestra voluntad; y por eso, por ellas somos llamados buenos o malos, porque son completamente nuestras; por lo cual nuestras obras se extienden a donde nuestra voluntad puede alcanzar. Y como quiera que en todas estas obras voluntarias hay alguna equidad que conservar y alguna iniquidad que evitar, la cual equidad puede perderse por dos causas: por no saber cuál es la tal o por no querer seguirla, fue inventada la razón escrita para mostrarla y para ordenarla. Así, pues, dice Agustín: «Si los hombres la conocieran -es a saber: la equidad-, y, conocida, la conservasen, no sería menester la razón escrita». Y por eso está escrito al principio del antiguo Digesto: «La razón escrita es el arte del bien y de la equidad». Para escribir la cual, publicarla y ordenarla, está puesto este oficial de quien se habla, es, a saber: el emperador, al cual estamos sujetos en tanto cuanto se entienden nuestras propias obras que se han dicho, y más allá no.

Por esta razón, en toda arte y en todo oficio, los artífices y aprendices están y deben estar sujetos al principal y al maestro de tales oficios y artes; fuera de ellos, la sujeción perece, puesto que perece el principado. Del mismo modo casi se puede decir del emperador, si se quiere representar su oficio con una imagen, que es caballero, sobre la humana voluntad. Caballo éste que manifiesto es cuán frecuentemente va por el campo sin caballero, especialmente en la mísera Italia, que sin medio alguno se ve abandonada a su gobierno.

Y se ha de considerar que cuanto la cosa es más propia del arte y del magisterio, tanto mayor es en ella la sujeción; porque, multiplicada la causa, se multiplica el efecto. Así, pues, se ha de saber que hay cosas que también son puras artes, que la Naturaleza es instrumento del arte: como bogar con el remo, donde el arte hace instrumento del impulso, que es movimiento natural; como en el trillar el trigo, en que el arte hace instrumento suyo el calor, que es cualidad natural. Y en esto principalmente se debe estar sujeto al jefe y maestro del arte. Y hay cosas en que el arte es instrumento de la Naturaleza; y éstas son menos artes, y en ellas están menos sujetos los artífices a su jefe, como el sembrar la tierra, en que se ha de esperar la voluntad de la Naturaleza; como salir del puerto, en que se ha de esperar la natural disposición del tiempo. Y por eso vemos en estas cosas muchas veces que disputan los artífices y pedir consejo el superior al inferior. Hay otras cosas que no pertenecen al arte y parecen tener con él algún parentesco; y de aquí que los hombres se engañen muchas veces; y en éstas no están sujetos los aprendices al artífice, o más bien maestro, ni están obligados a creerle en cuanto hace al arte; como la pesca, que parece tener parentesco con la navegación, y conocer la virtud de las hierbas, que parecen tener parentesco con la agricultura, y no tienen ninguna regla común, puesto que la pesca pertenece al arte venatoria y está a sus órdenes, y el conocer las hierbas pertenece a la Medicina, o sea a más noble doctrina.

Estas cosas, lo mismo que se han explicado con respecto a las demás artes, pueden verse en el arte imperial; porque en ella hay reglas que son puras artes, como son las leyes de matrimonios, de los siervos, de las milicias, de los sucesores en dignidades; y en todas ellas estamos sujetos al emperador sin duda alguna ni sospecha. Hay otras leyes, que son como continuadoras de Naturaleza, como constituir al hombre de edad suficiente para administrar, y en esto no estamos por entero sujetos. Hay otras muchas que parecen tener algún parentesco con el arte imperial, y aquí yerra quien crea que el mandato imperiales auténtico en este punto; como la juventud, sobre la cual no se ha de consentir ningún juicio imperial, en cuanto es emperador; por eso aquello que es de Dios, a Dios sea dado. Así, pues, no se le ha de creer ni consentir al emperador Nerón, que dijo que la juventud era hermosura y fortaleza de cuerpo, sino a quien dijera que la juventud es el colmo de la vida natural, que sería filósofo. Y por eso, manifiesto es que el definir la nobleza no compete al arte imperial; y si no le compete, al tratar de ella no hemos de estarle sujetos; y si no estamos a ella sujetos, no estamos obligados a reverenciarle en ese punto; y esto es lo que se iba buscando. Por lo cual, ora ya, con toda licencia, con toda libertad de ánimo, hay que herir en el pecho a las opiniones viciadas, derribándolas en tierra, a fin de que la verdadera por esta victoria mía tenga el campo de la mente de aquellos por quienes esta luz cobra vigor.

Pues que se han expuesto las ajenas opiniones acerca de la nobleza y se ha demostrado que me es lícito el reprobarlas, argumentaré la parte de la canción que tal reprueba, que comienza, como antes se ha dicho: Quien define:

El hombre es un leño con alma. Y así se ha de saber que la opinión del emperador -aunque errónea- en una partícula, a saber, donde dice: buenos hábitos, apuntó a los hábitos de la nobleza; y por eso en esa parte no se ha de reprobar. Nos proponemos reprobar la otra partícula, que por la naturaleza de nobleza es completamente diversa; la cual parece decir dos cosas cuando dice: antigua riqueza, es decir, tiempo y riquezas, las cuales son completamente diversas de nobleza, como se ha dicho, y como más abajo se demostrará. Y por eso al reprobar se hacen dos partes: primeramente se reprueba lo de que las riquezas sean causa de nobleza; luego se reprueba que lo sea el tiempo. La segunda parte comienza: No quieren que el villano noble se haga.

Se ha de saber que, reprobadas las riquezas, se reprueba no sólo la opinión del Emperador en cuanto hace a las riquezas, sino también del vulgo todo, que sólo en las riquezas la fundaba. La primera parte se divide en dos, en la primera de las cuales se dice, en general, que el Emperador erró en la definición de Nobleza; en segundo término, se muestra el porqué, y comienza esta segunda parte: Que las riquezas, como se cree.

Digo, pues, Quien define: El hombre es un leño animado, primeramente no dice verdad, es decir, dice falsedad en cuanto dice leño; y luego no habla por entero, es decir, habla con defecto en cuanto dice animado y no dice racional, que es la diferencia por la cual el hombre se distingue de la bestia. Luego digo que de este modo erró al definir aquel que tuvo Imperio, no diciendo

Emperador, sino aquel que tuvo Imperio, para demostrar, como se ha dicho más arriba, que determinar cosa tal es ajeno al imperial oficio. Luego digo que erró igualmente porque atribuyó falso sujeto a la Nobleza, a saber: la antigua riqueza, y luego procedió en forma defectuosa, o sea diferencia, a saber: buenos hábitos, los cuales no comprenden todas las formalidades de la

Nobleza, sino muy pequeña parte, como más abajo se demostrará. Y no se ha de dejar, aunque calle el texto, que meser el emperador no erró en este punto solamente en las partes de la definición, mas también en el modo de definir - aunque, según pregona de él la fama, fuese lógico y muy docto-, porque más dignamente se define la Nobleza por los efectos que por los principios, puesto que parece tener razón de principio que no se puede percibir por las cosas primeras, sino por las posteriores. Luego, cuando digo: Que las riquezas, como se cree, demuestro que no pueden ser causa de Nobleza, porque son viles, y demuestro que no pueden darla ni quitarla, porque están muy desunidas de la nobleza. Y pruebo que son viles, por un principalísimo y manifiesto defecto, y hago tal cuando digo: Por viles se las tiene, etc. Por último, deduzco, en virtud de lo que antes ha dicho, que no están unidas a la Nobleza,, por no seguir el efecto de la unión. Así pues, se ha de saber que, conforme quiere el filósofo, todas las cosas que hacen alguna cosa es menester que primeramente estén perfectamente en aquel ser. Por lo que dice en el séptimo de la Metafísica: «Cuando una cosa se engendra de otra, se engendra de aquélla estando en aquel ser». Además, se ha de saber que toda cosa que se destruye, se destruye tanto precediendo alguna alteración, y toda cosa alterada es menester que esté unida con la alteración, como quiere el filósofo en el séptimo de la Física y en el primero de Generación. Una vez estas cosas propuestas, continúo y digo que las riquezas, como otro creía, no pueden dar Nobleza, y para demostrar que hay gran diversidad entre ellas, digo que no la pueden quitar a quien la tiene. No la pueden dar, puesto que por naturaleza son viles, y por su vileza, contrarias a Nobleza. Y aquí se entiende por vileza, degeneración, lo cual es opuesta a Nobleza, como quiera que un contrario no es factor del otro, ni lo puede ser, por la razón susodicha. La cual se añade al texto al decir: Pues quien pinta una figura, si no puede estar en ella, no la puede exponer. Así, pues, ningún pintor podría exponer figura alguna, si en su intención no se hiciese él primeramente cuál debe ser la figura. Tampoco la pueden quitar, porque están muy lejos de Nobleza; y por la razón antes dicha, de que para corromper o alterar alguna cosa es menester estar unida a ella; y por eso añade: ni la enhiesta torre, desvía al río que de lejos corre; lo cual no quiere decir sino que, respondiendo a lo que antes se ha dicho, que las riquezas no pueden quitar Nobleza, diciendo que la Nobleza es como una enhiesta torre y las riquezas cual río que de lejos corre.

XI

Queda por probar únicamente ahora cuán viles son las riquezas y cuán apartadas y lejanas están de Nobleza; y esto se prueba en dos partículas del texto, en las cuales es menester parar atención ahora. Y luego, expuestas aquéllas, será manifiesto lo que he dicho, es decir, que las riquezas son viles y están lejos de la Nobleza, y con esto estarán perfectamente probadas las razones de más arriba contra las riquezas.

Digo, pues: Por viles se las tiene e imperfectas. Y para manifestar lo que se quiere decir, debe saberse que la vileza de una cosa por su imperfección se colige, y así la nobleza de la perfección, pues que en tanto cuanto la cosa es perfecta, es por su naturaleza noble y vil, en cuanto es imperfecta. Y por eso, si las riquezas son imperfectas, manifiesto es que son viles. Y que son imperfectas lo prueba brevemente el texto, cuando dice: que aunque estén guardadas, no dan tranquilidad, antes cuidados. En lo cual, no sólo se manifiesta su imperfección, sino que su condición es imperfectísima y, por lo tanto, que son lo más viles. Y esto atestigua Lucano, cuando dice, hablándoles a ellas: «Sin contención peligran las leyes, y vosotras, riquezas, vilísima parte de las cosas, movisteis batalla». Puédese ver brevemente su imperfección en tres cosas por modo manifiesto: primero, en su indiscreto advenimiento; segundo, en su peligroso acrecimiento; tercero, en su dañosa posesión. Y antes de demostrarlo, he de declarar una duda que parece surgir aquí; pues como quiera que el oro y las margaritas tienen perfectamente en su ser forma y acto, no parece cierto decir que sean imperfectas. Mas, sin embargo, se ha de saber que, cuando se las considera en sí mismas, son cosas perfectas y no son riquezas, pero oro y margaritas; mas en cuanto están ordenadas a la posesión del hombre, son riquezas, y por este modo están llenas de imperfecciones; porque no hay inconveniente en que una cosa sea, en diversos aspectos, perfecta e imperfecta.

Digo que su imperfección puédese advertir primeramente en la indiscreción de su advenimiento, en el cual no resplandece ninguna justicia distributiva y sí la más completa iniquidad; la cual iniquidad es precisamente efecto de imperfección, porque si se consideran los modos por los cuales vienen aquéllas, puédense todos recopilar en tres maneras; porque, o proceden de la pura suerte, como cuando, sin intención o esperanza, vienen por cualquier impensado hallazgo, o proceden de la mente ayudada de la razón, como por testamento o mutua sucesión, o proceden de la razón, ayudada de la suerte, como cuando vienen por provecho lícito o inclinado; lícito, digo, cuando son merecidas por arte, mercancía o servicio; ilícito, cuando proceden del hurto o la rapiña. Y en cada uno de estos tres modos se ve la iniquidad que digo, porque se le ofrecen más veces a los malos que a los buenos las escondidas riquezas que se encuentran o se consiguen, y esto es tan manifiesto, que no ha menester ser probado. A la verdad, yo vi el lugar en la ladera de un monte en Toscana, llamado Falterona, donde el villano más villano de la comarca, según se hallaba cavando, encontró finísima plata, esperada tal vez mil años. Y al ver estas iniquidades, dijo Aristóteles que «cuanto más subyuga el hombre al intelecto, tanto menos subyuga a la fortuna». Y digo que muchas más veces les tocan las herencias legadas o correspondidas a los malvados que a los buenos, y de esto no quiero presentar testimonio alguno; mas vuelva cada cual los ojos en derredor suyo y verá lo que yo callo para no abominar de nadie. Así pluguiera a Dios que se hubiese cumplido lo que el Provenzal pidió que «quien no es heredero de la bondad perdiese la herencia del haber». Y digo que más veces a los malos que a los buenos tócales precisamente el provecho, porque los ilícitos nunca tocan a los buenos porque lo rehúsan; y ¿qué bien hombre utiliza nada por fraude o por fuerza? Imposible sería, porque sólo con aceptar la ilícita empresa, ya no sería bueno. Y los lícitos rara vez tocan a los buenos, porque como quiera que se necesita mucha solicitud, y la solicitud del bueno se propone cosas más grandes, raras veces el bueno es en éstas suficientemente solícito. Por lo cual es manifiesto que de todos modos vienen inicuamente las riquezas, Y por eso Nuestro Señor inicuas las llamó cuando dijo: «Haceos amigos con el dinero de la iniquidad», invitando y confortando a los hombres a la liberalidad en los beneficios, que son engendradores de amigos. ¡Y cuán buen cambio hace quien de estas cosas imperfectísimas da para tener y adquirir cosas perfectas, como son los corazones de los hombres de pro! Este cambio puede hacerse todos los días. Ciertamente que esta mercancía es más nueva que las otras, pues que creyendo comprar un hombre con el beneficio, compra miles y miles. ¿Y quién no está aún agradecido de corazón a Alejandro por su reales beneficios? ¿Quién no tiene aún al buen Rey de Castilla, o a Saladino, o al buen marqués de Monferrato, o al buen conde de Tolosa, o a Beltrán del Bornio, o a Galeazo de Montefeltro, cuando se hace mención de sus misiones? Ciertamente que sólo los que tal harían de grado; más aún, aquellos que antes morirán que hacer tal, tiénenle amor a su memoria.

XII

Como se ha dicho, la imperfección de las riquezas no sólo se ve en su indiscreto advenimiento, mas también en su peligroso acrecimiento, y por eso, en lo que se puede ver de su defecto, sólo de ello hace mención el texto, al decir aunque guardadas, no solamente no dan tranquilidad, sino que dan más sed, y le hacen más insuficiente y falto. Y en este punto se ha de saber que las cosas defectuosas pueden tener sus defectos de modo que a primera vista no aparezcan; mas, so pretexto de perfección, se esconde la imperfección, y pueden tener aquéllos de tal manera al descubierto, que claramente se vea la imperfección a primera vista. Y aquellas cosas que de primeras no muestran sus defectos son más peligrosas, por lo que muchas veces no puede uno guardarse de ellas, como vemos en el traidor, que a la vista se muestra amigo, de modo que hace que se tenga fe en él, y so pretexto de amistad encierra el defecto de la enemistad. Y de este modo las riquezas son peligrosamente imperfectas en su acrecimiento, porque posponiendo lo que prometen, traen lo contrario. Prometen siempre estas falsas traidoras, reunidas en cierto número, hacer al que las reúne pago de todo deseo, y con esta promesa conducen la humana voluntad al vicio de la avaricia. Y por esto las llama Boecio peligrosas en el de Consolación, al decir: «¡Ay, quién fue el primero que, descubriendo los pesos de oro y las piedras que querían esconderse, excavó preciosos peligros!» Prometen las falsas traidoras, si bien se mira, satisfacer toda sed y toda falta y aportar saciedad y bastanza. Y hacen esto al principio a todos los hombres, afirmando su promesa con cierto acrecimiento de su cantidad, y luego que están reunidas, en lugar de saciedad y refrigerio, dan sed al pecho, febril e intolerable, y en lugar de saciedad, aportan nuevo límite, es decir, deseo de mayor cantidad, y con él, grande temor y cuidado de lo adquirido. De modo que, verdaderamente, no tranquilizan, sino que dan más cuidados, los cuales sin ellas no se tenían. Y por eso dice Tulio en el Tratado de la Paradoja, abominando las riquezas: «Yo en ningún tiempo dije que entre las cosas buenas y deseables estuvieran sus dineros ni sus magníficas mansiones, sus señoríos ni sus alegrías, de las cuales están muy agobiados, puesto que veía a los hombres que cuanto más abundaban en riquezas más deseaban. Porque nunca se sacia la sed del deseo ni se atormentan sólo por el deseo de aumentar las cosas que tienen, sino que también les da tormento el temor de perderlas». Y todas estas palabras son de Tulio, y en el libro que he dicho escritas están. Y para mayor testimonio de esta imperfección, he aquí a Boecio, que dice en el de Consolación: «No cesará de llorar el género humano, por más que la diosa de las riquezas le dé tantas cuantas arenas devuelve el mar turbado por el viento, o cuántas son las estrellas que en el cielo relucen!» Y como más testimonios se han menester para probar tal, dejamos a un lado cuanto claman contra ellas Salomón y su padre, y asimismo Séneca, principalmente escribiendo a Lucilo, Horacio, Juvenal, y en fin, cuanto todos los poetas y cuanto la Divina Escritura clama contra estas falsas meretrices, llenas de defectos; y póngase atención para tener fe de ojos, solamente a la vida de quienes van tras ellas, cuán seguros viven cuando las han reunido, cómo se satisfacen y descansan. ¿Y qué otra cosa pone en peligro y mata la ciudad, los campos y los individuos cuanto amontonar más después del algo? El cual amontonamiento menos deseos descubre, al logro de los cuales nadie puede llegar sin injuria. ¿Y qué otra cosa se proponen medicinar una y otra razón, quiero decir, la canónica y la civil, sino el deseo que, aumentando riquezas, aumenta a su vez? Cierto que asaz lo manifiestan una y otra razón si se leen sus comienzos, es decir, los de sus escritos. ¡Oh, cuán manifiesto es, más que cosa alguna, que, al aumentar aquéllas, son imperfectas, ya porque de ellas no puede originarse sino imperfección, una vez guardadas. Y esto es lo que el texto dice.

A la verdad, en este punto surge una duda, merecedora de que no sigamos adelante, sin plantearla y responder a ella. Podría decir algún calumniador de la verdad que, si por aumentar el deseo con la adquisición, las riquezas son imperfectas y viles por lo tanto, por la misma razón será imperfecta y vil la ciencia, pues que en su adquisición aumenta el deseo de ella, que así dice

Séneca: «Aun con un pie en el sepulcro, quisiera aprender». Mas no es verdad que la ciencia sea vil por imperfección; así, pues, por la destrucción del consiguiente, el que el deseo aumente no es causa de vileza para la ciencia. Su perfección es manifiesta para el filósofo en el sexto de la Ética, cuando dice que «la ciencia es la perfecta razón de algunas cosas». A esta cuestión hemos de responder brevemente; mas primero hemos de ver si en la adquisición de la ciencia se aumenta el deseo como en la cuestión se supone; y si es por la razón por lo que digo que no solamente en la adquisición de la ciencia y de las riquezas, sino en toda adquisición, se dilata el deseo humano, aunque de diferente modo; y la razón es que el sumo deseo de toda cosa y el que primero da la Naturaleza es el volver a su principio. Y como Dios es principio de nuestras almas y factor de las que se le asemejan, según está escrito: «Hagamos al hombre a imagen y semejanza nuestra», esa alma desea principalmente volver a él. E igual que el peregrino que va por un camino por el que nunca fue, cree que toda casa que ve a lo lejos es la hospedería, y hallando que no es tal, endereza su pensamiento a otra, y así de casa en casa, hasta que la hospedería llega, así nuestra alma apenas entra en el nuevo camino de esta vida nunca recorrido, dirige los ojos al término de su sumo bien, y cualquier cosa que ve le parece tener en sí misma algún bien, cree que es aquél. Y como su primer conocimiento es imperfecto, porque no está experimentado ni adoctrinado, los pequeños bienes le parecen grandes, y por aquéllos empieza a desear. Así, pues, vemos a los párvulos desear más que nada una manzana y luego desear un pajarillo; y más adelante desear lindos vestidos; y luego un caballo, y luego mujer; y luego algunas riquezas, luego riquezas grandes y luego grandísimas. Y acaece esto porque en ninguna de estas cosas encuentra lo que va buscando, y cree que lo ha de encontrar más adelante. Por lo cual se ve que los deseos preséntanse unos tras otros a los ojos de nuestra alma de manera en cierto modo piramidal, porque el más pequeño está sobre todos, y es como punta de lo último que se desea, que es Dios, como base de todos. De modo que, cuanto más se procede de la punta a la base, los deseables aparecen mayores; y ésta es la razón de que al adquirir los deseos humanos se ensanchen uno tras otro. A la verdad, este camino se pierde por error, como los senderos de la tierra; porque de igual manera que de una ciudad a otra hay por necesidad un camino inmejorable y derecho, y otro que se tuerce y aparta, es decir, el que va a ese lugar, y otros muchos que se acercan o se alejan más o menos, así en la vida humana hay diversos caminos, uno de los cuales es el verdadero, y otro el más falaz, y otros ya menos falaces, ya menos verdaderos. Y del mismo modo que vemos que el que va derecho a la ciudad cumple el deseo y da descanso tras de la fatiga, y el que va al contrario nunca lo cumple ni puede dar nunca descanso, así sucede en nuestra vida, que el buen andador llega a su término y descansa; el erróneo, nunca lo alcanza, antes bien, con gran fatiga del ánimo y con ojos golosos, mira siempre adelante. De aquí que, aunque esta razón no responda del todo a la cuestión suscitada más arriba, al menos abre el camino a la respuesta;

porque hace ver que nuestro deseo no se dilata sólo de una manera. Mas como este capítulo es un tanto lato, en otro capítulo hemos de responder a la pregunta, y terminar la disputa que ora nos proponemos contra las riquezas.

XIII

Respondiendo a la cuestión, digo que no se puede decir que aumente propiamente el deseo de ciencia, aunque, como se ha dicho ya, en cierto modo se dilate. Porque lo que propiamente crece es porque es uno; y el deseo de la ciencia no es siempre uno, sino muchos, y acabado el uno, viene el otro; de modo que, hablando con propiedad su dilatación no es crecimiento, sino tensión de cosa pequeña o cosa grande. Porque si yo deseo saber los principios de las cosas naturales, apenas los sé, termina tal deseo; y si luego deseo saber qué son y cómo son cada uno de estos principios, ya es un deseo nuevo. Y por el advenimiento de éste no se me quita la perfección a que me llevó el otro; y esta dilatación no es causa de imperfección, sino de perfección mayor. Lo de la riqueza a la verdad es propiamente crecimiento, que es siempre uno; de modo que ninguna sucesión se ve para término ni perfección algunos. Si el adversario pretende que así como el saber los principios de las cosas naturales es un deseo y otro el saber lo que son, así es un deseo el de tener cien marcos y otro el de tener mil, respondo que no es verdad, porque ciento es parte de mil y tienen la misma relación que una parte de la línea y la línea entera, la cual se sigue con un solo movimiento; y aquí no hay sucesión ni perfección de movimiento en parte alguna. Mas conocer lo que son los principios de las cosas naturales y lo que cada uno es, no es parte uno de otro, y tienen la misma relación entre sí que tienen diversas líneas; por las cuales no se procede un solo movimiento, sino que una vez perfecto el movimiento de la una, se sucede el movimiento de la otra. Y así se ve que no se ha de decir que es imperfecta la ciencia por el deseo de ciencia, cual se dice que lo son las riquezas, como la pregunta exponía. Porque al desear la ciencia, acaban sucesivamente los deseos y llegan a perfección, y en el desear la riqueza, no; de modo que la cuestión está resuelta, y no ha lugar.

Muy bien puede aún calumniar el adversario, diciendo que, aunque muchos deseos se cumplan con la adquisición de la ciencia, nunca se llega al último, lo cual es casi igual que la imperfección de aquello que no se termina y que es uno. Respóndese aquí que no es cierto lo que se afirma, a saber: que nunca se llega el último; porque nuestros deseos naturales, como se ha demostrado más arriba en el tercer Tratado, tienden a cierto término, y el de la ciencia es natural, así que cumple cierto término, aunque pocos, por caminar mal, cumplan la jornada. Y quien entiende al comentarista en el tercero del

Alma, esto extiende; y por eso dice Aristóteles en el décimo de la Ética, hablando contra el poeta Simónides: «Que el hombre débese dedicar cuanto pueda a las cosas divinas»; en lo cual demuestra que nuestra potencia se propone un fin cierto. Y en el primero de la Ética dice que «el disciplinado pide que haya certeza en las cosas, según lo que en su naturaleza tengan de ciertas». En lo cual se demuestra que, no sólo por parte del hombre que desea, sino también por parte de lo cognoscible deseado, débese alcanzar el fin; y por eso dice

Pablo: «No más saber del que se haya menester, sino saber con mesura». De modo que, sea cualquiera el modo por que se considere el deseo de la ciencia, alcanza perfección, ya particular, ya generalmente; y por eso la ciencia perfecta tiene noble perfección como las malditas riquezas.

Brevemente se ha de demostrar cuán dañosas son en su posesión, que es la tercera nota de su imperfección. Puédese ver que su posesión es dañosa, por dos razones: la una, porque es causa de mal; la otra, porque es privación de bien. Es causa de mal, porque hace, aun velando, temeroso y odioso al poseedor. ¡Cuánto temor el de aquel que tras de sí siente riqueza, al caminar, al descansar, no sólo velando, sino cuando también duerme, y no por temor a perder su haber, mas con su haber la vida! Bien lo saben los míseros mercaderes que van por el mundo, pues que las hojas que el viento mueve les hacen temblar, cuando llevan riquezas consigo, y cuando van sin ellas, del todo seguros, hacérseles más breve el camino con el cantar y hablar. Y por eso dice el sabio: «Si un caminante se echase a andar de vacío, cantaría aun a la vista de los ladrones». Y esto quiere decir Lucano en el quinto libro, cuando elogia la seguridad de la pobreza, diciendo: «¡Oh, segura facultad de la vida pobre! ¡Oh, estrechas viviendas y muebles! ¡Oh, aun no comprendidas riquezas de los dioses! ¿A qué templos ni qué muros sucedería tal, es decir, el no tener tumulto alguno, golpeando la mano de César?» Y tal dice Lucano cuando recuerda cómo César fue de noche a la cabaña del pescador Amiclas para pasar el mar Adriano. ¿Y cuánto odio mio le tienen todos al poseedor de riquezas, ya por envidia, ya por deseo de quitarle tal posesión? Tan cierto es esto, que muchas veces, contra la piedad debida, el hijo quiere la muerte de su padre; y de esto tienen muchos ejemplos manifiestos los latinos, tanto de la parte del Po como de la del Tíber. Y por eso Boecio, en el segundo de su Consolación, dice:

«Ciertamente que la avaricia hace a los hombres odiosos. También es privación de bien su posesión, porque poseyéndolas no hay generosidad, que es virtud, la cual es perfecto bien y hace a los hombres rumbosos y queridos; lo cual no puede ser poseyéndolas, sino dejándolas de poseer». Por lo que

Boecio, en el mismo libro, dice: «Es bueno el dinero cuando, transferido a los demás por hábito de generosidad, no se posee ya nada». Por lo cual es manifiesta su vileza en todas sus señales, y de ahí que el hombre de recto deseo y verdadero conocimiento no las ama, y no amándolas, no se une a ellas, antes bien, siempre lejos de sí las quiere, a no ser en cuanto están ordenadas a un servicio necesario. Y es cosa de razón, porque lo perfecto no se puede unir con lo imperfecto. Por lo que vemos que la línea torcida no se junta nunca con la derecha, y si hay alguna unión no es de línea a línea, sino de punto a punto. Y de aquí se sigue que el ánimo recto, es decir, en el deseo, y verdadero, esto es, en el conocimiento, no se destruye por su pérdida, como dice el texto al fin de esta parte. Y con este efecto quiere probar el texto que son río que corre lejos de la enhiesta torre es la razón, o sea de la nobleza; y por eso las riquezas no pueden quitar la nobleza a quien la tiene. Y de este modo se discuten y reprueban las riquezas en la presente canción.

XIV

Reprobado el ajeno error, en lo que hace a aquella parte que en las riquezas se apoyaba, hemos de reprobarlo en aquella otra parte que decía ser el tiempo causa de la nobleza, al decir antigua riqueza; y esta reprobación se hace en la parte que comienza: No quieren que el villano noble se haga. Y primeramente se reprueba por una razón de los mismos que así yerran; luego, para su mayor confusión, destrúyese esta razón también; y se hace esto al decir: Síguese, pues, de cuanto llevo dicho. Por último se deduce que es manifiesto su error, y por tanto tiempo ya de proponerse la verdad; y hace esto cuando dice: Que al intelecto sano.

Digo, pues: No quieren que el villano noble se haga. Donde se ha de saber que la opinión de los que yerran es que a un hombre primeramente villano nunca se le puede decir noble, y del mismo modo a quien hijo sea de villano. Y esto rompe su misma opinión cuando dicen que se requiere tiempo para la nobleza al poner el vocablo antiguo; porque es imposible, siguiendo el proceso del tiempo, llegar a la generación de nobleza, por esta su misma razón, que se ha dicho, la cual descarta el que un hombre villano pueda llegar nunca a ser noble por sus obras, o por cualquier circunstancia; y descarta el cambio de padre villano en hijo noble; porque si el hijo del villano es también villano, y su hijo, por ser hijo de villano, lo es él asimismo, nunca se podrá hallar el punto en que nobleza comience por proceso de tiempo. Y si el adversario, queriéndose defender, dijese que empezara nobleza en el tiempo en que se haya olvidado la baja condición de los antecesores, respondo que tal es contrario a lo que ellos dicen, pues que necesariamente habrá transformación de villanía en nobleza de un hombre a otro o de padre a hijo, lo cual es contrario a cuanto ellos dicen.

Si el adversario se defendiese pertinazmente, diciendo que estas transformaciones pueden hacerse cuando la baja condición de los antecesores yace en olvido, aunque el texto no se cuide de esto, merece que la glosa responda. Y por eso respondo que de lo que dicen se siguen cuatro grandísimos inconvenientes, de modo que no puede haber buena razón.

Es el uno, que cuanto mejor fuese la Naturaleza humana tanto más difícil y tardía sería la generación de nobleza; lo cual es grande inconveniente, puesto que se conmemora la cosa cuanto mejor es, y tanto más causa de bien; y la nobleza se conmemora entre los bienes. Y que esto es así se demuestra: si la gentileza o nobleza -que por ambas entiendo lo mismo se engendrase en el olvido, cuanto más desmemoriados fuesen los hombres, tanto más pronto se engendraría la nobleza, porque tanto más pronto vendría todo olvido. Conque cuanto más desmemoriados fuesen los hombres, tanto más pronto serían nobles; y, por el contrario, cuanta mejor memoria tuviesen, tanto más tardarían en ennoblecerse.

El segundo es que en cosa ninguna, excepto en los hombres, podría hacerse esta distinción, a saber: noble y vil, lo cual es grave inconveniente, puesto que en toda especie, de cosas vemos las imágenes de nobleza o de vileza, por lo que frecuentes veces decimos a un caballo noble y a otro vil; y noble a un ladrón y a otro vil; y noble a una margarita noble y vil a otra. Y que tal distinción no se podría hacer, demuéstrase así: si el olvido de los antecesores de baja condición es causa de nobleza, donde no hubo bajeza en los antecesores no pudo haber olvido; como quiera que el olvido es corrupción de la memoria, y en los animales, plantas y minerales no se advierten la bajeza y la alteza -porque han nacido en único e igual estado-, y en ellos no puede haber generación de nobleza ni de villanía, puesto que una y otra se consideran como hábito y privación, que son posibles en un mismo sujeto; y por eso no podría haber distinción entre una y otra. Y si el adversario dijese que en las demás cosas se entiende por nobleza la bondad de la cosa, y en los hombres el que no haya memoria de su baja condición, deberíase responder, no con palabras, sino con cuchillo, a bestialidad tan grande como es el dar la bondad por causa a la nobleza de las demás cosas, y a la de los hombres, por principio el olvido.

Es el tercero, que muchas veces aparecería antes el engendrado que el genitor, lo cual es del todo imposible; y esto se puede demostrar así: pongamos que Gerardo da Camino hubiese sido nieto del villano más vil que hubiera bebido nunca en el Sil o en el Cagnano, y que aún no se hubiera olvidado la memoria de su abuelo. ¿Quién osará decir que Gerardo da Camino fuese hombre vil? ¿Y quién no estará conmigo al decir que ha sido noble? Cierto que nadie, por más que parezca presuntuoso, porque tal fue y lo será siempre su memoria. Y si no se hubiese olvidado la de su abuelo, como se dice, y fuese éste muy noble, y su nobleza se viese claramente, antes hubiérale temido él que su genitor; lo cual es de todo punto imposible.

El cuarto es que habría hombre tenido por noble luego de muerto, no habiéndolo sido vivo; lo cual sería lo más inconveniente; y esto se demuestra así: pongamos que en el tiempo de Dardano se conservase memoria de sus antecesores de baja condición, y pongamos que en el tiempo de Laomedonte hubiérase borrado tal memoria y llegado el olvido. Según la opinión adversa, Laomedonte fue noble y Dardano villano, en vida. Nosotros, a quienes no ha llegado la memoria de sus antepasados -los de Dardano, digo-, ¿diremos que Dardano, mientras vivió, fue villano, y que muerto es noble?; y no es, contra lo que dice, que Dardano fuese hijo de Júpiter, porque eso es fábula, la cual, discutiendo filosóficamente, no es de tener en cuenta, y aun si con la fábula se quisiese detener al adversario, ciertamente lo que la fábula encubre deshace todas sus razones.

XV

Luego que, por su mismo sentido, la canción ha demostrado que no se requiere tiempo para la nobleza, de seguida se propone confundir la susodicha opinión, para que de tan falsas razones nada quede en la mente que esté preparada, para la verdad; y hace esto cuando dice: Síguese, pues, de cuanto llevo dicho.

Donde se ha de saber que si el hombre no puede convertirse de villano en noble, o de padre villano no puede nacer hijo noble, como antes se ha supuesto, en opinión de aquéllas, de los dos inconvenientes es menester seguir uno; es el uno que no hay ninguna nobleza; el otro, que en el mundo siempre ha habido muchos hombres, de modo que el género humano no ha descendido de uno sólo. Y esto se puede demostrar. Si la nobleza no se engendra de nuevo, como muchas veces se ha dicho que tal opinión pretende, no engendrándola el hombre villano en sí mismo, ni el padre villano en su hijo, el hombre es siempre tal cual nace; y nace tal cual es el padre; y así el proceso de su condición se origina en el primer padre; por lo cual, tal como fue el primer genitor, es decir, Adán, ha de ser todo el género humano, con lo que desde él hasta los modernos no puede haber transformación alguna, por esa razón. Con que si Adán fue noble, todos somos nobles; y si fue villano, todos somos villanos; lo cual no es otra cosa que borrar la diferencia de estas condiciones, y así borrar las conclusiones mismas. Y esto dice lo que sigue a lo que antes se expuso: Que todos somos nobles o villanos. Y si no es así, a alguna gente se ha de decir noble, y otra villana necesariamente. Pues que la transformación de villanía en nobleza se ha borrado, es menester que el género humano descienda de diversos principios, es decir, de uno noble y otro villano; y tal dice la canción cuando dice: O que no tuvo el hombre principio; y esto es de todo punto falso, según el filósofo, conforme a nuestra fe, que no puede mentir, y según la ley y creencia antigua de los gentiles; que aunque el filósofo no suponga el proceso desde un primer hombre, con todo quiere que haya en todos los hombres, una misma esencia, la cual no puede tener diversos principios. Y Platón quiere que todos los hombres dependan de una idea tan sólo no más; lo cual es darles; un único principio. Y, sin duda, mucho se había de reír Aristóteles oyendo hacer dos especies del género humano, como de caballos y asnos; que -Aristóteles me perdone- asnos se pueden llamar los que así piensan. Porque, según nuestra fe -la cual ha de guardarse por entero-, es lo más falso, y por Salomón lo manifiesta, que allí donde hace distinción entre hombres y animales brutos, llama a todos aquéllos hijos de Adán; y hace tal cuando dice: «¿Quién sabe si los espíritus de los hijos de Adán van arriba y los de bestias abajo?» Y de que entre los gentiles era falso, he aquí el testimonio de Ovidio en el primero de su Metamorfoseos, donde trata de la constitución mundial según la creencia pagana, o de los gentiles, diciendo: «Nacido es el hombre -no digo los hombres-, nacido es el hombre, ya que le hiciera el artífice de las cosas con divina simiente, ya porque la reciente tierra, poco antes separada del noble éter, conservase las simientes del acuñado cielo, mezclando la cual con el agua del río el hijo de Japeto, es, a saber: Prometeo compuso a imagen de los dioses que todo lo gobiernan. Donde manifiestamente supone que el primer hombre fue un solo ser; y por eso dice la canción: Mas yo a tal no consiento; es decir, que el hombre no tuviese principio; y añade la canción: Ni ellos tampoco, no, si son cristianos; y no dice filósofos o sea gentiles, cuyas opiniones están también en contra; por lo que la cristiana opinión tiene mayor vigor y deshace toda calumnia, merced a la suma luz del cielo que la ilumina.

Luego, cuando digo que al intelecto sano manifiesto es cuán son sus dichos vanos, deduzco que su error ha sido confundido; y digo que es tiempo de abrir los ojos a la verdad. Y digo tal cuando digo: Y decir ora quiero, cual lo siento. Digo, pues, que por lo que se ha dicho es manifiesto a los intelectos sanos, que los dichos de éstos son vanos, es decir, sin meollo de verdad. Y digo sanos no sin motivo. Pues se ha de saber que nuestro intelecto puede decirse sano y enfermo; y por intelecto digo esa parte noble de nuestra alma, que con vocablo común suele llamarse mente. Se puede decir sano, cuando por maldad de alma o de cuerpo no está en su ejercicio, que es conocer lo que las cosas son, cormo quiere Aristóteles en el tercero del Alma.

Que, conforme a la maldad del alma, he visto tres horribles enfermedades en la mente de los hombres. Es la una causada por natural jactancia, porque son muchos los presuntuosos que creen saberlo todo; y de aquí las cosas inciertas como ciertas las afirman; lo cual abomina Tulio, más que nada, en el primero de los Offici, y Tomás en su Contra gentiles, diciendo: Hay muchos tan presuntuosos de su ingenio, que creen poder medir todas las cosas con su opinión, estimando verdad cuanto a ellos les parece tal, y falso lo que no creen». Y de aquí acaece que nunca logran doctrina, creyéndose suficientemente adoctrinados por sí mismos, nunca preguntan, no escuchan, desean ser preguntados, y, una vez que se les ha hecho la pregunta, contestan mal. Y de éstos dice Salomón en los Proverbios: ¿Visteis al hombre rápido en responder? De él se ha de esperar más bien estulticia que discreción. La otra tiene por causa la natural pusilanimidad, que hay muchos tan vilmente obstinados, que no pueden creer que ni ellos ni otros puedan saber las cosas; y estos tales nunca investigan por sí, ni razonan, ni se curan de lo que otro dice. Y contra éstos habla Aristóteles en el primero de la Ética, diciendo que «hay pocos atentos a la filosofía moral». Éstos viven siempre groseramente, como bestias, desesperados de toda doctrina. La tercera tiene por causa la liviandad de naturaleza; porque hay muchos de tan liviana fantasía, que en todas sus argumentaciones se dejan llevar, y antes de silogizar ya han deducido, y de una conclusión van trasvolando a otra, y les parece que argumentan muy sutilmente, y no se mueven de ningún principio, y así ninguna cosa ven verdadera en su fantasear. Y de éstos dice el filósofo que no hemos de cuidarnos ni tener trato con ellos, diciendo en el primero de la Filosofía que contra el que niega los principios «no se debe discutir». Y de estos tales hay muchos idiotas que no saben el abecé, y querrían discutir de Geometría, de Astrología y de Física.

Y conforme a la maldad, o defecto de cuerpo, puede no estar sana la mente, ya por defecto de algún principio de nacimiento, como los mentecatos; ya por alteración del cerebro, como los frenéticos. Y de esta enfermedad de la mente trata la ley cuando el Inforziato dice: «En el que hace testamento se requiere en el tiempo en que el testamento hace sanidad de cuerpo, no de mente». Por lo que es manifiesto a aquellos intelectos sanos que no están enfermos por maldad de ánimo o de cuerpo, sino libres y expeditos para la luz de la verdad, que la opinión de la gente que se ha dicho es vana, es decir, sin valor.

Después añade que yo también los juzgo falsos y vanos, y así pues, los repruebo; y esto hago cuando digo: Y yo también por falsos los repruebo. Y después digo que se ha de mostrar la verdad; y digo que hay que demostrar qué es nobleza y cómo se puede conocer al hombre en que reside; y digo esto en: Y decir ora quiero, cual lo siento.

XVI

«El rey se alegrará en Dios, y serán alabados todos aquellos que juran en él, porque cerrada está la boca de los que hablan cosas inicuas». Estas palabras puedo anteponer aquí, porque todo verdadero rey debe amar más que nada la verdad. Y así está escrito en el libro de la Sabiduría: «Amad la luz de sabiduría, vosotros los que presidís a los pueblos»; y la luz de la sabiduría es la propia verdad. Digo, pues, que por eso se alegrarán todos los reyes, porque se ha reprobado la falsa y dañosísima opinión de los hombres malvados y engañados, que de nobleza han hablado inicuamente hasta ahora.

Es menester proceder a tratar la verdad, conforme a la división hecha más arriba en el tercer capítulo del presente Tratado. Esta segunda parte, pues, que comienza: Digo que toda virtud principalmente se propone determinar la nobleza según la verdad; y esta parte se divide en dos: en la primera de las cuales quiérese mostrar lo que la nobleza es, y en la segunda, como se puede conocer a aquél donde reside; y comienza esta segunda parte: Hay nobleza donde quiera que hay virtud.

Para entrar con perfección en el Tratado, se han de ver primeramente dos cosas. Una es lo que por la palabra nobleza se entiende, considerada simplemente; la otra es el camino por que se ha de ir para buscar la definición susodicha. Digo, pues, que si queremos considerar la manera común de hablar, por la palabra nobleza se entiende perfección de la propia naturaleza en toda cosa. Así pues, no sólo al hombre se atribuye, sino también a las cosas todas; porque el hombre dice noble piedra, noble planta, noble caballo, noble halcón, a todo aquello que sea perfecto por naturaleza. Y por eso dice Salomón en el Eclesiastés: «Bienaventurada la tierra cuyo rey es noble», que no quiere decir sino «cuyo rey es perfecto, según su perfección de alma y de cuerpo»; y también lo manifiesta en lo que antes dice, al decir: ¡Ay de ti, tierra, cuyo rey es párvulo por su edad, mas por sus costumbres desordenadas y por defecto de vida!», como enseña el filósofo en el primero de la Ética. Hay algunos necios que creen que con la palabra noble se entiende el ser de muchos conocido y nombrado; y dicen que procede de un verbo que significa conocer, es decir, nosco; mas esto es sobremanera falso. Porque, si así fuese, aquellas cosas que más nombradas y conocidas fuesen en su género, más nobles en su género serían;. y así la aguja de San Pedro sería la piedra más noble del mundo, y Asdente, el zapatero de Parma, sería más noble que ninguno de sus ciudadanos, y Albuino della Scala sería más noble que Guido da Castello di Reggio; cosas éstas falsísimas todas. Y, por, lo tanto, es falso proceda de conocer, sino que procede de no vil; y así noble es como no vil. Esta perfección pretende el filósofo en el séptimo de la Física, cuando dice: «Toda cosa es sobremanera perfecta, cuando logra y añade en virtud propia»; y entonces es sobremanera perfecta conforme a su naturaleza. Así pues, puede decirse, perfecto el círculo cuando es verdaderamente círculo, es decir, cuando añade su propia virtud; entonces está en toda su naturaleza y entonces se puede decir círculo noble. Y acaece esto cuando en el lugar hay un punto que diste igualmente de la circunferencia. Pierde su virtud el círculo que tiene figura de huevo, y no es noble, como tampoco que tiene casi figura de huevo, y no es noble, como tampoco que tiene casi figura de luna llena, porque no está en él perfecta su naturaleza. Y así se ve manifiestamente que generalmente esta palabra Nobleza significa en todas las cosas perfección de su naturaleza, y esto es lo primero que se busca, para mejor entrar en el Tratado de la parte que nos proponemos exponer. En segundo lugar, hemos de ver cuál es el camino para encontrar la definición de humana nobleza, que el presente proceso se propone. Digo pues, que como quiera que en todas aquellas cosas de la misma especie, como son los hombres, no se puede definir su inmejorable perfección por los principios esenciales, es menester definir y conocer aquélla por sus efectos, y por eso se lee en el Evangelio de San Mateo, cuando dice Cristo: «Guardaos de los falsos profetas; por sus frutos los conoceréis». Y por el camino derecho se ve esta definición, que se va buscando por los frutos, que son virtudes morales e intelectuales, las cuales siembra nuestra nobleza, como en su definición se manifestará plenamente. Y éstas son las dos cosas que era menester ver, antes de proceder a otras, como se dice en el capítulo de más arriba.

XVII

Luego que se han visto las dos cosas que parecía conveniente ver antes de proceder con el texto, hemos de seguir con éste; y dice y comienza así: Digo que toda virtud principalmente procede de una raíz, virtud entiendo, que hace al hombre feliz en su ejercicio; y añade: Es éste (según la Ética dice) un hábito de elección; exponiendo la definición de la virtud moral, según la define el filósofo en el segundo de la Ética. En lo cual se entienden dos cosas: una, es que toda virtud proceda de un principio; la otra, es que estas virtudes todas sean las virtudes morales de que se habla, y esto se manifiesta al decir: Es ésta, según la Ética dice. Donde se ha de saber que nuestros frutos más propios son las virtudes morales, porque están por doquier en nuestro poder, y son diversamente distinguidas y enumeradas por los filósofos. Mas como quiera que allí donde abrió la boca la divina opinión de Aristóteles me pareció que debía dejarse a un lado toda otra, siendo mi intención decir brevemente cuáles son éstas, según su opinión, seguiré hablando de ellas. Once son las virtudes enumeradas por el filósofo.

La primera se llama Fortaleza, la cual es arma y freno para moderar nuestra audacia y temeridad en las cosas que son corrupción de nuestra vida.

La segunda es Templanza, la cual es regla y freno de nuestra gala y de nuestra excesiva abstinencia en las cosas que nuestra vida conservan.

La tercera es Liberalidad, la cual es moderadora de nuestro dar y recibir las cosas temporales.

La cuarta es Magnificencia, la cual es moderadora de los grandes dispendios, haciéndolos y conteniéndolos en ciertos límites.

La quinta es Magnanimidad, la cual es moderadora y conquistadora de los grandes honores y fama.

La sexta es Amante de las honras, la cual nos modera y regula en cuanto a los honores de este mundo.

La séptima es Mansedumbre, la cual modera nuestra ira y nuestra excesiva paciencia contra nuestros males exteriores.

La octava es Afabilidad, la cual nos hace convivir buenamente con los demás.

La novena se llama Verdad, la cual nos modera en el envanecernos más de lo que somos y en el rebajarnos en nuestro discurso.

La décima llaman Eutrapelia, la cual nos modera en el solaz, haciéndonos usar de él debidamente.

La undécima es Justicia, la cual nos dispone a amar y a obrar a derechas en todas las cosas.

Cada una de estas virtudes tiene dos enemigos colaterales, es decir, vicios: uno por exceso y otro por defecto. Y están aquéllas en el medio de éstos, y nacen todas de un solo principio, a saber: del hábito de nuestra buena elección. Por lo que, generalmente, se puede decir de todas que son Hábito electivo consistente en el medio. Y éstas son las que hacen al hombre bienaventurado, o sea feliz, en su ejercicio, como dice el filósofo en el primero de la Ética, cuando define la Felicidad diciendo que la Felicidad es obrar conforme a la virtud en vida perfecta. Muchos ponen la Prudencia, es decir el Sentido, entre las virtudes morales; mas Aristóteles la enumera entre las intelectuales, no obstante sea conductora de las virtudes morales y muestre el camino por el cual se logran y sin el cual no puede existir.

Verdaderamente, se ha de saber que podemos tener en esta vida dos felicidades, según los dos diversos caminos, bueno y óptimo, que a tal nos llevan: una es la vida activa; la otra, la contemplativa, la cual -no obstante por la activa se llegue, cormo se ha dicho, a buena felicidad- lleva a óptima felicidad y bienaventuranza, según prueba el filósofo en el décimo de la Ética.

Y Cristo lo afirma por su boca en el Evangelio de Lucas, al hablar a Marta, respondiéndole: «Marta, Marta, eres muy solícita y te afanas por muchas cosas; en verdad, una sola cosa es necesaria», es decir, lo que haces; y añade: «María ha elegido óptima parte y no le será arrebatada». Y María, según está escrito anteriormente a estas palabras del Evangelio, sentada a los pies de Cristo, ningún cuidado mostraba por el ministerio de la casa; mas sólo oía las palabras del Salvador. Así, pues, si tal queremos explicar moralmente, quiso Nuestro Señor mostrar con esto que la vida contemplativa era óptima, por más que fuese buena la activa; lo cual es manifiesto a quien quiere poner atención en las palabras evangélicas. Podría, sin embargo, decir alguien, argumentando en contra mía: pues que la felicidad de la vida contemplativa es más excelente que la de la activa, y una y otra puedan ser y sean fruto y fin de la nobleza, ¿por qué no se procedió más bien por el camino de las virtudes intelectuales que por el de las morales? A lo cual se puede responder brevemente que en toda doctrina se ha de respetar la facultad del discípulo y llevarlo por el camino que le sea más leve. Por lo que, dado que las virtudes morales parecen ser y son más comunes, más conocidas y requeridas que las demás y están unidas en su aspecto exterior, útil y conveniente fue proceder más bien por ese camino que por el otro; que igualmente se viene a conocimiento de las abejas, razonando por el fruto de la cera, cormo por el fruto de la miel, puesto que uno y otro de ellas proceden.

XVIII

En el capítulo precedente se ha determinado cómo toda virtud moral procede de un solo principio, es decir, buena y habitual elección, y tal dice el texto presente hasta aquella parte que comienza: Digo que la nobleza en su razón. En esta parte, pues, se procede por vía probable para saber que toda virtud susodicha, singular o generalmente considerada, procede de nobleza, como efecto de su causa, y fúndase sobre una proposición filosófica que dice que cuando acaece que dos cosas se juntan en una, ambas se deben reducir a una tercera, o la una a la otra, como el efecto a la causa; porque una cosa tenida primero y por sí no puede serlo sino por uno, y si ambas no fueran efecto de una tercera, o la una de la otra, ambas tendrían aquella cosa primeramente, y por sí, lo cual es imposible.

Digo, pues, que nobleza y tal virtud, es decir, moral, tienen de común que una y otra llevan consigo la alabanza de aquel a quien se les atribuye, y esto, cuando dice: porque en el mismo dicho convienen ambas y en el mismo efecto; es decir, alabar y creer ensalzado a quien dice pertenecer.

Y luego concluye tomando la virtud de la proposición antedicha, y dice que por eso es menester que la una proceda de la otra o ambas de una tercera, y añade que más bien se ha de presumir que la una proceda de la otra, que las dos de una tercera, si se ve que la una tanto como la otra vale y aún más, y dice así: Mas si la una lo que la otra vale. Donde se ha de saber que aquí no se procede por demostración necesaria, como sería el decir que el frío engendra el agua y nosotros vemos las nubes; significa bella y conveniente inducción; porque si en nosotros hay muchas cosas de alabar y en nosotros reside el principio de nuestras alabanzas, es de razón deducir éstas a tal principio, y aquel que comprende más cosas, es de razón que sea tenido por principio de ellas y no ellas por principio de aquél. Y así el tronco del árbol que a todas las demás ramas comprendes debe llamársele principio y causa de éstas y no de aquél; y así la nobleza, que comprende toda virtud -como la causa comprende el efecto- y otras muchas obras nuestras de alabar, debe tenerse por tal que la virtud se reduzca a ello, antes que a otra tercera que en nosotros resida.

Por último, dice que lo que se ha dicho -es decir, que toda virtud moral procede de una raíz y que tal Virtud y Nobleza convengan en una cosa. como se ha dicho más arriba, y que por eso es menester reducir la una a la otra o ambas a una tercera, y que si la una vale lo que la otra y más procede de ella y no de otra tercera- todo está presupuesto, es decir, ordenado y preparado, para lo que antes se pretende. Y así termina este verso y esta parte.

XIX

Pues que en la parte precedente se han tratado tres cosas determinadas, que eran necesarias para ver cómo se puede definir esta cosa de que se habla, hay que proceder a la segunda parte, que comienza: Hay nobleza donde quiera que hay virtud. Y ésta hay que dividirla en dos partes. En la primera se demuestra alguna cosa que antes se ha señalado y no probado; en la segunda, concluyendo, se halla la definición que se va buscando, y comienza esta segunda parte: Conque vendrá como del negro el pérsico.

Para evidencia de la primera parte se ha de recordar lo que más arriba se dice, que si la nobleza vale y se extiende más que la virtud, la virtud procederá más bien de ella. Cosa que ora en esta parte prueba, es decir, que la nobleza se extiende más y pone por ejemplo al cielo, diciendo que allí donde hay virtud hay nobleza. Y aquí se ha de saber que -como está escrito en la razón y por regla de razón se tiene- para aquellas cosas que son de por sí manifiestas, no es menester demostración, y nada hay tan manifiesto como que está la nobleza allí donde está la virtud, y vemos llamar noble a toda cosa de su naturaleza.

Dice, pues: Como es cielo, por doquier hay estrellas; y esto no es verdad, sino viceversa; así, hay nobleza donde hay virtud y no virtud donde hay nobleza. Y con hermoso y adecuado ejemplo. Porque verdaderamente es cielo donde relucen muchas y diversas estrellas; relucen en ella las virtudes intelectuales y morales; relucen en ella las buenas disposiciones conferidas por la naturaleza, a saber: la Piedad y la Religión, y las pasiones laudables, es decir, Vergüenza, Misericordia y otras muchas; relucen en ella las bondades corporales, es decir, la Belleza, la Fortaleza, y casi perpetúa la Validez. Y tantas son las estrellas que en su cielo se extienden, que ciertamente no es de maravillar que den muchos y diversos frutos en la humana nobleza: tantas son las naturalezas y potencias de aquéllas, reunidas y comprendidas bajo una simple substancia, en las cuales, como en diversas ramas, fructifica por modo diverso. Ciertamente, casi me atrevo a decir que la humana Naturaleza, en cuanto hace a sus muchos frutos, sobrepuja a la del ángel, aunque la angélica en su unidad sea más divina. De esta nuestra nobleza, que en tantos y tales frutos fructificaba, se dio cuenta el salmista, cuando hizo aquel salmo que comienza: «Señor Dios nuestro: cuán admirable es tu nombre en toda la tierra»; allí donde alaba al hombre, como maravillándose del divino afecto a la humana criatura, diciendo:

«¿Qué es el hombre, que tú Dios lo visitas? Le has hecho poco menor que los ángeles, de gloria y honor lo has coronado y puesto en él la obra de tus manos». En verdad, pues, hermosa y adecuada fue tal comparación del cielo a la humana nobleza.

Luego, cuando dice: En las damas y en la edad juvenil, prueba lo que digo, demostrando que la nobleza se extiende hasta allí donde no alcanza la virtud, y dice: vemos esta salud -señalando a la nobleza, que es el bien y la salud verdadera- allí donde hay vergüenza, es decir, ocasión de deshonor, como en las damas y en las jóvenes, donde la vergüenza es buena y laudable; la cual vergüenza no es virtud, sino cierta pasión buena. Y dice: En las damas y en la edad juvenil, es decir en los jóvenes; porque, según la opinión del filósofo en el cuarto de la Ética, «la vergüenza no es de alabar ni está bien en los viejos y en los hombres estudiosos», porque ellos han de guardarse de aquellas cosas que a la vergüenza les inducen. A los jóvenes y a las damas no se les pide tanto de obra tal, y por eso en ellas es de alabar el recibir por la culpa el miedo del deshonor; lo cual de naturaleza procede. Y se puede creer que su temor es de nobleza, como la desfachatez, vileza e ignominia. Por lo que es óptima señal en los párvulos e imperfectos de edad, el que después de la falta se pinte la vergüenza en su rostro; lo que es fruto de verdadera nobleza.

XX

Cuando después sigue: Con que vendrá como de negro el pérsico, procede el texto a la definición que de Nobleza se busca; y por lo cual se verá qué es esta nobleza de que tanta gente habla erróneamente. Dice, pues, deduciendo de lo que antes se ha dicho, conque toda virtud, o sea su generación, es decir, el hábito electivo consistente en el medio, vendrá de ésta, es decir, la nobleza. Y pone por ejemplo los colores, diciendo: del mismo modo que el pérsico procede del negro, así ésta, es decir, la virtud, procede de la nobleza. El pérsico es un color mixto de purpúreo y negro; mas vence el negro, y por él se denomina; y así la virtud es una cosa mixta de nobleza y de pasión: mas como la nobleza la vence, la virtud por ella se denomina y se llama Bondad.

Luego después argumenta, por lo que se ha dicho, que nadie, porque pueda decir: Yo soy de tal estirpe, debe creer que pertenece a ella si no se muestran, en él sus frutos. Y al punto da la razón de ello diciendo que los que tal gracia, es decir, esta divina cosa, poseen, son casi como Dioses, sin mácula de vicio.

Y eso no lo puede dar sino Dios tan sólo, después del cual no hay elección de persona, como las Divinas Escrituras manifiestan. Y no le parezca a nadie que es hablar demasiado alto el decir: Que son casi Dioses; porque, como más arriba, en el séptimo capítulo del tercer Tratado, se argumenta, así como hay hombres vilísimos y bestiales, así también hay hombres nobilísimos y divinos.

Y tal demuestra Aristóteles en el séptimo de la Ética por el texto del poeta Homero. Así, pues, no diga aquel de los Uberti de Florencia, ni aquel de los

Visconti de Milán: «Pues que soy de tal estirpe, soy noble»; porque la divina semilla no cae en la estirpe, sino en los individuos, y como más adelante se demostrará, la estirpe no ennoblece a los individuos, sino que los individuos ennoblecen la estirpe.

Luego, cuando dice: Que sólo Dios el alma le otorga, se hace referencia al susceptivo, es decir, al sujeto en que el divino don desciende, que don es divino, según el dicho del Apóstol: «Todo óptimo obsequio y todo don perfecto, de arriba procede, pues que desciende del padre de las luces». Dice, pues, que Dios sólo concede esta gracia al alma de aquel a quien se ve perfectamente dispuesto en su persona para recibir este divino acto. Porque, según dice el filósofo en el segundo del Alma, «las cosas han de estar dispuestas por sus agentes para recibir sus actos». Por lo que si el alma está imperfectamente colocada, no está dispuesta para recibir esta bendita y divina infusión; como si una piedra margarita está mal dispuesta o es imperfecta, no puede recibir la virtud celestial, como dijo el noble Guido Guinizelli en una canción suya que comienza: En cor gentil repara siempre Amor. Puede, pues, no estar bien colocada el alma de la persona por defecto de complexión, y tal vez por falta de tiempo; y entonces no resplandece en ella el divino rayo. Y pueden decir estos tales cuya alma está privada de luz, que son como valles que miran al aquilón, o como subterráneos adonde nunca desciende la luz del sol, sino reflejada de otra parte iluminada por aquélla.

Por último, concluye y dice que por lo que antes se ha dicho, esto es, que la virtudes son fruto de nobleza y que Dios las pone en el alma bien asentada, en algunos -es decir, a los que tienen intelecto, que son pocos-, prende la semilla de felicidad. Y manifiesto es que nobleza humana no es otra cosa que simiente de felicidad puesta por Dios en el alma bien dotada; es decir, aquella cuyo cuerpo está perfectamente dispuesto en todas sus partes. Porque si las virtudes son fruto de nobleza y la felicidad es dulzura comparada, manifiesto es ser la nobleza simiente de felicidad, como se ha dicho. Y si bien se considera, esta definición comprende las cuatro causas: la material, en cuanto dice: en el alma bien dotada, que es materia y sujeto de nobleza; la formal, en cuanto dice: que es simiente; la eficiente, en cuanto dice: Puesta por Dios en el alma; la final, en cuanto dice: de felicidad. Y así se define nuestra bondad, la cual a nosotros desciende de suma y espiritual virtud, como la virtud a la piedra de nobilísimo cuerpo celestial.

XXI

Para que se tenga más perfecto conocimiento de la humana bondad, según la cual existe en nosotros el principio de todo bien, que se llama nobleza, hemos de explicar en este capítulo especial cómo desciende en nosotros tal bondad; primeramente, por modo natural, y luego, por modo teológico, es decir, divino y espiritual. Primeramente, se ha de saber que el hombre está compuesto de alma y cuerpo; mas el alma es aquella, como se ha dicho, que está a guisa de simiente de la virtud divina. En verdad, diferentes filósofos hablaron diversamente de la diferencia de nuestras almas; que Avicena y Algacel opinaban que en sí mismas y por su principio eran nobles y viles.

Platón y otros opinaron que procedían de las estrellas y que eran tanto más o menos nobles, según la nobleza de su estrella. Pitágoras quería que todas fuesen de igual nobleza, y no sólo las humanas, mas con las humanas, las de los animales brutos y de las plantas, y las formas de los minerales; y digo que toda la diferencia estaba en las formas corporales. Si cada cual defendiese ahora su opinión, pudiera ser que la verdad estuviese en todas. Mas como a primera vista parecen un tanto apartados de la verdad, no hemos de proceder según ellas, mas según la opinión de Aristóteles y de los peripatéticos. Y por eso digo que cuando la semilla humana cae en su receptáculo, es decir, en la matriz, lleva consigo la virtud del alma genitora, las virtudes del cielo y la virtud de los elementos ligados, es decir la complexión; y madura y dispone la materia a la virtud formadora, dada por el alma del genitor. Y la virtud formadora prepara los órganos para la virtud celestial, que produce por la potencia de la semilla el alma en la vida. La cual, apenas producida, recibe, por la virtud del motor del cielo, el intelecto posible, el cual trae consigo en potencia todas las formas universales, según existen en su productor, y tanto menos cuanto más apartado está de la primera inteligencia.

No se maraville nadie si hablo de una manera que parece difícil de entender; porque a mí mismo me maravilla el que tal producción pueda llevarse a cabo y verse con el intelecto; y no es cosa que se expresa con la lengua, lengua, digo, verdaderamente vulgar. Porque yo quiero decir como el apóstol: ¡Oh, altura de los tesoros de sabiduría de Dios, cuán incomprensibles son tus juicios y cuán indiscernibles tus caminos!» Y como la complexión de la semilla puede ser mejor y menos buena, y la disposición del sembrador puede ser mejor y menos buena, y la disposición del cielo para este efecto puede ser buena, mejor y óptima -la cual varía con las constelaciones, que continuamente se transforman-, acaece que esta humana semilla y estas virtudes producen un alma más o menos pura. Y conforme a su fuerza, desciende a ella la virtud intelectual posible, que se ha dicho y como se ha dicho. Y si acaece que por la pureza del alma recipiente la virtud intelectual está bien abstraída y absuelta de toda sombra corpórea, multiplícase en ella la divina bondad, como en cosa que es suficiente para recibirla; y por lo tanto, se multiplica en el alma de esta inteligencia, según puede recibir. Ésta es la semilla de felicidad de que se habla.

Y está de acuerdo con la opinión de Tulio en el de Senectud, en que hablando en nombre de Catón, dice: «Por lo cual descendió en nosotros el alma celestial, venida del altísimo habitáculo a un lugar contrario a la naturaleza divina y a la eternidad. Y en este alma está su virtud propia, y la intelectual y la divina, es decir, la influencia que se ha dicho; por lo cual, está escrito en el libro de las Causas: «Toda alma noble tiene tres operaciones, a saber: animal, intelectual y divina. Y algunos hay que opinan que si todas las virtudes precedentes se concertasen para producir un alma, en su mejor disposición, tanta sería la parte que de la deidad descendería en ella, que casi sería un Dios encarnado; y esto es casi todo lo que por vía natural se puede decir.

Por vía teológica se puede decir que, pues la suma deidad, esto es, Dios, ve preparada su criatura para recibir su beneficio, tanta es su generosidad cuarto está preparada para recibirla. Y como quiera que estos dones proceden de inefable caridad, y la divina caridad es propia del Espíritu Santo, de aquí que se les llame dones del Espíritu Santo. Los cuales, según los distingue el profeta Isaías, son siete, a saber: sabiduría, intelecto, consejo, fortaleza, ciencia, piedad y temor de Dios. ¡Oh, buenas cosechas y buena y admirable simiente! ¡Oh, admirable y buen sembrador, que no esperas sino a que la Naturaleza humana te prepare la tierra para sembrar! ¡Oh, bienaventurados aquellos que tal simiente cultivan como es menester! Donde se ha de saber que el primero y noble tallo que de esta simiente germina para dar su fruto, será el apetito del

ánimo, que en griego se llama hormen. Y si no es cultivado y sostenido derecho por buena costumbre, poco vale la siembra, y más valiera no haberlo sembrado. Y por eso quiere San Agustín y aun Aristóteles, en el segundo de la Ética, que el hombre se afane en hacer bien y refrenar sus pasiones, para que este tallo que se ha dicho se endurezca por buena costumbre y se afirme en su rectitud, de modo que pueda fructificar y salir de su fruto la dulzura de la humana felicidad.

XXII

Uno de los mandamientos de los filósofos morales que han hablado de beneficios, es que el hombre debe su ingenio y solicitud en que sus beneficios sean todo lo útiles posible para quienes los recibe. Por lo cual yo, queriendo obedecer tal mandato, me propongo que este Convivio mío sea lo más útil que yo pueda. Y como en este punto se me presenta ocasión de poder hablar algo de la dulzura de la humana felicidad, creo que no se puede hacer razonamiento más útil a quienes no la conocen; porque, como dice el filósofo en el primero de la Ética, y Tulio en el del Fin de los Bienes, mal puede seguir a la bandera quien antes no la ve; y así mal podía ir a esta dulzura quien antes no la divisa. Por lo cual, como quiera que ella es nuestro final descanso por el cual vivimos y hacemos nuestras obras, es utilísimo y necesario ver este signo para dirigir a él el arco de nuestra obra. Y hase de alabar, sobre todo, a aquel que la muestra a quienes no lo ven.

Dejando, pues, a un lado la opinión que a este respecto tuvo el filósofo

Epicuro y la de Zenón, quiero venir sumariamente a la veraz opinión de Aristóteles, y los demás peripatéticos. Como se ha dicho más arriba, de la divina bondad, en nosotros sembrada e infusa al principio de nuestra generación, nace un tallo, que los griegos llaman hormen, es decir, apetito del ánimo natural. Y del mismo modo que los sembrados cuando nacen se asemejan estando en los campos, y luego se van poco a poco desemejando, así este natural apetito que por la divina gracia surge, al principio muéstrase casi igual al que sólo por la Naturaleza demudamente viene, mas con el que tiene gran semejanza, como la hierbecilla de los diversos cereales. Y no sólo con los cereales, mas con los hombres y en las bestias tiene semejanza. Y esto demuestra que todo animal, apenas nacido, lo mismo el racional que el bruto, a sí mismo ama, y teme y huye de aquellas cosas que le son contrarias y las odia, procediendo luego como se ha dicho. Y comienza una desigualdad entre ellos en el proceder de este apetito, porque el uno lleva un camino, y el otro, otro. Como dice el apóstol: «Muchos corren al palio, mas uno sólo es el que lo coge»; así estos humanos apetitos por diversas calles parten del principio, y una sola calle, es la que a nuestra paz nos conduce. Y por eso, dejando a un lado a todos los demás con el Tratado, se adelante a lo que bien empieza.

Digo, pues, que desde el principio ama a sí mismo, aunque indistintamente. Luego va distinguiendo las cosas que prefiere y las que le son más o menos odiosas, y sigue y huye, más o menos, según distingue la conciencia, no solamente en las demás cosas que ama en segundo lugar, sino que también distingue en sí lo que ama principalmente. Y al conocer en sí diversas partes, más ama las más nobles que tiene. Y como quiera que es parte más noble del hombre el ánimo que el cuerpo, aquél prefiere; y así, amándose a sí mismo principalmente, y por sí las demás cosas, y prefiriendo la mejor parte de sí mismo, manifiesto es que ama más al ánimo que al cuerpo u otra cosa; el cual ánimo, más que otra cosa, debe naturalmente amar. Conque si la mente deleitase siempre en el uso de la cosa amada, que es fruto de amor en la cosa que sobremanera se ama, el uso es sobremanera deleitoso. El uso de nuestro ánimo nos es sobremanera deleitoso, y lo que nos es sobremanera deleitoso es nuestra felicidad y nuestra bienaventuranza, más allá de la cual no hay ningún deleite mayor ni se muestra ningún otro; como puede ver quien bien considere la precedente argumentación.

Y que no diga nadie que todo apetito es ánimo, porque aquí se entiende por ánimo solamente lo que respecta a la parte racional, esto es, la voluntad y el intelecto. De modo que si se quisiese llamar ánimo al apetito sensitivo, aquí no ha lugar la instancia ni puede tenerlo; porque nadie duda que el apetito racional es más noble que el sensual, y, por lo tanto, más armable; y así lo es éste de que ahora se habla.

A la verdad, el uso de nuestro ánimo es doble, es decir, práctico y especulativo -práctico es tanto cuanto operativo-, y uno y otro sobremanera deleitosos; aunque mal lo sea el de la contemplación, como más arriba se ha dicho. El del práctico consiste en que obremos virtuosamente, es decir, honestamente, con prudencia, con templanza, con fortaleza y con justicia; el del especulativo consiste, no en obrar nosotros, sino en considerar las obras de Dios y de la Naturaleza. Y uno y otro uso son nuestra bienaventuranza y suma felicidad, como puede verse. La cual es la dulzura de la semilla susodicha, como ahora se ve manifiestamente, a la que muchas veces no llega esta semilla, por haber sido mal cultivada o por haberse desviado su producción.

Igualmente puede hacerse, con muchas correcciones y cultivo, que allí donde la semilla no cae al principio, puédese llevar en su proceso, de modo que llega a dar fruto. Y es casi injertar una naturaleza ajena sobre distinta raíz. Así pues, no hay nadie a quien pueda excusársele; porque si en su raíz natural no tiene el hombre esta semilla, puede muy bien tenerla por vía de injerto. Así, ha habido tantos que de hecho se injertaron cuantos son los que se desvían de la buena raíz.

A la verdad, de estos usos, el uno está mucho más lleno de bienaventuranzas que el otro; el cual es el especulativo, que, sin mixtificación alguna, úsalo nuestra parte más noble, la cual, por el amor radical que se ha dicho, es sobremanera amable, como lo es el intelecto. Y esta parte no puede tener en esta vida su perfecto uso, el cual es ver a Dios -que es lo sumo inteligible-, sino en cuanto el intelecto lo considera y lo mira por sus efectos. Y que nosotros pedimos esta bienaventuranza suma y no la otra -es decir, la de la vida activa- nos lo enseña el Evangelio de Marcos, si bien lo consideramos. Dice Marcos que María Magdalena y María Jacobita y María Salomé fueron a buscar al Salvador al sepulcro y no le hallaron a él; mas hallaron a un joven vestido de blanco, que les dijo: «Preguntáis por el Salvador, y yo os digo que no está aquí; mas por eso no hayáis temor; mas id y decid a sus discípulos y a Pedro que los precederá en Galilea, y allí lo veréis, como os dijo». Por estas tres mujeres pueden entenderse las tres sectas de la vida activa, es decir, los epicúreos, los estoicos y los peripatéticos que van al sepulcro, es decir, al mundo presente, que es receptáculo de las cosas corruptibles, y preguntan por el Salvador, es decir, por la Bienaventuranza, y no lo hallan; mas encuentran a un joven con blancas vestiduras, el cual, según el testimonio de Mateo, dijo: «El Ángel de Dios descendió del cielo, y una vez que vino volvió la piedra y se sentó sobre ella, y su vista era como relámpago, y sus vestiduras eran como de nieve».

Este Ángel es nuestra nobleza, que de Dios procede, como se ha dicho, que habla en nuestra razón, y les dice a cada una de estas sectas, es decir, a quien quiera que va buscando la bienaventuranza en la vida activa, que no está aquí; mas que vaya y les diga «a los discípulos y a Pedro» es decir, a los que le van buscando y a los que se han apartado, como Pedro que le había negado, «que en Galilea los precederá»; es decir, que la Bienaventuranza los precederá en

Galilea, es decir, en la especulación. Galilea vale tanto como decir blancura; y la blancura es un color lleno de luz corporal más que ningún otro; y así la contemplación está más llena de luz espiritual que cualquier otra cosa que aquí abajo haya. Y dice: «Él os precederá»; y no dice «Él estará con vosotros», para dar a entender que Dios siempre precede a nuestra contemplación; y no podremos nunca alcanzarle aquí a Él, que es nuestra Bienaventuranza suma. Y dice: «Allí lo veréis como dijo», es decir, es decir, allí gozaréis de su dulzura, es decir, de la felicidad, como se os ha prometido aquí; esto es, como está establecido que podéis tenerla. Y así se demuestra que nuestra bienaventuranza, que es la felicidad de que se habla, podremos primero hablarla imperfectamente en la vida activa, esto es, en el ejercicio de las virtudes morales, y luego casi perfecta en el ejercicio de las intelectuales. Obras ambas que son vía expedita y derecha que conduce a la suma bienaventuranza, la cual aquí no se puede lograr, como se demuestra por lo que se ha dicho.

XXIII

Pues que se ha demostrado suficientemente y muestra la definición de nobleza, y en todas sus partes, como ha sido posible se ha declarado, de tal modo, que ora puede verse ya qué es el hombre noble, procedamos a la parte del texto que comienza: El alma de estas bondades adornada; en la cual se muestran las señales por que se puede conocer al hombre a quien se llama noble.

Y divídese esta parte en dos: en la primera se afirma que esta nobleza luce y resplandece manifiestamente durante la vida del noble; en la segunda se muestra específicamente en sus esplendores; y comienza esta segunda parte:

Obediente, suave y pudorosa.

Acerca de la primera parte, se ha de saber que esta divina semilla de que antes se ha hablado, de seguida germina en nuestra alma, creciendo y diversificándose por cada potencia del alma, según las exigencias de éstas. Germina, pues, en la vegetativa, en la sensitiva y en la racional, y se originan por la virtud de éstas otras muchas, enderezándolas a su perfección y sosteniéndose en ellas hasta que, con la parte de nuestra alma que nunca muere, vuelve al cielo, al altísimo y glorioso Sembrador. Y dice esto en cuanto a la primera que se ha dicho.

Luego cuando dice: Obediente, suave y pudorosa, etc., muestra aquello por que podemos conocer al hombre noble mediante señales aparentes, que son obra divina de esta bondad. Y se divide esta parte en cuatro, conforme a las cuatro edades en que obra diversamente, como son: Adolescencia, juventud, senectud y senilidad; y comienza la segunda parte: Es en la juventud templada y fuerte; la tercera comienza: Es en su senectud; la cuarta comienza: Luego, en la cuarta parte de la vida.

Y éste es el sentido general de esta parte. Acerca de la cual se ha de saber que todo efecto, cuando es efecto, recibe semejanza de su causa, en cuanto le es posible conservarla. Por lo cual, como quiera que nuestra vida, como se ha dicho, y aun la de todo ser viviente aquí abajo, ha sido causada por el cielo, y el cielo por todos estos efectos, no por completo círculo, mas sólo por parte de él, se les descubre, y así es menester que su movimiento sea arriba, y como un arco casi todas las vidas retiene -y digo que las retiene tanto a las de los hombres como de los demás seres vivientes-, ascendiendo y girando, han de ser casi semejantes a imagen de arco. Volviendo, pues, a la nuestra de que ahora se habla, digo que procede subiendo y descendiendo a semejanza de este arco.

Y se ha de saber que este arco de arriba sería igual si la materia de nuestra complexión seminal no impidiese la regla de la naturaleza humana. Mas como el húmedo radical lo es menos o más, y de mejor cualidad, y tiene más duración en un efecto que en otro -el cual es sujeto y alimento del calor, que es nuestra vida-, acaece que el arco de la vida de un hombre es de mayor o menor tensión que el del otro. Alguna muerte hay violenta, o apresurada por enfermedad accidental; mas sólo la que el vulgo llama natural es el término del cual dice el salmista: «Pusiste un límite que no se puede pasar. Y como Aristóteles, maestro de nuestra vida, percibió este arco de que ahora se habla, opinó que nuestra vida no era otra cosa que un subir y bajar; por lo cual dice, donde trata de la juventud y la vejez, que la juventud no es sino aumento de aquélla. Difícil es saber cuál es el punto más elevado de tal arco, por la desigualdad que antes se ha dicho; mas creo que en los más, entre los treinta y los cuarenta años. Y me parece que en los perfectamente conformados está en los treinta y cinco años. Y muéveme a creerlo el pensar que, óptimamente conformado, fue Nuestro Salvador Cristo, el cual quiso morir a los treinta y tres años de su vida; porque no era digno de la divinidad el ir decreciendo. Y no es de creer que no quisiera vivir en nuestra vida hasta la cima, pues que había vivido en el bajo estado de la infancia. Y así lo manifiesta la hora del día de su muerte, que quiso asemejar a su vida, por lo que dice Lucas que murió como a la hora sexta, que vale tanto como decir el colmo del día. Por donde se comprende que el colmo de la vida de Cristo era su año treinta y cinco.

A la verdad, este arco, no sólo le dividen por la mitad las escrituras; mas, según los cuatro combinadores de las cualidades contrarias que entran en nuestra composición -a las cuales parece ser propia, a cada una, digo, una parte de nuestra vida-, en cuatro partes se divide y llámanse cuatro edades. La primera es adolescencia, que se asemeja al calor y a la humedad; la segunda, juventud, que se asemeja al calor y a la sequedad; la tercera, senectud, que se asemeja al frío y a la sequedad; la cuarta, senilidad, que se asemeja al frío y a la humedad, según escribe Alberto en el cuarto de la Meteora.

Y hácense estas partes igualmente con el año, en primavera, estío, otoño e invierno. Y en el día, hasta la tercia. Y luego, hasta la nona, dejando en medio a la sexta, por la razón que se comprende, y luego hasta el véspero, y del véspero en adelante. Y por eso los gentiles decían que el carro del sol tenía cuatro caballos: al primero llamaban Eoo; al segundo, Piroi; al tercero, Eton; al cuarto, Flegon, según escribe Ovidio en el segundo de Metamorfoseos, acerca de las partes del día. Y se ha de saber brevemente que, como se ha dicho más arriba en el sexto capítulo del tercer Tratado, la Iglesia, en la distinción de las horas del día temporales, que son cada día grandes o pequeñas, según la cantidad del sol, y como la hora sexta, es decir, el mediodía, es la más noble de todo el día y la más virtuosa, dispone sus oficios en cada parte, es decir, de antes y de después, como puede. Y por eso el oficio de la primera parte del día, es decir, la tercia, se dice al fin de ésta, y el de la tercera parte y el de la cuarta se dicen al principio. Y por eso se dice media tercia, antes de tocar a aquélla; y media nona, luego de haber tocado para ésta; así también media víspera. Y así, sepan todos que la nona exacta siempre debe sonar al comienzo de la séptima hora del día; y basta esto a la presente digresión.

XXIV

Volviendo a nuestro discurso, digo que la vida humana se divide en cuatro edades: La primera, se llama adolescencia, es decir, acrecimiento de vida; la segunda se llama juventud, es decir, edad que puede aprovechar; esto es, dar perfección; y así se entiende perfecta, porque nadie puede dar sino lo que tiene; la tercera se llama senectud; la cuarta se llama senilidad, como más arriba se ha dicho.

De la primera nadie duda; mas todos los sabios están de acuerdo en que dura hasta los veinticinco años; y como hasta ese tiempo nuestra alma se propone el crecimiento y embellecimiento del cuerpo, de donde se siguen muchas y grandes transformaciones en la persona, no puede discernir perfectamente la parte racional. Por lo cual quiere la razón que antes de esa edad no pueda el hombre hacer ciertas cosas sin curador de perfecta edad.

El tiempo de la segunda, la cual es verdaderamente colmo de nuestra vida, es considerado diversamente por muchos. Mas dejando lo que de ello escriben los filósofos y los médicos, y volviendo a la propia razón, digo que en los más - que es en quienes se puede y debe formar juicio- esa edad es de veinte años. Y la razón que tal me da es la de que si el colmo de nuestro arco está en los treinta y cinco, tanto cuanto de subida tiene esta vida ha de tener de descenso; y esa subida y bajada es como el sostén del arco, en el cual se advierte poca flexión. Tenemos, pues, que la juventud se cumple a los cuarenta y cinco años.

Y como la adolescencia tiene veinticinco años de subida a la juventud; y así se termina la senectud a los setenta años.

Mas como la adolescencia no comienza al principio de la vida, tomándola del modo que se ha dicho, sino casi ocho años después, y como nuestra naturaleza se afana por subir, y al descender refrena -porque el calor natural ha venido a menos y puede poco, y el húmedo ha engrosado, no en cantidad, sino en calidad, de modo que es menos vaporoso y consumible-, acaece que, después de la senectud, queda de nuestra vida una cantidad de diez años, sobre poco más o menos.

Y este tiempo se llama senilidad. Como tenemos en Platón, del cual se puede decir que era perfectamente constituido, por su perfección y por la fisonomía, que tomó Sócrates de él cuando por vez primera lo vio, que vivió ochenta y un años, según atestigua Tulio en el de Senectud. Y yo creo que si Cristo no hubiese sido crucificado, y hubiese vivido el tiempo que su vida podía conforme a la naturaleza recorrer, a los ochenta y un años de cuerpo mortal hubiérase transformado en eterno.

A la verdad, como arriba se ha dicho, estas edades pueden ser más largas o más cortas, según nuestra complexión y constitución; mas sean como quieran, parécenle que esta proporción, como se ha dicho, debe conservarse en todas, es decir, haciendo las edades más o menos largas, según la integridad de todo el tiempo de la vida natural. En todas estas edades, esta nobleza, de la cual tan diversamente se habla, muestra sus efectos en el alma ennoblecida; y esto es lo que pretende demostrar esta parte sobre la cual escribimos ahora.

Donde se ha de saber que nuestra buena y recta naturaleza precede conforme a razón en nosotros -como vemos proceder a la naturaleza de las plantas, y por eso diferentes hábitos y maneras son más razonables en unas que en otras-, en quienes el alma ennoblecida procede ordenadamente por un camino simple, ejercitando sus actos a su edad y su tiempo, pues que a su último fruto están ordenados.

Y Tulio está de acuerdo con esto en el de Senectud. Y dejando a un lado la ficción que del diverso proceso de las edades emplea Virgilio en la Eneida; y dejando a lo que el eremita Egidio dice en la primera parte del Regimiento de

Príncipes; y dejando lo que apunta Tulio en el de Offici; siguiendo únicamente aquello que la razón puede ver por sí, digo que esta primera edad es puerta y camino por la cual se entra en nuestra buena vida.

Y esta entrada es menester que tenga necesariamente algunas cosas, las cuales la buena Naturaleza, que desfallece en las cosas necesarias, da; como vemos que da hojas a la vid para defensa del fruto y los vástagos con que defiende y sustenta su debilidad; y así sostiene el peso de su fruto.

Da, pues, la Naturaleza a esta vida cuatro cosas necesarias para entrar en la ciudad del buen vivir. La primera es obediencia, la segunda suavidad, la tercera vergüenza, la cuarta adorno corporal, como dice el texto en la primera partícula. Ha de saberse, pues, que del mismo mundo que quien no ha estado nunca en una ciudad no sabe seguir el camino, sin que se lo enseñe quien lo haya hecho, así el adolescente, que entra en la selva engañosa de esta vida, no sabría seguir el buen camino si sus mayores no se lo mostrasen. Y aun el enseñárselo no bastaría, si no obedeciera sus mandatos; y por eso en esta edad es necesaria la obediencia.

Muy bien podría decir alguien: ¿Conque podría llamársele obediente lo mismo al que siga los malos consejos que al que siga los buenos? Respondo que tal cosa no sería obediencia, sino transgresión; que si el rey ordena un camino el siervo ordena otro, no se ha de obedecer al siervo, lo cual sería desobedecer al rey; y así habría transgresión.

Y por eso dice Salomón cuando quiere corregir a su hijo -y éste su primer consejo-: «Oye, hijo mío, el consejo de tu padre». Y luego le aparta al punto de los malos consejos y enseñanzas, diciendo: «Que no te puedan cazar con lisonjas ni deleites los pecadores, porque vayas con ellos». De aquí que, apenas nacido, el hijo se cuelga del pecho de su madre, y apenas muéstrase en él alguna luz de razón, debe atender a las correcciones de su padre, y el padre enseñarle. Y guárdese de no darle ejemplo con sus obras contrario a las palabras con que le corrige; porque vemos naturalmente cómo los hijos miran más a las huellas de los pies paternos que a las otras. Y por eso dice y ordena la ley, que a tal provee, que la persona del padre debe mostrarse a sus hijos santa y honesta siempre; y de aquí el que la obediencia sea necesaria en esta edad. Y por eso escribe Salomón en los Proverbios «que aquel que humilde y obediente aguanta las justas represiones del que le corrige, será glorificado», y dice será, para dar a entender que habla el adolescente que aún no tiene edad. Y si alguno tergiversase esto, diciendo que se ha dicho tal del padre tan sólo y no de los demás, digo que al padre se debe reducir cualquier otra obediencia.

Por lo cual dice el apóstol a los Colosenses: «Hijos, obedecer a vuestros padres en todo; porque eso es lo que quiere Dios». Y si el padre no vive, debe prestársele a quien por padre dejó éste en su última voluntad; y si el padre muere intestado, debe prestársele aquel a quien la razón encomienda su gobierno. Y luego deben ser obedecidos los maestros y mayores, a quienes en cierto modo parece estar encomendado por el padre o por quien de padre hace las veces.

Mas como el capítulo presente ha sido largo por las útiles digresiones que contiene, en otro capítulo se argumentarán las demás cosas.

XXV

No solamente este alma de buen natural es en la adolescencia obediente, sino también suave. Cosa ésta que es la otra que se necesita al entrar por la puerta de la Juventud. Es necesaria, porque no podemos tener vida perfecta sin amigos, como en el octavo de la Ética quiere Aristóteles; y la mayor parte de las amistades se siembran en esta edad primera, porque en ella comienza el hombre ya a ser generoso, ya a lo contrario. La cual generosidad se adquiere por suaves costumbres, como son el hablar dulce y cortésmente y el dulce y cortésmente servir y obrar. Y por eso dice Salomón al hijo adolescente:

«A los escarnecedores, Dios los escarnece, y a los mansos Dios les dará gracia». Y en otra parte dice: «Aparta de ti la mala boca y los actos villanos».

Por lo que se demuestra que tal suavidad es necesaria, como se ha dicho.

También es necesaria en esta edad la pasión de la Vergüenza, y por eso la buena y noble naturaleza la muestra en esta edad, como dice el texto. Y como la Vergüenza es clarísima señal de nobleza en la adolescencia, por ser entonces más necesaria al buen fundamento de nuestra vida, a la cual tiende la naturaleza noble, hemos de hablar de ella con alguna diligencia. Digo que por Vergüenza entiendo tres pasiones necesarias al buen fundamento de nuestra vida: la una es el Estupor; la otra, el Pudor; la tercera, Verecundia, aunque la gente vulgar no discierna esta distinción.

Y las tres son necesarias a esta edad por esta razón: a esta edad es necesario ser reverente y estar deseoso de saber; a esta edad es necesario estar refrenado, de modo que no haya lugar a perderse; a esta edad es necesario estar arrepentido de la falta, de modo que no se haga a faltar. Y estas tres cosas las hacen las pasiones susodichas, que vulgarmente se llaman vergüenza.

Porque el estupor es un aturdimiento del ánimo al ver oír o sentir de algún modo grandes y maravillosas cosas; que en cuanto parecen grandes, hacen que todo aquel que las siente las reverencia, y en cuanto parecen admirables, les entran en deseos de saberlas. Y por eso los reyes antiguos hacían en su mansión magníficos trabajos de oro y piedras y de arte, para que quienes los viesen quedaran estupefactos, y, por tanto, reverentes y con deseos del honroso estado del rey. Y por eso dice el dulce poeta Estazio en el primero de la Historia Tebana que, cuando Adrasto, rey de los Argivios, vio a Polinicio vestido de una piel de puerco y recordó la respuesta que Apolo había dado por sus hijas, se quedó estupefacto; y así, más reverente y con más deseos de saber.

El pudor es un retraimiento del ánimo de toda cosa fea por miedo a caer en ella; como vemos en las vírgenes, en las honestas damas y en los adolescentes, que son tan púdicos, que no solamente cuando son requeridos o tentados de caer en falta, mas sólo con verse allí donde puédese tener la menor idea de amorosa complacencia, luego píntaseles el rostro de carmín o palidez.

Por lo que dice el susodicho poeta, en el citado libro primero de Tebas, que cuando Aceste, nodriza de Argia y de Deifilia, hijas del rey Adrasto, las llevó ante la vista de su santo padre en presencia de los dos peregrinos, es decir,

Polinicio y Tideo, las vírgenes palidecieron y se ruborizaron, y, huyendo sus ojos de toda ajena mirada, sólo al rostro paterno seguros se volvieron. ¡Oh, cuántas faltas refrena este pudor! ¡Cuántas cosas y demandas deshonestas acalla! ¡Cuántos deshonestos deseos refrena! ¡Cuántas malas tentaciones vence, no sólo en la persona púdica, sino también en quien la guarda! ¡Cuántas feas palabras detiene!; porque, como dice Tulio en el primero de Offici: «¡No hay ninguna acción fea que no sea feo el nombrarla!» Y luego el hombre honesto y púdico no habla nunca de modo que sus palabras no fuesen honestas en una mujer. ¡Ay y cuán mal está que un hombre que vaya buscando honra mencione cosas que en boca de toda mujer estarían mal!

La verecundia es miedo de deshonra por la falta cometida. Y de este miedo se origina un arrepentimiento por la falta, que tiene en sí una amargura, que es castigo para no faltar más, lo cual dice este mismo poeta en aquel mismo lugar que, cuando el rey Adrasto preguntó a Polinicio quién era, dudó mucho antes de responder, por vergüenza, de esta falta que contra su «padre había cometido, y aun por las culpas de Edipo, su padre, que parecían subsistir en vergüenza del hijo. Y no nombró a su padre, sino a sus antepasados, su tierra y su madre. Por donde ve que la vergüenza es necesaria en tal edad.

Y no sólo la naturaleza noble denota en esta edad obediencia, suavidad y vergüenza, sino que muestra también belleza y esbeltez de cuerpo, como dice el texto cuando dice: Y su persona adorna. Donde se ha de saber que también es esta obra necesaria a nuestra buena vida; porque nuestra alma ha menester ejecutar gran parte de sus obras con órgano corporal, y obra bien cuando el cuerpo está bien ordenado y dispuesto en todas sus partes. Y cuando está bien ordenado y dispuesto, es hermoso en el todo y en las partes; porque el debido orden de nuestros miembros proporciona el placer de no sé qué admirable armonía; y la buena disposición, es decir, la salud, arroja sobre aquélla un color dulcísimo a la vista. Así, pues, decir que la naturaleza noble embellece y hace su cuerpo proporcionado y grácil, no quiere decir sino que la acomoda a un orden perfecto.

Y con esto y con las demás cosas que se han expuesto, muéstrase que es necesario a la adolescencia. A lo cual el alma noble, es decir, la naturaleza noble, tiende principalmente, y como cosa que, según se ha dicho, ha sido sembrada por la divina Providencia.

XXVI

Luego que hemos argumentado acerca de la primera partícula de esta parte, que muestra aquello por que podemos conocer al hombre noble por señales aparentes, hemos de proceder a la segunda parte, que comienza: Es en la juventud templada y fuerte.

Digo, pues, que del mismo modo que la naturaleza muéstrase en la adolescencia obediente, suave y vergonzosa, así en la juventud se hace templada y fuerte, amorosa y leal. Cosas las cinco que parecen y son necesarias a nuestra perfección, en cuanto hace a nosotros mismos. Y acerca de esto hemos de saber que todo cuanto la naturaleza noble prepara en la primera edad está preparado y ordenado por providencia de la Naturaleza universal, que ordena la particular a su perfección.

Esta nuestra perfección se puede considerar de dos maneras. Puédese considerar respecto a nosotros mismos, y ésta debemos tener en nuestra juventud, que es el colmo de nuestra vida. Puédese considerar con respecto a los demás. Y como primero es menester ser perfecto y luego comunicar la propia perfección a los demás, es menester tener esta perfección después de esta edad, es decir, en la senectud, como más abajo se dirá.

Aquí, pues, hemos de recordar lo que más arriba se argumenta en el capítulo XXII de este Tratado acerca del apetito, que nace en nosotros desde nuestro principio. Este apetito no hace sino ahuyentar y huir; y siempre que ahuyenta todo aquello que es menester y huye de lo que es menester, el hombre está en los términos de su perfección. A la verdad, ese apetito ha de ser guiado de la razón. Porque del mismo modo que un caballo suelto, por más que sea de naturaleza noble por sí solo, sin el buen caballero no sabe conducirse, así este apetito, que irascible y concupiscente se llama, por más que sea noble, es menester que obedezca a la razón. La cual le guía con freno y espuelas como buen caballero; usa el freno cuando ahuyenta -y llámase a este freno templanza, que muestra el término hasta donde ha de sujetarlo-; usa la espuela cuando huye, para volverlo al lugar de donde quiere huir y esta espuela se llama fortaleza o magnanimidad, la cual virtud muestra el lugar donde se ha de detener y luchar.

Y así, refrenado, muestra Virgilio, nuestro mayor poeta, que estaba Eneas en la parte de la Eneida en que esta edad se representa, parte que comprende el cuarto, quinto y sexto libro de la Eneida. ¡Y cuanto refrenar fue aquél cuando, habiendo recibido tanta complacencia de Dido, como se dirá en el séptimo

Tratado, y gozado con ella tantos deleites, partió para seguir honesto, laudable y fructuoso camino, como está escrito en el cuarto de la Eneida! ¡Cuánto espolear fue aquél, cuando el propio Eneas luchó solo con la Sibila para entrar en el infierno en busca del alma de Anquises, su padre, contra tantos peligros, como se muestra en el libro sexto de dicha historia! Por donde se ve cómo en nuestra juventud hemos de ser, para nuestra perfección, templados y fuertes. Y esto es lo que hace y demuestra la buena naturaleza, como dice el texto expresamente.

Además necesita esta edad para su perfección ser amorosa, porque le es menester mirar hacia atrás y adelante, como cosa que está en el círculo meridional. Es menester que ame a sus mayores, de los cuales ha recibido ser, alimento y doctrina, de modo que no parezca ingrata. Es menester que ame a sus menores, a fin de que, amándolos, les dé de sus beneficios, por los cuales luego, en la menor prosperidad, sea por ellos sostenido y honrado. Y este amor es el que el poeta nombrado en el quinto libro susodicho, muestra que tuvo Eneas, cuando dejó a los viejos troyanos en Sicilia, recomendados a Aceste, y los apartó de los trabajos; y cuando enseñó en aquel lugar a Ascanio, su ahijado, esgrimiento con los otros adolescentes. Por donde se ve que a esta edad es necesario amor, como el texto dice.

Es, además, necesario a esta edad ser cortés, porque, aunque en todas las edades esté bien el ser de corteses maneras, en ésta es mayormente necesario, porque, al contrario, no las puede tener la senectud, por la serenidad y gravedad que en ella se requieren; y menos aún la senilidad. Y el altísimo poeta, en el sexto libro susodicho, muestra que Eneas tal cortesía usaba, cuando dice que para honrar al cadáver de Miseno, que había sido trompetero de Héctor y luego habíase encomendado a él, se desciñó y tomó el hacha para ayudar a cortar la leña para el fuego en que debía arder el cadáver, como era su costumbre. Por lo cual se ve que ésta es necesaria a la juventud; y por eso el alma noble la muestra en ella, se ha dicho.

Además es necesario a esta edad el ser leal. Lealtad es acatar y poner en obra lo que las leyes dicen; y esto le es menester principalmente al joven. Porque el adolescente, como se ha dicho, por minoría de edad, merece algún perdón; el viejo, por su mayor experiencia, debe ser justo y no acatar ninguna ley sino en cuanto su recto juicio esté de acuerdo con la ley, pues que casi sin ley alguna debe seguir su razón; lo cual no puede hacer el joven. Y baste con que éste cumpla la ley, y en cumplirla se complazca, como dice el susodicho poeta en el susodicho quinto libro que hizo Eneas, cuando hizo los juegos en Sicilia, en el aniversario de su padre, que lo que prometió por las victorias lealmente se lo dio a cada uno de los victoriosos, como era entre ellos antigua costumbre, que era su ley.

Por lo cual manifiesto es que a esta edad son necesarias lealtad, cortesía, amor, fortaleza y templanza, como dice el texto que ahora se ha expuesto; y así, el alma noble todas ellas muestra.

XXVII

Asaz visto y argumentado suficientemente acerca de la partícula del texto en que se encuentran las probidades que el alma noble presta a la juventud, hemos de proceder a la tercera parte, que comienza: Es en su senectud. En la cual se propone mostrar el texto aquellas cosas que la naturaleza noble muestra y debe tener en la tercera edad, es decir, en la senectud. Y dice que el alma noble es en la senectud prudente, justa y generosa, y que se alegra con oír hablar bien en provecho de otro, lo cual es ser afable. Y a la verdad, estas cuatro virtudes son a esta edad convenientísimas.

Y para verlo, se ha de saber que, como dice Tulio en el de Senectud, «curso cierto tiene nuestra vida y un camino simple, el de nuestro buen natural»; y a cada parte de nuestra vida le ha sido dada estación para ciertas cosas. De aquí que, como a la adolescencia se ha atribuido, como se ha dicho más arriba, aquello que pueda madurar y perfeccionarse, así a la juventud le han sido atribuidas la perfección y la madurez, para que la dulzura de su fruto le sea aprovechable a ella y a los demás; porque, como dice Aristóteles, el hombre es animal civil, porque le es menester, no sólo ser útil para sí, pero a los demás. Por lo cual se lee que Catón, no sólo para sí creía haber nacido, mas para la patria y el mundo todo.

Así pues, después de la propia perfección, la cual se adquiere en la juventud, es menester alcanzar aquella que, no sólo alumbra a uno mismo, sino a los demás; y es menester que el hombre se abra, como una rosa que ya no puede estar más tiempo cerrada y difunde el olor que dentro ha engendrado; y esto es menester en la edad de que hablamos. Conviene, pues, ser prudente,,es decir, sabio; y para ser tal requiérese buena memoria de las cosas vistas, y buen conocimiento de las presentes, y buena previsión de las futuras.

Y como dice el filósofo en el sexto de la Ética, «imposible es que sea sabio el que no es bueno». Y así no se le ha de decir sabio a quien con argucias y engaños procede, sino que se le ha de llamar astuto; porque así como nadie llamaría sabio a quien supiese jugar con la punta de un cuchillo en el borde del ojo, así no se ha de decir sabio a quien sabe hacer una cosa mala, al hacer la cual siempre antes que a los demás a sí propio ofende.

Si bien se mira, de la prudencia proceden los buenos consejos, que conducen a cada cual a buen fin en las cosas y obras humanas. Y éste es el don que Salomón, viéndose elevado al gobierno del pueblo, pidió a Dios, como está escrito en el libro de los Reyes. Ni espera el prudente a que se le pida: aconséjame; sino que proveyendo por sí, sin ser requerido, le aconseja; del mismo modo que la rosa, que, no sólo al que va en busca de su olor se lo ofrece, sino también a todo el que lo sigue. Podría decir aquí algún médico y legista: ¿Con que he de llevar mi consejo y darle sin que nadie me lo pida y no obtendré fruto? Respondo, como dice Nuestro Señor: «De grado recibo si de grado me lo dan». Digo, pues, sin ser legista, que aquellos consejos que no tienen que ver con tu arte y que proceden sólo del buen sentido que te dé Dios que es la Providencia de que se habla no debes vendérselo a los hijos de aquel que te los ha dado; aquellos que respectan al arte que has comprado, puedes venderlos; pero no tanto que no sea menester diezmarlos alguna vez y dar de ellos a Dios, es decir, a los míseros, que sólo poseen el grado divino.

Es menester, además, a esta edad ser justo, para que sus juicios y autoridad sean luz y ley para los demás. Y como esta singular virtud, es decir, la justicia, viéronla mostrarse perfecta en esta edad, encomendaron el regimiento de las ciudades a los que estaban en esta edad; y por eso el Colegio de los regidores, Senado se llamó. ¡Oh, mísera, mísera patria mía! ¡Cuánta compasión me aflige por ti, siempre que leo o escucho cosa que haga referencia a regimientos ciudadanos! Mas como de la justicia se tratará en el penúltimo Tratado de este volumen, basta el presente con lo poco que aquí se ha apuntado.

Conviene también a esta edad el ser generoso, porque es menester la cosa cuanto más satisface al deber de su naturaleza, y nunca como en esta edad se puede cumplir ese deber. Que si consideramos bien el discurso de Aristóteles en el cuarto de la Ética y el de Tulio en el de Offici, la generosidad ha de ser a su tiempo y en su lugar, para que el generoso no se perjudique ni perjudique a los demás. Cosa ésta que no se puede lograr sin prudencia y sin justicia; virtudes ambas cuya perfecta posesión en esta edad es imposible por vía natural. ¡Ay, malvados y mal nacidos! ¡Que engañáis a viudas y pupilas, que robáis a los menos poderosos! ¡Que arrebatáis y os apoderáis de las razones ajenas, y con esto invitáis a convites, dais caballos y armas, objetos y dineros; que lleváis admirables vestidos, edificáis maravillosos edificios y creéis ser generosos! ¿Pues qué es hacer tal sino levantar el paño del altar y cubrir con él al ladrón y su mesa? No debemos reírnos menos, tiranos, de vuestras dádivas, que del ladrón que llevase a su casa a los invitados, y el paño arrebatado del altar, con las señales eclesiásticas aún, pusiera sobre la mesa y creyese que nadie se percataba. Oíd, obstinados, lo que contra nosotros dice Tulio en el libro de Offici: hay muchos ciertamente deseosos de ser aparentes y magníficos, que quitan a los unos para dar a los otros, y, creyéndose bien considerados, arriesgan los amigos por cualquier razón. Mas esto tan contrario es a lo que se debe hacer, que nada hay que lo sea tanto».

Es menester, además, a esta edad ser afable, hablar bien y oírlo de grado; porque es bueno hablar bien cuando hay quien le escuche. Y esta edad lleva asimismo consigo una sombra de autoridad, por la cual parece que el hombre la escucha más que a ninguna otra edad más temprana. Qué cosas más bellas y mejores parece que debe saber con la larga experiencia de la vida. Por lo cual dice Tulio en el de Senectud, por boca del viejo Catón: «Se me ha recrudecido la voluntad y el gusto de estar en conversación más de lo que solía».

Y que todas estas cuatro cosas sean necesarias a esta edad nos lo enseña Ovidio en el séptimo de Metamorfoseos, en aquella fábula en que describe cómo Céfalo de Atenas fue al rey Eaco para socorrerle en la guerra que Atenas tuvo con la Creta. Muestra que Eaco fue prudente, cuando, habiendo perdido a casi toda su gente por la peste de la corrupción del aire, recurrió a Dios solamente y le pidió la restauración de la gente muerta; y, por su sentido, que por paciencia lo tuvo y a Dios le hizo volver, le fue devuelto su pueblo en número mayor que antes.

Muestra que fue justo cuando dice que fue repartidor del nuevo pueblo y distribuidor de su tierra desierta. Muestra que fue generoso cuando le dijo a

Céfalo, luego de la demanda de ayuda: «¡Oh, Atenas, no me pidas ayuda, mas tornárosla; y no digáis que dudáis de las fuerzas que tiene esta isla y todo el estado de mis cosas; fuerzas no me faltan, antes bien, las tenemos de sobra y el adversario es grande, y el tiempo de dar es ahora propicio y sin excusa! ¡Ay! ¡Cuántas cosas se advierten en esta respuesta! Mas al buen entendedor le baste con que aquí se pongan como Ovidio las pone. Muestra que fue afable, cuando le dice y recuerda a Céfalo diligentemente, con largo discurso, la historia de la peste de su pueblo y su restauración.

Por lo que es asaz manifiesto que a esta edad son menester cuatro cosas; porque la noble Naturaleza las muestra en ella, como dice el texto. Y para que el ejemplo que se ha dicho sea más memorable, dice del rey Eaco que fue padre de Telemon, de Peleo y de Foco, del cual Telemon nació Ayax, y de Peleo, Aquiles.

XXVIII

Después de la estrofa argumentada, hemos de proceder con la última, es decir, con aquella que comienza: Luego, en la cuarta parte de la vida; por lo cual quiere mostrar el texto lo que hace el alma noble en la última ciudad, es decir, en la Senilidad. Y dice que hace dos cosas: la una, que vuelve a Dios, como al puesto de donde partió cuando vino a entrar en el mar de la vida; la otra es que bendice el camino que ha hecho, porque ha sido recto y bueno y sin amargura de tempestad.

Y aquí se ha de saber que, como dice Tulio en el de Senectud, «la muerte natural es para nosotros como puerto de larga navegación y descanso». Y así como el buen marinero, conforme se acerca al puerto, arría sus velas, y suavemente, con blando movimiento, entra en él, así nosotros debemos arriar las velas de nuestras obras mundanas y volver a Dios con todo nuestro entendimiento y todo nuestro corazón, de modo que se llegue a aquel puerto con toda suavidad y toda paz.

Y con ello tendremos en nuestra propia naturaleza gran enseñanza de suavidad, porque con muerte tal no hay dolor ni amargura alguna; mas del mismo modo que una manzana madura se desprende de las ramas fácilmente y sin violencia, así nuestra alma se parte sin duelo del cuerpo que ha estado. Por lo cual, Aristóteles dice en de Juventud y Senectud que «no hay tristeza en la muerte que llega a la vejez». Y del mismo modo que al que llega de largo camino, antes de que entre por las puertas de su ciudad, le salen al encuentro los ciudadanos de ella, así al alma noble le sale al encuentro, como deben hacerlo, los ciudadanos de la eterna vida.

Y así lo hacen por sus buenas obras y contemplaciones; porque, habiéndose ya entregado a Dios y abstraídose en las cosas y pensamientos humanos, le parece ver aquellos que cree que están junto a Dios. Oye lo que dice Tulio en boca de Catón el viejo: «Voime con grandísimo afán de ver a nuestros padres que yo amé, y no sólo a ellos, mas también a aquellos de quienes oí hablar». Ríndese, pues, a Dios el alma noble en esta edad, y espera el fin de esta vida con mucho deseo, y le parece salir de la hospedería y volver a su propia casa; le parece salir del camino y volver a la ciudad; le parece salir del mar y volver al puerto.

¡Oh, míseros y viles que a velas desplegadas corréis a este puerto, y allí donde debierais reposar, os rompéis por el ímpetu del viento y os perdéis allí donde tanto habéis caminado! El caballero Lanzarote no quiso entrar ciertamente a velas desplegadas, ni nuestro nobilísimo Latino Guido

Montefeltrano. Antes bien, estos nobles arriaron las velas de las obras mundanas, porque en su edad avanzada se entregaron a la religión, deponiendo todo deleite y obras mundanas. Y no se puede nadie excusar por estar unido en avanzada edad con lazo de matrimonio; porque no se entrega a la religión solamente el que se hace de hábito y vida igual a San Benito, San Agustín, San Francisco y Santo Domingo, sino que también se puede volver a verdadera y buena religión estando en matrimonio, que Dios no quiere que seamos religiosos sino de corazón.

Y por eso les dice San Pablo a los romanos: «No aquél que manifiestamente es judío, ni la que se manifiesta en la carne es circuncisión; mas aquel que a escondidas es judío; y la circuncisión del corazón en el espíritu no en la letra, es circuncisión; la alabanza de lo cual no la hacen los hombres, sino Dios.

Bendice también el alma noble en esta edad los tiempos pasados, y bien los puede bendecir; porque, volviendo a ellos la memoria, se acuerda de sus buenas obras, sin las cuales al puerto adonde se dirige no se podría llegar con tanta riqueza ni tanta ganancia. Y hace como el buen mercader que, cuando está ya cerca de su puerto, examina su botín y dice: «Si yo hubiera pasado por tal camino, no tendría tesoro y no tendría con qué gozar en mi ciudad, a la cual me acerco; y por eso bendice el camino que ha hecho.

Y que estas dos cosas convengan a esta edad represéntalo el gran poeta

Lucano en el segundo de su Farsalia, cuando dice que Marzia tomó a Catón y le pidió y rogó que la tomase de nuevo. Por la cual Marzia se entiende el alma noble; y así podemos representar la figura con verdad. Marzia fue virgen, y en esa condición significa la adolescencia; luego fue a Catón, y en esa condición significa la juventud; hizo entonces hijos, por los cuales se representan las virtudes que más arriba se dice convenir a los jóvenes, y se separó de Catón y se casó con Hortensio; con lo cual se significa que se fue la j uventud y vino la senectud. Tuvo hijos de éste también, por los cuales se representan las virtudes que más arriba se dice convenir a la senectud. Murió Hortensio, con lo que se representa el término de la senectud; y Marzia, una vez viuda -por la cual viudez se representa la senilidad-, volvió, desde el principio de su viudez, a Catón; por lo cual se significa que el alma noble, al comienzo de la senilidad, vuelve a Dios. ¿Y qué hombre terrenal ha habido más digno de representar a Dios que Catón? Ninguno ciertamente.

¿Y qué es lo que dice Marzia a Catón? «Mientras hubo en mí sangre, es decir, juventud; mientras hubo en mí la virtud maternal, es decir, la senectud, que es madre de las demás virtudes, como más arriba se ha mostrado». «Yo -dice Marzia- acaté y cumplí todos tus mandatos»; es decir, que el alma mantúvose firme en las buenas obras. Dice: «Y tuve dos maridos»; es decir, he sido fructífera para dos edades. «Ahora -dice Marzia- que mi vientre está cansado, y que estoy vacía en parte, a ti me vuelvo, pues que nada más tengo que dar a otro esposo»; es decir, que el alma noble, conociendo que ya no tiene vientre fructífero, es decir, sintiendo desfallecer sus miembros, vuelve a

Dios. El Cual no ha menester de los miembros corporales. Y dice a Marzia: «Dame las arras de los antiguos lechos, dame siquiera el nombre de matrimonio; lo cual es como decir que nuestra noble alma dícele a Dios: «Dame descanso, Señor mío; dame al menos que yo en esta vida que me resta pueda llamarme tuya». Y dice Marzia: «Dos razones me mueven a decir esto: es la una, que después de mí se diga que he muerto siendo mujer de Catón; la otra es que después de mí se diga que tú no me despediste, sino que de buen animo te casaste conmigo».

Por estas dos razones se muere el alma noble, y quiere partir de esta vida siendo esposa de Dios, y quiere mostrar que su creación fue gracia de Dios.

¡Oh, desventurados y mal nacidos, que preferís partiros de esta vida mejor bajo el título de Hortensios que de Catones! En el nombre del cual es digno terminar lo que es menester argumentar acerca de los signos de nobleza, porque en él la nobleza los muestra todos, para todas las edades.

<h1 style="text-align:center">XXIX</h1>

Pues que se ha mostrado el texto y los signos que para cada edad aparecen en el hombre noble, y por los cuales se le puede conocer, y sin los cuales no puede existir, como tampoco el sol sin luz ni el fuego sin calor, grítale a la gente a lo último de lo que de nobleza se ha contado, y dice: «¡Oh, vosotros los que oído me habéis, ved cuántos son los engañados!, es decir, los que, por ser de famosas o antiguas generaciones, o por ser descendientes de padres excelentes, creen ser nobles no habiendo en ellos nobleza. Y aquí surgen dos cuestiones, las cuales es bien resolver al fin de este Tratado. Podría decir meser Manfredi de Vico, que ahora se llama Pretor y Prefecto: «Sea yo como quiera, recuerdo y represento a mis antepasados, que por su nobleza merecieron el oficio de la Prefectura, y merecieron poner mano en la coronación del Imperio, siendo dignos de recibir la rosa del romano pastor; por lo cual debo recibir de la gente honor y reverencia». Y ésta es una de las cuestiones.

La otra es, lo que podría decir cualquiera de los San Nazzaro de Pavía o de los Piscicelli de Nápoles: si la nobleza es lo que se ha dicho, es decir, semilla divina, graciosamente puesta en el alma humana, y las progenies o estirpes no tienen alma, como es manifiesto, ninguna progenie o estirpe se podría llamar noble; y esto es contra la opinión de aquellos que dicen ser nuestras progenies nobilísimas en sus ciudades.

A la primera cuestión responde Juvenal en la octava sátira, cuando comienza exclamando: «¿De qué sirven estos honores que de los antiguos quedan, si aquel que de ellos quiere vestirse vive mal, y el que de los antiguos habla, mostrando las grandes y admirables obras, en míseras y viles obras se emplea? Si bien -dice el poeta satírico- ¿quién dirá que es noble por su generación al que de tal generación no es digno? Esto no es otra cosa que al enano llamar gigante». Luego después dícele al tal: «Entre tú y la estatua hecha en memoria de tu antepasado no hay más diferencia sino que su cabeza es de mármol y la tuya vive». Y en esto -con reverencia lo digo- no estoy de acuerdo con el poeta, porque la estatua, de mármol, de madera o de metal, erigida en memoria de algún hombre de mérito, se diferencia mucho en efecto del descendiente malvado. Porque la estatua afirma siempre la buena opinión en aquellos que han oído la fama de aquel de quien es la estatua, y la engendra en los demás; el hijo o nieto hace todo lo contrario; porque debilita la opinión de los que han oído hablar bien de sus antepasados; porque dice alguno de sus pensamientos: «No puede ser verdad cuanto se dice de los antepasados de éste, pues que de su simiente se ve planta semejante». Por lo cual nunca honor, sino deshonra, debe recibir el que a los buenos presta mal testimonio. De aquí que, a mi juicio, del mismo modo que quien infama a un hombre de valía merece que las gentes le huyan y no le escuchen, así el hombre vil, descendiente de buenos antepasados, merece ser por todos despreciado, y el hombre bueno debe cerrar los ojos para no ver el vituperio, vituperante de la bondad, que sólo en la memoria ha quedado. Y baste esto ahora en cuanto a la primera cuestión promovida.

A la segunda pregunta se puede responder que una progenie por sí sola no tiene alma, y bien es verdad que noble se le dice y lo es en cierto modo. Pues se ha de saber que el todo se compone de sus partes, y hay todo que constituye una simple esencia con sus partes; del mismo modo que en un hombre hay una esencia del todo y de cada parte suya; y lo que se dice de la parte, puede del mismo modo decirse del todo.

Hay otro todo que no tiene esencia común con las partes, como un montón de grano; pero la suya es una esencia secundaria que resulta de muchos granos que tiene en sí verdadera y primera esencia. Y en este todo se dicen las cualidades de las partes tan secundarias como su ser; por lo cual se dice un montón blanco, porque los granos de que el montón se compone son blancos.

A la verdad, esta blancura está primero en los granos, y secundariamente puede llamársele blanco. Y por tal modo se puede decir noble una estirpe o progenie. Pues se ha de saber que, del mismo modo que para la composición de un montón blanco es menester que predominen los granos blancos, del mismo modo para hacer una progenie noble es menester que en ella los hombres nobles predominen; de modo que tal bondad obscurezca y cele lo contrario que está dentro. Y del mismo modo que de un montón blanco de grano se podría quitar grano a grano el trigo, y grano a grano restituir meliga roja, y todo el montón por último cambiaría de color, así podríanse morir uno a uno los buenos de la progenie noble y nacer en ella los malvados, tanto que cambiaría el nombre y se habría de llamar no noble sino vil. Y baste esto para responder a la segunda cuestión.

XXX

Como más arriba se demuestra en el tercer capítulo de este Tratado, esta canción tiene tres partes principalmente. Por lo que, argumentadas dos, la primera de las cuales comienza en el capítulo susodicho y la segunda en el decimosexto -de modo que la primera en trece y la segunda en catorce se ha expuesto, sin el proemio del Tratado de la canción, que comprende dos capítulos-, en este trigésimo y último capítulo hemos de argumentar brevemente la tercera parte principal, la cual, a modo de tornada de esta canción, se hizo para su ornamento, y comienza: Irás, oh mi canción, contra el que yerra.

Y aquí se ha de saber principalmente que todo buen fabricante, al terminar su trabajo, debe ennoblecerlo y hermosearlo en cuanto le sea posible, a fin de que se separe de él más célebre y precioso. Y tal me propongo hacer en esta parte, no como buen fabricante, sino como imitador suyo. Digo, pues: Irás, oh mi canción, contra el que yerra, etc. Este contra el que yerra es toda una parte y es el nombre de esta canción, tomado del buen Fray Tomás de Aquino, que a un libro suyo, que hizo para confusión de todos los que se apartan de nuestra fe, púsole por nombre Contra gentiles.

Digo, pues, que irás como si dijera: «Tú ya eres perfecta, y tiempo es ya de que no te estés quieta, de que andes, porque grande es tu empresa». Y cuando llegues al lugar donde esté Nuestra Señora, dile tu menester. Pues se ha de notar que, como dice Nuestro Señor, no se deben echar las margaritas a los puercos; porque a ellos no les aprovecha y a las margaritas les daña; y como dice el poeta Esopo en la primera fábula, más le aprovecha al gallo un granito de trigo que una margarita; y por eso deja ésta y coge aquél. Y considerando esto, con cautela digo y ordeno a la canción que descubra su menester allí donde se encuentre esta dama, es decir, la Filosofía. Encontrará a esta dama nobilísima cuando encuentre la cámara, es decir, el alma en que se alberga. Y la filosofía no sólo se alberga en los sabios, sino también, como se ha demostrado más arriba en otro Tratado, está por doquier vive el amor de ella. Y a estos tales les digo que manifiesten su menester, porque a ellos les será útil su sentido, y ellos lo recogerán.

Y le digo: dile a esa dama: Yo voy hablando así de vuestra amiga. Ahora bien; su amiga es nobleza; que tanto se aman una a otra, que la Nobleza siempre la llama, y la filosofía no vuelve su dulcísima mirada a otra parte. ¡Oh, cuán bello ornamento es éste que al final de esta canción se le ofrece con llamarla amiga de aquella cuya mansión propia está en lo más secreto de la divina mente!

FIN